Si tu savais...

C'est un plaisir de partager
cette aventure avec vous!

Bonne lecture!

Richard Plamondon

Richard Plourde

Si tu savais...

Roman

Les Éditions
de la Francophonie

Photo de la couverture :	**Richard Plourde**
Photo de l'auteur :	**Marc Boucher**, studiodigiphoto.com
Couverture :	**Info 1000 mots inc. et Richard Plourde**
Mise en pages :	**Info 1000 mots inc.** info1000@sympatico.ca • 1-418-833-3063
Corrections d'épreuves :	**Linda Breau**
Production :	**Les Éditions de la Francophonie** 55, rue des Cascades Lévis (Qc) G6V 6T9 Tél. : 1-866-230-9840 • 1-418-833-9840 Courriel : ediphonie@bellnet.ca
Distribution :	**Les Messageries de presse Benjamin inc.**

Première édition, mars 2009

Deuxième édition, mai 2009

Troisième édition, août 2009

www.richardplourde.ca

Dépôt légal – 1er trimestre 2009

Bibliothèque nationale du Canada

Bibliothèque nationale du Québec

Imprimé au Canada

Pour Isabelle et Gabriel

*Une chance que j'ai
Je t'ai, tu m'as
Une chance qu'on s'a.*

Jean-Pierre Ferland

Chapitre 1

Octobre 2002

Il y a de ces jours exceptionnels où notre vie bascule complètement, où un malheur inattendu vient nous déchirer en milliers
de petits morceaux inégaux et effilochés, après quoi il nous laisse,
cruellement, seul à nous rapiécer du mieux que l'on peut. Le pire
est que, pour ces plus grands bouleversements, la malédiction
se fait un devoir de ne donner aucun indice. Comme un fauve,
elle guette, en silence, attendant patiemment l'heure fatidique,
et…, BANG ! elle attaque sans scrupule. Après le choc, il devient
rapidement évident que notre existence ne sera plus jamais la
même.

Le 15 octobre 2002, 15 h 23, Richard et Jocelyne Plourde
étaient assis nerveusement sur les deux chaises étroites qui
venaient d'être promptement placées dans une salle de traitements
transformée pour l'occasion en bureau de médecin. L'hématologue arriverait dans quelques minutes. Même si les infirmières
tentaient de ne laisser transparaître aucune information, leurs
regards inhabituellement évasifs laissaient supposer le pire. Leur
fils Gabriel était en rémission d'une leucémie lymphoblastique
aiguë depuis déjà quatre ans. Le choc du diagnostic initial avait
été brutal. Il n'avait alors que vingt mois et avait dû subir cent
huit semaines de traitements de chimiothérapie divers. Bien
qu'ils avaient cru qu'il s'agirait d'une éternité, tout cela était

déjà révolu. Gabriel allait bien et, compte tenu du pronostic de guérison complète de plus de quatre-vingt-dix pour cent, tous ceux près de l'enfant s'entendaient pour dire, peut-être pour se convaincre, que ce cauchemar ne reviendrait jamais.

Pour les parents, toutefois, rien n'était aussi sûr. Quatre ans auparavant, leur fils semblait en parfaite santé. Un tout petit test sanguin de routine avant une chirurgie mineure pour une hernie congénitale avait dévoilé que, dans la moelle de ses jeunes et petits os, des lymphoblastes se divisaient à un rythme effréné et, si laissés sans traitements, occuperaient graduellement toute la place au point de le tuer. Depuis, malgré la bonne forme apparente de Gabriel, chaque examen de contrôle réanimait leurs pires craintes. Jusqu'à ce jour, ces peurs s'étaient toujours avérées non fondées.

Cette fois, c'était différent. L'indice principal de l'état de santé de leur fils, la formule sanguine différentielle[1], était anormale depuis quatre semaines. Les paroles du docteur Pierre Servant, hématologue pédiatrique, prononcées il y a un mois résonnaient constamment dans leurs pensées. Ayant laissé se former sur ses lèvres un faible sourire inquiet, le médecin avait jeté sur eux un regard plein de compassion et, hochant la tête en direction du garçon, il avait inspiré et laissé sortir d'un seul trait :

— Il semble en pleine forme, mais je dois dire que sa formule sanguine m'inquiète un tout petit peu.

Il n'en avait pas fallu plus pour replonger le couple dans un tourbillon émotionnel violent où les voix résonnent comme un écho lointain et où la réalité devient difforme, donnant l'impression d'être paralysé à l'intérieur d'un cauchemar, incapable de se réveiller.

Aujourd'hui serait le jour de vérité. La seule technique permettant de faire le diagnostic d'une rechute, la ponction de

---

1. Formule sanguine qui a pour fonction de procéder au décompte et à la catégorisation des globules dans le sang.

moelle osseuse, avait été exécutée plus tôt ce matin. Sous une légère sédation, on avait douloureusement percé un trou dans l'os en bas du petit dos du garçon de six ans et retiré une petite quantité de moelle osseuse. Sur des lamelles de microscope, on avait déposé de fines gouttelettes dans lesquelles, comme une boule de cristal, on pouvait prédire l'avenir. Dans quelques longues secondes, Richard et Jocelyne sauraient si la satanée de leucémie était revenue ronger leur existence.

Nancy, une jeune infirmière dans la vingtaine aux yeux bleus vifs, ses cheveux blonds bouclés bordant son joli visage, s'adressa nerveusement aux parents :

— Docteur Servant est à l'étage. Il m'a demandé de vous informer qu'il devait visiter un dernier patient et que dans au plus cinq minutes il sera avec vous. Il...

— Avez-vous reçu le rapport du laboratoire concernant les analyses des prélèvements de moelle ? se pressa d'interrompe Richard, tenant avant tout de s'assurer que le médecin aurait le diagnostic en main à son arrivée et ainsi éviter que ce calvaire perdure.

— Non. Docteur Servant exige toujours d'observer les échantillons lui-même. Il arrive justement du laboratoire, il pourra certainement vous donner les résultats.

L'infirmière fit une courte pause afin de permettre aux parents de poser d'autres questions. Ils n'en avaient pas. Son visage était illuminé d'un sourire authentique. Richard se pencha vers son épouse et comme pour s'encourager mutuellement lui chuchota à l'oreille :

— Elle ne sait rien ! Elle est anxieuse, comme nous. Personne n'a vu le rapport de laboratoire. Probablement que le personnel nous évite du regard simplement parce qu'il craint le pire, et non parce qu'il nous cache quelque chose. Peut-être, comme l'espère le pédiatre chez nous, s'agit-il vraiment d'un virus qui a attaqué temporairement sa moelle. Peut-être aurons-nous eu la pire frousse de notre vie !

Jocelyne laissa paraître un sourire. Alors que Richard parlait et bougeait continuellement dans ces moments-là, elle restait calme, parlait peu et gardait toujours espoir. Elle aimait quand Richard lui apportait des arguments positifs sur la santé de leur fils, cela la réconfortait ne serait-ce que quelques instants.

Jugeant le moment opportun, la jeune infirmière tourna son attention vers Gabriel, et, d'un ton de voix manifestement dirigé vers l'enfant, lui dit :

— Habituellement, c'est long, c'est ennuyeux et il n'y a rien à faire pour les enfants lorsque les parents rencontrent le médecin. Si tu veux, tu peux venir avec moi à la salle de jeu. Tes parents viendront te chercher aussitôt qu'ils auront terminé.

Gabriel, qui était assis patiemment sur un petit tabouret, bécotant fréquemment son lapin en peluche, sécurisé d'être auprès de ses parents, jeta un regard suppliant en leur direction. Il n'était pas sans ressentir que quelque chose de potentiellement grave approchait. Il aurait tant voulu rester auprès d'eux ou, mieux, s'enfuir sous les couvertures de son lit à trois cents kilomètres de là, serrant Lapin contre son cœur, fermer ses yeux très fort et s'évader dans des rêves de voyages à travers les planètes qu'il ferait lorsqu'il serait astronaute ! Ses magnifiques yeux bruns se remplirent d'eau, et, malgré tous ses efforts de retenir ses larmes, il se précipita dans les bras de son père en sanglots. Richard le serra doucement, attendit quelques secondes avant de parler. D'un doigt, il leva légèrement le menton de son fils, le regarda droit dans les yeux et lui dit avec un sourire réconfortant digne d'un Oscar :

— Écoute. Nous devons parler au médecin quelques minutes. Tu sais comme c'est tannant d'attendre quand les adultes parlent longtemps et que tu n'as rien à faire. Va avec Nancy dans la salle de jeu. Il y a deux ordinateurs, je suis sûr qu'il y a des jeux intéressants. Aussitôt que nous aurons terminé, nous irons te chercher et nous partirons pour la maison. Promis. D'accord ?

Le garçon leva les yeux en direction de l'infirmière, au sourire rassurant. Spontanément, comme si ses inquiétudes s'étaient envolées, il bondit du tabouret et se dirigea, d'un pas décidé, hors de la pièce en direction de la salle de jeu de l'unité d'hémato-oncologie pédiatrique du Centre hospitalier de l'Université Laval, à Québec.

Le docteur Servant entra dans la pièce, s'excusa pour son retard, l'attribuant à une journée plus chargée qu'à l'habitude. Il était mince, voire même maigrelet. Sa barbiche, même si peu foncée, contrastait fortement avec son teint pâli par la surcharge de travail. Sa petite taille, sa physionomie de collégien, sa chemise d'Oxford et ses pantalons bien agencés lui conféraient une allure beaucoup plus d'étudiant en résidence que de médecin spécialiste. Toutefois, il avait l'air de ces gens particulièrement intelligents qui ont une capacité d'analyse et de synthèse exceptionnelle. De plus, son attitude pleine d'assurance et son sourire sincère inspiraient confiance. Il avait nettement l'air d'un homme brillant, sage et sensible, auquel on se fie d'emblée pour les choses de la tête.

Il était démesurément penché sur un côté afin de contrebalancer le poids de deux énormes dossiers qu'il portait laborieusement sous son bras gauche. Trois infirmières apparurent soudainement dans l'ouverture de la porte et s'approchèrent lentement de lui, en quête de directives pour leurs patients respectifs. Il les écouta patiemment, se fermant les yeux afin de mieux se concentrer et de se reposer un peu du même coup. Il dicta à chacune les consignes et ferma doucement la porte derrière lui. La porte close l'assurait qu'il ne serait plus dérangé. Toute l'équipe de l'aile d'hémato-oncologie prenait un grand soin du bon docteur Servant, le seul hématologue pédiatrique en fonction dans cette unité qui en aurait nécessité le triple. La direction cherchait désespérément à en recruter un autre, alors que le collègue du docteur Servant était en arrêt de travail pour une période indéterminée pour cause d'épuisement.

Il ne restait donc que le docteur Pierre Servant, qui assumait sa vocation humanitaire surchargée sans protester. Le personnel faisait donc des pieds et des mains pour épargner le pauvre médecin et ne le consultait qu'en cas d'urgence. Tous savaient qu'il ne quitterait jamais l'hôpital avant que tous les cas soient réglés, ce qui arrivait rarement avant 20 h.

Fidèle à lui-même, le médecin, d'un ton à la fois plein de compassion et cruellement direct, ne perdit pas de temps.

— Gabriel a l'air vraiment en forme, sa moelle, par contre, l'est moins. La leucémie est revenue. Dans tous les cas de rechutes, nous recommandons de procéder à une greffe de moelle osseuse, qui habituellement se pratique à l'hôpital Sainte-Justine de Montréal. Étant donné qu'il a été en rémission pendant quatre ans, qu'il est en forme, qu'il n'a pas eu trop d'exposition à la chimiothérapie et donc que ses organes n'ont probablement pas été trop endommagés, il a un peu plus d'une chance sur deux de s'en sortir. Ce qui, j'avoue, est beaucoup moins qu'il y a quatre ans, mais qui est quand même bien.

Il se tut, laissant aux pauvres parents le temps d'assimiler ce drame qui se dénouait devant eux. Richard et Jocelyne étaient immobiles, silencieux, sans trop d'expressions. Ils s'y attendaient un peu. Puisque l'hématologue pédiatrique le plus près de leur résidence se trouvait à Québec, ils avaient dû entreprendre le voyage de 300 kilomètres à partir d'Edmundston au Nouveau-Brunswick. Ils avaient alors eu amplement de temps pour imaginer le pire et se rendre à l'évidence : s'il s'agissait d'un virus, comme soupçonné au début, la formule sanguine aurait montré des signes de vigueur bien avant. Comme tout parent, ils s'étaient tout de même permis d'espérer de bonnes nouvelles, et même carrément un miracle. Mais la réalité était tout autre. Malgré leur calme, malgré le fait qu'ils s'en doutaient, le coup était des milliards de fois plus dur à encaisser qu'il y a quatre ans. Toussotant afin de desserrer un peu sa gorge étranglée par cette apocalypse, Richard parla en premier. Il s'adressait à un homme pour qui il avait la plus grande admiration, en qui il avait la plus grande confiance et avec qui, durant les quatre dernières années, il était devenu ami.

— Pierre, avec tout le respect que j'ai pour toi et ma confiance en tes compétences, je me dois de te demander : es-tu certain du diagnostic ? Est-ce qu'il y a des chances que tu te trompes ?

— Malheureusement non ! D'ailleurs, un ami hématologue à la retraite, en visite au laboratoire, est venu me voir alors que j'étais au microscope. D'un geste de la main, il m'a fait signe de le laisser regarder. Il a tristement confirmé la rechute de Gabriel.

Cette fois, c'est Jocelyne qui l'interpella d'une voix étranglée :

— Qu'est-ce qu'on fait maintenant ?

La question fit sursauter le père et le médecin. Le ton direct avait abruptement rompu le décorum usuel.

— Gabriel doit être en rémission avant de procéder à la greffe, expliqua le médecin. Je vais téléphoner au chirurgien afin de prévoir une date pour installer son port-a-cath[2]. Nous pourrons entreprendre le traitement d'induction dans les prochains jours, ici, à Québec. En même temps, je vais faire parvenir une référence au docteur Michel Bordeaux, directeur de l'unité de greffe à Sainte-Justine.

— Est-ce qu'il y a urgence d'intervenir ? interrompit le père. Il nous faut un peu de temps pour assimiler tout ce qui vient de se passer et nous préparer émotionnellement pour les traitements à venir. Il faudra l'annoncer à nos parents et à Ga… Mon Dieu, comment lui apprendre ça ?!

Les larmes ruisselant déjà abondamment et silencieusement sur ses joues et celles de sa femme, Richard conclut :

— Nous aurons surtout besoin de pleurer…

---

2. Petit boîtier connecté à un cathéter, qui, lui, est introduit dans une petite veine que l'on retrouve à la face antérieure de l'épaule, et qui permet d'injecter, par voie percutanée, des agents chimiothérapeutiques.

Jocelyne et Richard étaient brisés, défaits. Ils auraient telle-ment eu le goût de crouler dans les bras l'un de l'autre, de pleurer bruyamment en hochant violemment les épaules et en criant leur peine à pleins poumons. Mais ils savaient qu'ils ne le pouvaient pas. À quelques mètres de là, leur fils, leur soleil, leur petit homme, leur ange Gabriel ne savait rien. S'il devait survivre à ce damné de cancer, il fallait qu'à travers les yeux de ses parents il voie la certitude qu'il allait s'en sortir. Il fallait donc que le couple y croie aussi. Rien n'était aussi sûr. Il fallait qu'ils restent forts… pour lui.

Le docteur Servant avait considérablement d'admiration pour ce couple qu'il avait appris à connaître, respecter et aimer avec les années. Il s'agissait de gens authentiques, de bons parents très soucieux du bien-être de leurs enfants. Il pouvait comprendre leur besoin de se ressourcer avant le début des traitements.

— Non, il n'y a pas d'urgence, nous pouvons attendre à lundi, dans une semaine et demie. D'ailleurs, je crois qu'il sera bénéfique pour lui et pour vous de prendre un peu de recul, d'être avec vos proches et de bien vous préparer.

La conversation se poursuivit pendant quelques minutes. Le médecin expliqua en détail les traitements à venir et les nombreuses complications potentielles, dont certaines fatales ou, pire encore, sévèrement débilitantes. Les parents écoutaient sans toujours entendre. Ils savaient que plus tard, ensemble, ils pourraient donner un sens aux petits bouts d'information que chacun saisissait confusément.

Une fois toutes les particularités de leur retour à l'hôpital révisées, ils s'étaient dirigés vers la salle, au bout du corridor, où leur fils les attendait. Richard échangea un bref regard perturbé avec son épouse; elle avait tout de suite compris : comment annoncer à Gabriel que sa leucémie était revenue ? Comment lui expliquer qu'il devrait recommencer des traitements qui le rend-raient malade, qui le feraient vomir parfois une douzaine de fois par jour, qui lui feraient perdre ses beaux cheveux fins et soyeux et qui viendraient encore une fois lui arracher des morceaux de son enfance éphémère? Comment lui dire qu'on lui percerait le corps des centaines de fois et qu'on l'obligerait à avaler des produits chimiques amers et dégueulasses? Comment lui dire que, s'il refusait, ses propres parents l'emmèneraient par la force, s'il le fallait, à cette torture et que, si nécessaire, ils le retiendraient fermement alors qu'on le perforerait et l'empoisonnerait? Comment lui dire que, le cœur brisé et l'âme lacérée, ils seraient déchirés entre le protéger de ce calvaire et lui sauver la vie? Pire encore, auraient-ils un jour à lui parler de la mort?

Il était au fond de la salle de jeu, assis devant un ordinateur qui semblait trop gros pour lui, sa tête penchée vers l'arrière pour voir l'écran; ses petits doigts, sur le clavier, actionnaient quelques touches rapidement. Le chiffre huit entouré d'étoiles, au haut de l'écran, indiquait qu'il avait atteint le huitième niveau d'un jeu qu'il expérimentait pour la première fois. Il avait une facilité pour les jeux d'ordinateur, auxquels il s'adonnait depuis l'âge de deux ans. Il jeta un regard rapide en direction de l'entrée et aperçut ses parents.

— Venez voir! C'est un jeu de grenouille. Il faut manger tous les fruits et les libellules sans se faire attraper par les fantômes. Je suis au niveau huit.

Sans plus de cérémonie, il continua son jeu, les libellules essayaient vigoureusement, mais futilement de s'enfuir alors que la grenouille les gobait. Les fantômes, pour leur part, tentaient tant bien que mal de terrifier l'amphibien qu'ils ne réussissaient même pas à approcher. Richard et Jocelyne admiraient leur fils. Il était intelligent, poli et soucieux des autres. Il était beau, avec ses cheveux bruns courts toujours un peu dépeignés; ses petites lunettes hexagonales colorées, qui accentuaient ses perles foncées, et son sourire gêné lui conféraient un charme peu commun.

— Lorsque tu auras terminé, nous retournerons à la maison, annonça son père.

Il n'en fallut pas plus pour que l'enfant abandonne abruptement le jeu, laissant les fantômes – qui, on aurait dit, avaient l'air soulagés – faucher la grenouille de ses deux dernières vies. Une fenêtre apparut sur l'écran, annonçant qu'il s'agissait d'un pointage record et invitant le joueur à y inscrire son nom. Gabriel l'ignora et bondit hors de sa chaise.

— Réalises-tu que, de tous les enfants qui ont joué ce jeu, et il y en a beaucoup, tu as réussi le meilleur score, et ce, à ta première tentative ?

Richard était visiblement fier. Gabriel, pour sa part, se demandait ce qu'il pouvait bien y avoir de difficile dans un jeu où le déplacement des fantômes était à ce point prévisible.

— Tu n'inscris pas ton nom ? s'exclama le père, comme s'il s'agissait d'une bévue presque impardonnable.

— Non, répondit simplement Gabriel, qui se demandait bien pourquoi son père accordait autant d'importance à y inscrire son nom.

Richard, debout devant le clavier, tapa les trois lettres permises « GAB » et cliqua sur la case « OK ». Il était drôlement impressionné. Le nom de son fils trônait au sommet de la liste ! Pendant quelques minuscules secondes, la maladie avait pris le second plan. Toutefois, en se retournant, un coup d'œil dans la salle de jeu suffisait pour se rendre à l'évidence que le mal était toujours omniprésent. Même les enfants, ces êtres innocents exhalant l'énergie de la vie, rayonnant l'espoir de la génération à venir, pouvaient être malades, très malades, fatalement malades. Assis à une table, devant un casse-tête, une fillette d'environ douze ans, le teint gris aux reflets vert pâle, les paupières cernées, les yeux ternes, la tête chauve, lança un faible sourire à la fois maternel et admirateur en direction du garçon. Au-dessus d'elle, perchés comme des vautours, quatre sacs de liquides colorés étaient reliés par des tubulures à une pompe qui lentement, une goutte à la fois, lui injectait le poison qui lui sauverait peut-être la vie.

16

Le retour à la maison s'était déroulé surtout dans le silence. Sur la banquette arrière, épuisé de sa journée éprouvante, Gabriel s'était rapidement endormi. Les parents étaient encore assommés par les événements ; regardant fixement vers l'avant, ils n'osaient pas parler, de peur que leur fils ne soit pas complètement endormi et qu'il entende. Quelques fois, ils osaient jeter un regard vers l'autre, mais les larmes venaient rapidement obstruer leur vue, et leurs gorges devenaient insupportablement douloureuses. Toutefois, malgré le silence, malgré leurs cerveaux engourdis par ce calvaire, de nombreuses interrogations défilaient à un rythme hallucinant. « Comment allons-nous lui annoncer ? Si nous n'avons pas pu vaincre le cancer avec un traitement qui offrait 95 % de chance de guérison, comment réussir avec seulement 50 % ? Une chance sur deux ! C'est comme tirer pile ou face. Face : tu vis ; pile : tu meurs ! » Ils étaient tous deux terrifiés.

Comme bien des jeunes couples qui fondent une famille, les Plourde avaient souhaité que jamais la maladie ne vienne s'immiscer dans leur vie. Bien sûr, lors des grossesses, ils avaient eu ces inquiétudes qui guettent tous les nouveaux parents, des plus sérieuses : mon enfant sera-t-il en santé ? sera-t-il infirme ? aux plus insignifiantes : sera-t-il beau ? sera-t-il un garçon ou une fille ? Ces soucis s'étaient rapidement dissipés à la naissance d'un splendide bébé témoignant de sa santé à plein poumon.

Peut-être que l'euphorie de la naissance leur prodiguait l'illusion que les maladies infantiles n'atteignaient que de rares familles anonymes que l'on ne voit qu'à la télévision lors des téléthons. Peut-être qu'une fois que l'on aime plus que l'on n'aurait jamais cru être capable d'aimer, ils n'osaient pas même imaginer que leur enfant pourrait devenir sérieusement malade. Peu importe la raison véritable, jamais ils n'auraient cru qu'un tel châtiment puisse leur tomber dessus.

L'acceptation de la première leucémie de leur fils avait été longue et ardue, l'épreuve, terriblement difficile. Puis, très insidieusement, quelque chose d'étrange s'était produit. Même s'ils auraient dû savoir mieux, ils étaient tout doucement devenus convaincus que Gabriel serait parmi les enfants guéris par les traitements, que les rechutes et la mortalité, ça n'arriverait qu'aux autres !

Toutefois, dans l'obscurité des nuits hâtives d'automne, dans la solitude du silence, même si tous les panneaux routiers portaient le nom d'un saint, ils sentaient, comme le Christ deux mille ans auparavant, que Dieu les avait abandonnés. L'espoir qui les avait soutenus pendant quatre années s'était évanoui. Puisque le Père, le Tout-Puissant, avait laissé son propre Fils mourir, cloué à une croix, comment pouvaient-ils compter sur Lui pour sauver le leur ?

Chapitre 2

Les couleurs vibrantes d'automne n'étaient qu'un souvenir lointain. La Vallée du Haut-Saint-Jean était peinte en tons de gris et de maussade. Le ciel était lourd et sombre et les gazons, ternes, s'étouffaient lentement. Il fallait une conviction ardente pour croire que la nature réussirait à défier la mort et à survivre à l'hiver.

Après un mois passé au Centre hospitalier de l'Université Laval, à Québec, pour y subir de durs traitements de chimiothérapies diverses, recevoir d'innombrables injections et endurer des nausées insupportables, Gabriel, qui était de retour chez lui, s'était préparé pour aller visiter les amis de sa classe. C'était sa décision. Il voulait y retourner une dernière fois. Le docteur Servant avait donné son aval, sachant que les parents sauraient prendre les précautions nécessaires. Gabriel était conscient qu'il raterait son année scolaire. Sa neutropénie exigeait qu'il évite les lieux publics, souvent bondés de microbes. De toute façon, il n'en aurait pas eu l'énergie.

La maladie de Gabriel avait fortement perturbé les élèves de l'école élémentaire Notre-Dame, et en particulier ceux de la classe 1A, soit celle de madame Florence. La plupart des écoliers avaient été foudroyés par la nouvelle. D'une part parce que leur ami était sérieusement malade, mais d'autre part parce qu'ils réalisaient pour la première fois de leur courte existence qu'aucun n'était à l'abri d'un tel malheur.

Les enseignants avaient répondu tant bien que mal aux questions des enfants. Ils avaient tenté, malgré leur inexpérience dans ce domaine, de les rassurer, en leur disant que ces maladies étaient rares et qu'elles n'étaient pas contagieuses. Toutefois, devant tous ces inquisiteurs sautillants sur place, les petits doigts pointés droit vers le plafond, la discussion s'était poursuivie très longtemps. Et pour les semaines qui avaient suivi, il ne s'était jamais passé une journée sans qu'un enfant aborde, d'une façon ou d'une autre, ce sujet omniprésent qui les habitait.

En sortant de l'automobile, Gabriel s'assura que sa casquette cachait bien son crâne chauve. Serrant fortement la main de son père, il jeta un coup d'œil larmoyant dans sa direction et se dirigea d'un pas à la fois timide et résolu vers les portes d'entrée de son école.

À part l'enseignante, personne ne se doutait de sa visite. Il pénétra dans le hall d'entrée. L'amalgame d'odeurs familières de caoutchouc d'espadrilles, de planchers fraîchement lavés, de repas mijotant à la cafétéria éleva aussitôt d'un cran la nostalgie qu'il éprouvait. Richard, derrière lui, admirait le courage de son fils et tentait, tant bien que mal, de chasser la douleur qui venait soudainement de lui transpercer la gorge.

Une série de menus manteaux, suspendus à des crochets fixés à un mètre du sol, bordaient un long corridor où de minuscules souliers tapissaient le bas du mur. Gabriel se rendit à une porte sur laquelle une petite affiche joliment décorée de bricolages de fleurs et papillons colorés portait la mention « 1A ». Il leva la tête et porta sur son père un regard agrémenté d'un faible sourire tout en clignant des yeux pour éliminer l'excès de larmes. Richard avait compris. Il posa sa main sur son épaule et lui dit d'un ton rassurant :

— Ça va bien aller.

Ils furent surpris tous les deux lorsque la porte s'ouvrit soudainement. L'enseignante, qui quittait la classe en donnant quelques directives aux élèves, ne regardait pas dans leur direction. Elle se tut lorsqu'elle constata que tous les élèves, sans exception, étaient figés, le regard médusé en direction de quelque chose derrière elle. Le silence fut rompu par un chahut fulgurant.

— Gabriel! Madame! Madame! c'est Gabriel! entonna la classe à l'unisson.

Spontanément, vingt-deux élèves se précipitèrent vers leur ami, qui, devenu légende, était miraculeusement revenu au bercail. La scène était d'une candeur exceptionnelle. Pleins de tendresse, les enfants observèrent et admirèrent d'abord leur ami. Se bousculant légèrement, chacun tentait de se tailler une place à ses côtés. Et comme si une barrière invisible et infranchissable protégeait le garçon, tous s'immobilisèrent à quelques centimètres autour de lui. Pendant quelques secondes, personne n'osa franchir ce mur invisible. Un gouffre les séparait. Lui dans un univers d'incertitude, de maladie et de douleur et eux en sécurité dans leur monde protégé. Oseraient-ils traverser? Risqueraient-ils d'être eux-mêmes contaminés par cette mystérieuse et macabre leucémie?

Alors que le silence devenait insoutenable, une petite main décidée se faufila tout doucement entre les enfants. Les écoliers se scrutèrent, tentant de comprendre qui osait faire ce premier pas audacieux. Puisqu'on ne pouvait pas voir à quel bras cette main était rattachée, on aurait cru qu'elle avançait divinement, seule, sans corps. Sans hésiter, de minuscules doigts angéliques, le plus délicatement du monde, effleurèrent le bras de Gabriel. Deux jeunes, qui avaient finalement réussi à associer la main au bras de son propriétaire, se déplacèrent afin de créer une ouverture pour cette brave âme. Là, au milieu de la foule, une mignonne petite fille aux yeux bleus bourrés de tendresse offrit un sourire tellement authentique que d'un seul coup le mur s'effondra. Aussi doucement qu'elle l'eut introduite, la jeune fille prodige retira sa main, laissant ainsi la place à toute la classe entière pour se précipiter sur Gabriel.

Alors que les jeunes filles, se considérant de beaucoup plus matures que ces pauvres garçons, offraient des caresses et des encouragements maternels, les garçons quant à eux y allaient de tapes dans le dos et de coups de poing sur les épaules. Le jeune homme au centre de tout ce tumulte jeta un coup d'œil en direction de son père; il était visiblement gêné par toute cette attention.

L'enseignante, qui avait bien du mal à masquer son bouleversement devant cette scène touchante, fit signe aux enfants de retourner à leur place. Discrètement, elle se retourna pour éponger ses paupières engorgées et reprendre un peu de contrôle sur ses émotions à fleur de peau.

Comme si elle craignait que les médicaments l'aient rendu friable, l'enseignante avait doucement accompagné Gabriel à son pupitre, le guidant avec une main délicatement appuyée sur le dos. Même si tous savaient qu'il ne pourrait revenir cette session, ce petit bureau lui serait réservé pendant toute l'année. Solitaire, ce pupitre rassurait les élèves que l'on n'oubliait pas leur fier compatriote et représentait solennellement tout l'espoir qu'ils portaient pour lui.

L'enseignante leva lentement la main, la paume vers l'avant et miraculeusement la cacophonie cessa subitement.

— Gabriel, tu sais, les amis se sont beaucoup ennuyés de toi.

Plusieurs enfants hochaient vivement de la tête.

— Ils t'ont préparé une petite surprise. Juste pour toi.

Alors que les élèves frétillaient d'impatience, l'enseignante se dirigea vers son bureau et retira d'un tiroir un joli sac décoré de citrouilles d'un orange éclatant.

— Tu n'étais pas ici pour l'Halloween alors nous t'avons préparé un sac à surprises. De plus, chaque ami t'a préparé une carte de souhaits alors que tu étais à l'hôpital. J'ai tout mis ça là-dedans.

Elle éleva le sac un peu plus haut, grimaçant pour laisser entendre qu'il était lourd et laisser voir qu'il était rempli jusqu'au bord.

— Si tu veux, tu peux l'ouvrir tout de suite.

Encore un peu gêné, Gabriel fit signe que oui. Il n'en fallut pas plus pour que tous les élèves se projettent vers lui de nouveau, se bousculant pour se faire une place privilégiée auprès de lui.

Discrètement, une fillette mince, habillée d'une jolie robe imprimée de délicates fleurs sauvages, se dirigea vers Richard. Elle le fixa de ses grands yeux verts, exagérés par ses lunettes d'hypermétropes, et, avec une sympathie des plus désarmante, lui lança d'un trait:

— Tu dois être content que Gabriel n'est pas encore mort, hein?

Richard demeura perplexe. Il tentait d'interpréter la signification de cette phrase si malhabilement formulée. La jeune fille resta immobile, le menton élevé au maximum comme si elle s'adressait à un géant. Devant l'absence d'une réponse de la part du père, elle fit de grands signes affirmatifs avec la tête pour lui souffler la réponse.

Richard répliqua d'abord avec le sourire d'incompréhension d'un touriste qui ne maîtrise pas très bien une langue étrangère et, afin de se permettre encore quelques secondes d'analyse, lui demanda de répéter. La petite fille, qui ne semblait pas surprise qu'un adulte soit ainsi distrait, acquiesça:

— Tu dois être content que Gabriel n'est pas encore mort, hein?

— Ou… ou… Oui, bredouilla-t-il. Je suis très content. Il n'osa pas ajouter «qu'il ne soit pas encore *mort*», de peur que le simple fait de prononcer son nom suffise à interpeller la grande Faucheuse.

La fillette semblait satisfaite de la réponse. Visiblement fière d'elle d'avoir entretenu une conversation d'égal à égal avec un adulte sur un sujet aussi sérieux, elle partit, d'un air hautain, rejoindre le reste des écoliers.

Gabriel était assis à son pupitre et sortait, avec soin, une à une, les cartes de souhaits que lui avaient confectionnées ses amis. Chaque fois qu'il en prenait une, un enfant bondissait et s'agitait soudainement, s'exclamant fièrement, plein d'excitation, qu'il en était l'auteur. Il en fut ainsi pendant de longues minutes. Personne ne semblait s'en lasser.

Tout à coup, Gabriel, qui avait l'air beaucoup plus détendu, s'arrêta avant de récupérer le prochain article. Il chercha son père parmi la foule et le repéra. Sa timidité évaporée, ses traits adoucis et souriants, ses yeux pétillants, il était redevenu le Gabriel d'antan. Plus rien ne le différenciait des autres élèves de sa classe. Richard se rapprocha tout près de lui, admirant son enfant manifestement très heureux. Son fils s'était subtilement, mais fermement, réapproprié sa vie.

— Papa?

— Oui, Gabriel? interrogea le paternel.

— Je veux enlever ma casquette.

Son regard était d'une sérénité divine. Il était prêt. Prêt à dévoiler sa réalité. Prêt à l'assumer.

Richard hocha faiblement la tête. Ému devant le geste que son fils allait exécuter, il n'osa pas lui répondre en parole. Il allongea le bras et ouvrit la main en signe approbateur. Avec l'assurance du plus brave des chevaliers de ses jeux vidéo, Gabriel enleva sa casquette et la confia à son père. Un silence envahit immédiatement toute la classe. Tous, sans la moindre exception, fixaient le crâne chauve. Une tête dénudée, qui n'apparaît qu'à la télévision lors de ces téléthons ennuyeux qui ne concernent que des enfants inconnus qui habitent les grandes métropoles. Les enfants s'observaient les uns les autres comme pour s'assurer que cette image apocalyptique était réelle. Et, avec une spontanéité typique aux enfants, le vacarme reprit aussi vite qu'il s'était estompé.

— Madame ! Regardez ! Gabriel n'a plus de cheveux ! s'exclama un garçon qui semblait envier le look.

L'enseignante, visiblement embarrassée, ordonna aux élèves de venir se placer à l'avant devant le tableau afin de présenter à Gabriel le spectacle qu'ils avaient monté depuis la rentrée scolaire. Frétillants d'excitation, les enfants prirent soudainement leur place sur la tribune. D'un doigt, elle démarra le magnétocassette. Fièrement, ils entonnèrent leur chanson tout en gesticulant exagérément la scène décrite par les paroles. Leur compatriote, visiblement impressionné par leur savoir-faire, les contemplait avec la plus grande admiration.

Richard observait la scène, profitant du petit répit que le spectacle lui apportait. Une phrase passait en boucle dans sa tête : « Tu dois être content que Gabriel n'est pas encore mort, hein ? ». Cette phrase innocemment lancée par une fillette de cinq ans n'aurait pas dû le tourmenter autant. Toutefois, la formulation maladroite semblait cryptée. Bien sûr, il y avait ce que la jeune élève avait voulu dire : « Je suis convaincue que vous êtes heureux et soulagé que votre fils, Gabriel, réponde bien aux traitements, et qu'il est raisonnable d'espérer qu'il guérisse et vive par la suite une vie normale jusqu'à ses vieux jours. »

Mais les quelques mots « n'est pas encore mort, hein » n'étaient pas sans lui rappeler qu'un jour, la mort viendrait faucher un à un chacun des membres de sa famille. Richard grimaça et s'ordonna d'apprécier le moment présent.

Il observa son fils qui, le visage illuminé d'un sourire épanoui, écoutait avec admiration ses amis qui donnaient un spectacle à ravir. Malgré ses traits gonflés par la cortisone, son teint pâle, l'absence de cheveux, il était d'une beauté et d'une pureté inouïe. Richard se considéra privilégié d'être en mesure de partager un moment si précieux avec son fils. La phrase de la fillette qui repassait en boucle dans sa tête se transforma alors en message tout simple : « Sois heureux, Richard, ton fils, Gabriel, est vivant ». La joie ressentie lui brouilla la vue.

Le spectacle se termina en crescendo sous les vifs applaudissements du garçon et de son père. L'heure du dîner approchant, Richard signala qu'il était maintenant temps de partir. Puisque tous semblaient rassasiés, aucun enfant ne protesta. Les au revoir n'eurent pas l'allure d'adieux. Et, comme s'il s'agissait d'un jour de classe régulier et qu'ils allaient se revoir le lendemain, ils se quittèrent sans trop de cérémonie. L'enseignante les escorta à la sortie. Madame Florence se pencha sur Gabriel. Elle l'embrassa et le couva de toutes ses qualités maternelles, le serrant si fort que, sous la pression, leurs yeux devinrent pleins d'eau. S'évitant du regard afin de ne pas faire durer le supplice, l'enseignante et l'élève promirent de se revoir bientôt et elle lui ordonna de revenir quand il le voudrait.

À l'extérieur, le soleil d'automne avait réchauffé l'air imprégné d'odeurs sauvages. D'un pas comblé, Gabriel et Richard entamèrent leur descente vers le stationnement. Le front collé à la fenêtre de la porte d'entrée, l'enseignante fouilla ses poches avec empressement, à la recherche d'un mouchoir, et contempla le couple qui s'éloignait. Soudainement, elle figea. Devant elle, il y avait le père et le fils, main dans la main. Au-dessus d'eux, parfaitement centrée, une croix. Celle juchée au pignon de l'église Notre-Dame-des-Sept-Douleurs.

— La trinité, murmura-t-elle.

*** * ***

La neige, déterminée, avait débuté soudainement et abondamment, recouvrant lourdement tout sur son passage comme si, cette fois, elle parviendrait à tout anéantir. Les premières neiges sont souvent des moments précieux, magiques, voire féeriques. Mais cette fois-ci, pour Richard, debout, silencieux devant la fenêtre du salon, à l'aube de son trente-neuvième hiver, chaque flocon sonnait le glas. Chacun semblait multiplier son angoisse. Chacun lui rappelait qu'une épreuve inéluctable d'une dureté sans précédent approchait.

Épiant les feuillages des plantes vivaces céder sous le poids de la neige, il ne pouvait qu'espérer que son fils puisse survivre à cette saison qui s'annonçait sans scrupule.

Au départ, la période de trois mois prégreffe avait semblé suffisante pour arriver à refaire le plein de forces émotionnelles, à faire les préparatifs et surtout à passer du temps en famille. Une famille qui, dans quelques semaines, serait peut-être amputée de l'un de ses membres. Mais voilà que ces damnés flocons se précipitaient pour annoncer que ce qui semblait être lointain était maintenant devenu tout près, très près, trop près.

***

Le décompte se poursuivait. Même les festivités de Noël n'avaient pas réussi à faire oublier l'épée de Damoclès qui pendait au-dessus de la famille Plourde. La visite d'amis et de la parenté, qui, en temps normal, venait égayer cette période de l'année, lui avait plutôt conféré une lourdeur écrasante. Malgré leurs meilleurs efforts, il était tristement évident qu'on venait voir le jeune soldat qui ne reviendrait peut-être pas du combat. Lors des départs, les sourires et les souhaits de bonne année laissaient place à des larmes silencieuses et des regards évasifs torturés, mais remplis de compassion. Les embrassades étaient plus fortes et duraient plus longtemps que de coutume. L'atmosphère devenait tendue au point d'être insupportable. La gorge serrée et douloureuse, on se quittait comme si cet au revoir était le dernier.

Même s'il ne pouvait pas pleinement saisir toutes les conséquences de sa maladie, Gabriel n'était pas sans remarquer les
larmes qui apparaissaient fréquemment sur les visages, les voix
étranglées et l'attention inhabituelle qu'on lui prodiguait. Il savait
que ce qu'on appelait une rechute, c'était sérieux, très sérieux.

Toutefois, comme pour défier la mort, il s'amusait comme si
de rien n'était. Il passait des journées entières, accompagné de sa
sœur Isabelle, à galoper sur des chevaux imaginaires, à s'enfuir
d'un méchant loup fabuleux qui, malgré ses grandes enjambées,
ne réussissait jamais à les atteindre. Ils construisaient d'immenses
châteaux en blocs de bois dans lesquels les figurines de Caillou
et de sa sœur Mousseline côtoyaient de manière insolite des
personnages médiévaux. Ensuite, ils s'attaquaient habilement
aux vilains dans les jeux vidéo. Leurs petits doigts maniaient
frénétiquement, mais avec grande précision, les manettes aux
boutons colorés.

* * *

Bien qu'il n'avait pratiquement pas dormi de la nuit, l'alarme
le fit sursauter. Richard ressentit immédiatement la décharge
d'adrénaline. Son pouls s'accéléra, sa bouche s'assécha et il
ressentit un malaise au centre du thorax. Une envie de vomir le
saisit. Assis au bord de son lit, il resta immobile, profitant des
quelques secondes de normalité qu'il lui restait. Jocelyne sortit du
lit. Leurs regards se croisèrent. Richard tenta de lui dire bonjour,
mais ses dents, qui claquaient bruyamment, l'en empêchèrent.

Jocelyne s'habilla à même la petite pile de vêtements du jour
qu'elle avait placée la veille sur le coin de la commode. Ensuite,
elle inspecta les valises bondées installées au pied du lit. Elles
contenaient pratiquement la quasi-totalité de leur garde-robe,
afin de satisfaire leurs besoins vestimentaires durant les huit
longues semaines où ils seraient partis. Satisfaite, elle rabaissa
les couvercles et fit glisser les fermetures éclair. L'exécution de
menus travaux de ce genre lui permettait de s'approprier un

certain contrôle devant des événements sur lesquels elle n'en avait aucun.

Son cœur de mère lui faisait mal, trop mal. Comment était-ce possible ? Elle qui, depuis sa jeune enfance, avait toujours rêvé du jour où elle serait mère. Alors que ses amies avaient souhaité devenir éducatrice, infirmière, secrétaire ou médecin, elle, secrètement, avait langui, avant tout, du jour où dans ses entrailles un minuscule ovule rencontrerait le mignon petit têtard de son prince charmant. Aurait-elle pu prédire, alors que ses enfants n'étaient que des poupées assujetties, qu'un jour son rêve se transformerait en un cauchemar pareil ? Et si elle avait su…

Puisque les huit premières semaines de la greffe étaient les plus critiques, les deux parents avaient convenu qu'ils se devaient tous deux d'être auprès de leur fils. Richard avait pris un congé prolongé de sa carrière et Jocelyne, qui avait décidé d'interrompre son travail et de rester à la maison pour subvenir aux besoins de ses enfants lors de la naissance de Gabriel, dut tout de même se résigner à abandonner sa fille. La décision avait été difficile et pénible, mais la petite irait se faire garder chez ses grands-parents.

Isabelle, en plus d'être née avec un caractère fort et autonome, était dotée d'une intelligence remarquable pour son âge. Elle savait expliquer à qui voulait l'entendre que son frère avait la leucémie et qu'il devait subir une greffe de moelle osseuse. Et si quelqu'un osait lui faire élaborer, elle pouvait, sans broncher, leur décrire sa neutropénie et la liste exhaustive des médicaments qu'il devait prendre. Les interlocuteurs, éberlués, la bouche grande ouverte, hochaient la tête malgré leur incompréhension. Lorsqu'elle avait appris que son frère devait quitter le foyer pour «l'hôpital *de* Sainte-Justine», elle avait bien assumé la décision de ses parents de l'accompagner.

Compte tenu du départ très matinal de l'escadron, la petite était partie la veille pour son long séjour chez ses grands-parents. Avant de partir, elle avait d'abord enlacé son frère, dont le teint blême avait rougi un peu, ensuite elle avait embrassé un à un ses parents, et, finalement, la chatte Timyne, qui avait suffoqué sous la pression de l'étreinte. Ensuite, sans aucune hésitation, elle s'était retournée rapidement et s'était dirigée vers l'auto rouge. Dans le vent, sa tignasse s'était éparpillée sur sa figure et lui avait conféré un air espiègle qui lui convenait parfaitement. Elle s'était introduite dans le véhicule et, toute souriante, avait fait des au revoir de sa petite main droite. Après, confortablement assise dans son siège pour enfant, alors que l'auto s'éloignait lentement, on avait pu la voir gesticuler énergiquement, signe qu'elle avait déjà commencé à raconter ses jolies histoires interminables.

Les parents se dirigèrent dans le corridor menant aux deux chambres des enfants. À mi-chemin, le vide se fit sentir. La porte béante de la chambre d'Isabelle et les oursons en peluche assis patiemment sur la douillette parfaitement étendue étaient le premier signe que quelque chose ne tournait plus rondement chez la famille Plourde.

Ils pénétrèrent dans la chambre de leur fils. La petite veilleuse inondait la pièce d'une douce lueur chaude et sécurisante. L'éclairage était suffisant pour entrevoir les nombreux dessins qui tapissaient les murs. Chacun avait son histoire. Chacun révélait son univers. Tous comportaient des scènes joyeuses, inondées d'un soleil omniprésent. La cinquantaine d'animaux en peluche rangés sur les commodes, tables de nuit et bibliothèques ajoutaient la touche finale à la normalité qui émanait de la pièce.

Gabriel dormait littéralement à poings fermés, tout emmitouflé sous ses couvertures. Lapin, bien collé contre sa joue, veillait, ses yeux rouges grands ouverts. Dans cette pénombre, le visage de leur fils semblait recouvert d'un fin velours. Ses paupières délicatement fermées étaient bordées de longs cils courbés qui, fièrement érigés, avaient défié les chimiothérapies. L'oreiller, sur lequel sa tête était confortablement enfoncée, camouflait son crâne chauve. La forme de son petit corps se révélait à travers la douillette. Il avait l'air d'un ange.

Les parents, muets, s'échangèrent un regard chargé d'émotions. Impossible de dire un mot, de peur que ce nœud dans la gorge se dénoue soudainement et que toute l'angoisse entassée, pressée et comprimée depuis des mois fasse éruption subitement et que ce silence précieux soit remplacé par des lamentations horribles. D'un commun accord tacite, ils restèrent ainsi, main dans la main, silencieux, debout devant leur fils, s'enivrant de cette normalité pendant quelques délicieuses minutes.

C'est Richard, incapable de soutenir cette ambiance illusoire, qui céda le premier. D'un pas coupable, il se dirigea de l'autre côté du lit où son fils était niché. Le plus doucement du monde, il lui caressa d'abord l'épaule, puis le bras, pour ensuite l'amignonner de la tête aux pieds. Gabriel s'étira doucement puis ouvrit laborieusement les yeux, laissant paraître un regard confus.

— C'est l'heure. Il faut partir, chuchota Richard.

— Non ! s'opposa Gabriel, avant d'éclater en sanglots.

Jocelyne se pencha sur le lit, le caressant à son tour.

— Je t'ai préparé ton chandail favori. Tu sais, celui de Spiderman que tu as eu pour Noël ? Je vais t'aider à t'habiller. Ça ne sera pas très long et après tu pourras dormir dans l'auto.

— Je ne veux pas y aller à Montréal ! protesta le garçon, qui pleurait avec amertume. Je veux rester ici ! Je ne veux plus de traitements !

— Gabriel, lui répondit calmement sa mère, je sais que ça ne te tente pas. Nous aussi nous aimerions beaucoup mieux rester ici. Mais tu le sais, les docteurs Bordeaux et Servant te l'ont expliqué : pour guérir et se débarrasser une fois pour toutes de cette leucémie, il faut faire une greffe. Et pour ça, il faut aller à Montréal.

Gabriel, qui ne semblait pas l'écouter, la figure bien enfouie dans l'oreiller, se retourna doucement et répliqua :

— Pourquoi les médecins, ici à Edmundston, ne savent pas comment guérir la leucémie?

— C'est compliqué, Gabriel, soupira Jocelyne. À l'hôpital Sainte-Justine se trouvent les meilleurs médecins pour enfants au pays. Ils connaissent bien comment guérir la leucémie, ce sont les meilleurs. Ils vont te donner une moelle toute neuve et, si tout va bien, te débarrasser de cette maladie une fois pour toutes.

Et elle reprit d'un ton très doux:

— Nous sommes vraiment déçus que les traitements n'aient pas fonctionné la première fois et que ta leucémie soit revenue. Nous voulons vraiment que tu puisses t'en débarrasser à jamais!

Tendrement, elle lui essuya les larmes du revers de la main.

Les parents, par expérience, ajoutaient souvent les quatre mots « si tout va bien » dans leurs discussions avec leur fils. Trop souvent, à cause de fièvres sournoises, d'infections insidieuses, de formules sanguines faibles et d'autres innombrables complications, ils avaient dû revenir sur leur parole. Chaque fois, ils en avaient eu le cœur brisé. Maintenant, quatre petits mots courts leur assuraient l'impunité devant toute éventualité.

Jocelyne savait que rien n'était sûr. Elle savait qu'il y avait autant de chances qu'il guérisse qu'il meure. Même si, parfois, elle sentait la cause perdue d'avance, elle tentait de se motiver. Il fallait lui donner espoir. Si Gabriel réussissait à croire en ses chances de guérir, peut-être viendrait-elle à y croire aussi.

Malgré quelques objections, la mère, en toute douceur, convainquit son fils de sortir du lit et l'aida à s'habiller.

Pendant ce temps, incapable de contrôler les tremblements qui dominaient complètement son corps, Richard se précipita immédiatement à l'étage dans le but de ranger les valises dans la fourgonnette. Une impulsion le fit bifurquer vers le placard de son bureau. Il la repéra aussitôt, bien rangée sur la plus haute tablette : une petite boîte en bois, verrouillée à clef. Du bout des doigts, il l'approcha un peu pour la saisir, mais opta finalement pour la remettre à sa place.

— Il faudra bien t'ouvrir un jour, murmura-t-il.

La larme à l'œil, hanté de remords, il se dirigea vers l'entrée où les quelques valises restantes avaient été placées. La scène qui l'attendait le tourmenta davantage. Timyne, la chatte, qui, à la vue d'une valise, déguerpissait, de peur d'être conduite chez le vétérinaire, était cette fois à plat ventre sur la plus petite valise, celle de Gabriel. La tête droite, défiante, elle lança un miaulement de supplication bruyant.

Timyne était l'animal de compagnie que le jeune couple s'était procuré peu après avoir emménagé dans leur premier appartement. Il s'agissait de cet animal qui typiquement, pour les jeunes amoureux, se substitue symboliquement au premier enfant et agit comme un test à savoir si le couple résistera à un nouvel intrus. La chatte s'était révélée d'une tendresse et d'une intelligence extrêmes envers ses parents adoptifs. Par contre, elle avait une aversion immodérée pour les visiteurs, qu'elle griffait sans avertissement. Le couple avait craint devoir s'en départir à la naissance de leur premier-né. Toutefois, elle n'avait jamais agressé les enfants, et ce, malgré les supplices que lui faisaient subir sa sœur et son frère humains. Elle encaissait, patiemment et courageusement, tous les martyres qu'on lui imposait : les poignées de poils arrachés, les tirages par la queue, les asphyxies lorsqu'ils se couchaient sur elle de tout leur poids, les étranglements amoureux et les becs baveux sur son museau.

Depuis son retour à la maison après son hospitalisation, Gabriel dut se résigner à avoir constamment Timyne sur les talons. Elle dormait à ses pieds la nuit, et le jour se reposait à un endroit d'où elle pouvait le guetter. Lorsqu'il était parti à l'hôpital pour des suivis, elle se couchait constamment sur la petite berceuse que le garçon utilisait pour ses jeux vidéo, la laissant seulement pour ses besoins primaires.

Timyne était plus qu'un chat, elle faisait partie à part entière de la famille, et à ce titre avait le droit de s'objecter et de se plaindre du démembrement de la totalité de son clan. Elle résista aux tentatives de Richard de la déloger jusqu'au moment où elle vit apparaître Gabriel dans la cuisine. Elle accourut vers lui et lui frôla affectueusement la jambe tout en s'opposant bruyamment à son départ. Gabriel, qui s'en ennuyait déjà, la caressa tendrement alors que des larmes silencieuses lui perlaient sur les joues. Cherchant à éviter à tout prix cette scène qui lui nouait la gorge, Richard se chercha quelque chose de pratique à accomplir. Il fut soulagé lorsqu'il aperçut la valise de son fils maintenant devenue vacante, l'agrippa rapidement et se dirigea à la sauvette vers le garage.

Une fois à l'extérieur, l'air glacial de janvier réussit à saisir une partie de son désarroi et il sentit son humeur s'alléger un peu. Il inspecta sa cargaison. La veille, pour se sentir utile, il avait méticuleusement placé à l'arrière de l'auto le gigantesque bac contenant une sélection des jouets favoris de son fils ainsi que les deux grosses boîtes de repas maison congelés que Jocelyne avait préparés durant les semaines précédentes. À ceux-ci s'étaient ajoutés quelques plats que certains amis soucieux leur avaient généreusement offerts. Tout semblait à l'ordre.

Malgré l'épreuve qui s'annonçait, Richard ressentait un soupçon infiniment subtil de fébrilité. Une excitation devant ce voyage. Comme si une partie de son cerveau n'avait pas été mis au courant des circonstances de ce périple. Comme le chien de Pavlov qui salive au son de la cloche, la vue des bagages et l'action de ranger l'auto semblait éveiller, dans un coin reculé de sa conscience, l'impression d'un voyage de plaisance. Curieusement, lui-même surpris, Richard s'agrippait à cette sensation d'effervescence enivrante. La conduite dans la nuit, alors que le monde entier semble dormir et que le temps est suspendu, lui apporterait une tranquillité passagère, un peu de répit.

Richard retourna dans la maison. Gabriel était déjà chargé de tout son accoutrement d'hiver, visiblement prêt pour le départ. Le sourire aux lèvres et dans les yeux, il ressemblait à un enfant qui part en vacances. Jocelyne, qui avait tout prévu depuis plusieurs jours, jeta un coup d'œil circulaire et conclut que tout y était.

Les deux parents s'évitèrent du regard, mais eurent le même réflexe de fixer une dernière fois ce qui n'avait plus du tout l'air d'un nid familial. Cette maison, autrefois chaleureuse et invitante, n'était maintenant qu'une carcasse froide et vide. Ils ressentaient une crainte secrète, soit que ce gîte ne puisse être à nouveau témoin de tout l'amour qui l'avait comblé alors que la famille ne soupçonnait rien. Ils quittaient tous: Isabelle, Gabriel, Jocelyne et Richard. Qui de ceux-ci seraient de retour dans quelques mois? Ils fermèrent la porte derrière eux.

Malgré leur vision ondulée par les larmes, un faible sourire, mince et fragile comme un papier de soie, s'immisça sur leurs lèvres. Ils l'avaient tous deux ressenti, elle avait réussi à s'infiltrer à travers ce lourd pessimisme: une infime lueur d'espoir. Avec un peu de prières et de patience, ce brasillement presque étouffé parviendrait peut-être à faire naître une toute petite flamme, de laquelle viendrait à jaillir un feu ardent d'espérance. Ce minuscule fragment d'espoir agissait comme une bouée de sauvetage pour ces deux naufragés, épuisés de combattre les profondeurs d'une mer déchaînée.

Chapitre 3

La fourgonnette se déplaçait lentement dans cette rue résidentielle. L'absence d'éclairage, à travers les fenêtres des demeures, confirmait que toutes les jeunes familles dormaient, tranquilles, à l'abri, ne serait-ce que pour cet instant, des graves épreuves de la vie. Richard s'interrogeait à savoir si ses voisins réalisaient pleinement à quel point ils étaient comblés. Le soir, bénissaient-ils les cieux, avant de s'endormir dans le calme de la nuit, pour l'abondance qu'ils avaient reçue et pour avoir été épargnés de toute calamité ? Savaient-ils que leur richesse n'était mesurable que par la santé de leurs êtres chers ?

Il y avait un certain réconfort à être seul sur la route à quatre heures du matin. La nuit et le froid de janvier figeaient le temps. Pour quelques précieuses minutes, le destin était suspendu, rendu inoffensif. Le monstre était en cage. Jocelyne, qui fixait la pleine lune, trouvait paradoxal que l'obscurité, ce repaire du Bonhomme Sept Heures, des vampires, des voleurs, des loups-garous et des méchants de toutes sortes, serve de refuge à son enfant intérieur.

C'est ainsi qu'en silence, sans avoir le courage de s'adresser la parole, les deux parents s'offrirent un peu de répit. Gabriel, dans son siège sur la banquette arrière, se rendormait tranquillement. Richard conduisait comme un automate. Cette route, il la connaissait par cœur, il l'avait parcourue une centaine de fois. Pour se distraire, il se contenta de relire les pancartes routières pour une énième fois. Il eut alors l'idée de « mettre toutes les chances de son côté », comme dit l'expression. Pour chaque enseigne qui afficherait le nom d'un saint, il répéterait la formule « priez pour nous ». C'est ainsi que Saint-Jacques, Saint-Joseph et Saint-Jean-de-la-Lande furent les premiers à recevoir ses invocations.

Alors qu'il suppliait Saint-Jean-Chrysostome de prier pour eux, le noir protecteur du ciel s'était déteint en un vélum bleu royal criblé de minuscules étoiles brillantes. Le jour se levait, et leur bouclier aussi. Il ne restait que quelques précieuses minutes avant que les premiers rayons de soleil viennent officialiser le début des procédures qui mèneraient à la greffe. Et comme pour faire perdurer le calvaire, on nommait le premier jour de traitement le « jour moins huit ». La greffe, en tant que telle, n'aurait lieu qu'après huit jours de chimiothérapies et de radiothérapies qui anéantiraient, « si tout va bien », toute trace de la moelle du jeune garçon. Dans quelques heures, à l'Hôpital général de Montréal, on bombarderait ce jeune corps de radioactivité. On engendrerait ainsi la première étape d'une cascade qui assurerait l'arrêt de la production de ce précieux sang qui coulait dans ses veines. Le sang de son père, de sa mère et de tous ses ancêtres depuis la nuit des temps serait en huit jours rejeté du revers de la main. Un sang étranger, qui n'avait de consanguinité que quelques séquences génétiques, viendrait le remplacer. Un nouveau sang capricieux qui devait sanctionner sa nouvelle demeure, sans quoi les conséquences seraient fatales.

Gabriel dormait. La nuit s'était dissoute dans le jour. Sainte-Brigitte-des-Saults venait de recevoir la mission de prier pour les Plourde. Le couple s'était très peu adressé la parole depuis près de quatre heures. À part la demi-heure séparant Montmagny de Québec, où Jocelyne avait réussi à fermer l'œil, le couple avait fixé silencieusement vers l'avant. Des dizaines de scénarios défilaient dans leurs têtes, chacun pire que l'autre. L'aube orangée annonçait un soleil radieux. Était-ce, comme dans les films westerns, le prélude à une exécution? C'est Richard qui se racla la gorge et brisa le silence:

— J'ai beau essayer, je ne réussis qu'à imaginer le pire! Des dizaines de statistiques se succèdent dans ma tête: «cinquante pour cent de guérison». C'est cinquante pour cent de mortalité, ça!

Il ajouta, d'un ton imitant la voix du médecin:

— Cinq pour cent restent avec des séquelles sérieuses et sévèrement handicapantes qui nécessitent des soins importants, et ce, pour la vie.

Richard s'arrêta pour cligner l'excès de larmes hors de ses yeux et ajouta d'un ton abattu:

— Gabriel arriverait-il à nous pardonner s'il fallait qu'il devienne prisonnier d'un corps abîmé qui n'a d'autre choix que de mener une guerre perpétuelle et brutale contre un sang étranger qui persiste à le rejeter?

Jocelyne ne répondit pas. Les questions que posait son époux ne servaient qu'à exprimer son désarroi, elles ne requéraient pas de réponses. D'une voix calme, elle ajouta:

— Je souhaite de toute mon âme qu'il guérisse. Je donnerais ma vie, aujourd'hui même, si cela pouvait le sauver. Toutefois, s'il doit finir dans ces cinq pour cent, s'il doit souffrir pendant des décennies, je préfère le perdre.

Elle fit une pause afin de reposer sa voix qui craquait sous le poids de son fardeau et reprit:

— Et s'il doit partir, je prie le Bon Dieu de tout mon cœur qu'il ne souffre pas et que ça se fasse en douceur, il le mérite…

Elle ne put terminer sa phrase. Les larmes ruisselaient abondamment sur ses joues, son cœur de mère ne pouvant plus les contenir.

En temps normal, Richard aurait peut-être osé jouer le rôle du mari sécurisant, celui qui, comme au cinéma, aurait pris sa fragile épouse dans ses bras pour la rassurer. Il lui aurait chuchoté à l'oreille que tout se déroulerait bien et qu'elle devait lui faire confiance et ne pas s'inquiéter. Il en était maintenant incapable. D'ailleurs, comment aurait-elle pu le croire? Il se contenta de lui caresser doucement la main et, ensuite, de la lui serrer fermement, lui signifiant ainsi que, peu importe ce que l'avenir leur réservait, il serait là avec et pour elle.

Richard secoua lentement la tête et d'une voix à peine audible ajouta :

— Je ne comprends plus rien à la vie. Tout ce que je croyais savoir s'est envolé en fumée.

Richard jeta un coup d'œil dans le rétroviseur pour contempler le beau visage de son fils qui dormait toujours. Lapin, qui semblait inquiet, était incapable de fermer l'œil.

— J'avais toujours cru que les rebondissements de la vie survenaient pour des raisons particulières. Que la vie ou la Providence nous dirigeait, malgré nous, dans le meilleur chemin. Que les embûches qui nous étaient destinées parsemaient notre route pour nous faire apprendre, nous faire grandir et nous ouvrir sur différents horizons! Toutes mes expériences antérieures cadraient bien dans ce système. Il y avait un destin, dirigé d'une main de maître par un Dieu bienveillant. Mais là, j'ai perdu tous mes repères. Car si notre fils était « destiné » à souffrir d'une leucémie, ne fallait-il pas l'aval de Dieu? Ne fallait-il pas qu'un enfant de deux minuscules années d'existence subisse les châtiments de l'enfer sous une sanction divine? Et pourquoi? Parce qu'il a une leçon à en tirer? Pour faire apprendre une leçon cardinale à ses parents? Impossible! Je ne peux pas croire que Dieu se cache derrière ce plan machiavélique.

Avec une grimace de dédain, il conclut :

— Je n'en voudrais pas d'un Dieu qui oserait faire souffrir un enfant.

Richard se tut, jugeant que son monologue avait suffisamment duré.

— Richard, tu le sais que ce cancer ne vient pas de Dieu. Il vient de l'ignorance et de la faiblesse des hommes. Comment pouvons-nous éviter la plupart des maladies alors que l'on persiste à ajouter à nos aliments des colorants artificiels et des agents de conservation, que l'on sucre avec des édulcorants artificiels, que l'on pollue nos cours d'eau et l'air que l'on respire? Combien de gens fument, s'alimentent mal ou demeurent inactifs même s'ils savent qu'ils le font au détriment de leur santé? Comment pouvons-nous croire que nous pouvons tuer de jolis pissenlits avec des tonnes d'herbicides sans qu'il y ait de conséquence sur notre santé? Qu'est-ce qu'on nous dit? Éviter simplement de marcher sur les pelouses pendant vingt-quatre heures! Le lendemain, lorsque l'on retire les affiches, on se dupe à croire que le poison est complètement disparu. Et, pendant que le trèfle se recroqueville pour mourir et que les pissenlits flétrissent avant de rendre l'âme, les enfants insouciants les achèvent en se roulant dessus, alors que leurs parents admirent leur gazon immaculé.

Elle fit une brève pause pour maîtriser sa colère et poursuivit:

— On nous recommande de rincer nos fruits et légumes, comme si cela parvenait à rincer miraculeusement toute trace de toxines, un baptême par l'eau! Consciemment ou pas, la race humaine s'extermine elle-même. Nous n'avons pas besoin de Dieu pour nous envoyer des épreuves, l'humanité y parvient très bien à elle seule.

Malgré la rage qui la rongeait, Jocelyne ressentait un grand bien en ventilant ainsi ses émotions. Une catharsis bien méritée, quoi. Le couple fixait encore tout droit devant, la route se déroulant devant leurs yeux comme un film ennuyeux que l'on regarde simplement pour se distraire. Ils étaient des victimes, ils le savaient. Ils étaient résolus à ne jamais connaître qui ou quoi était coupable de la tentative d'assassinat de leur fils. Il ne servait peut-être à rien de se battre contre un ennemi invisible et d'accuser des monstres innocents. Comme il aurait été plaisant de coincer le coupable! Ils auraient ainsi pu tirer profit de cette expérience et partir en croisade afin d'éviter que d'autres enfants subissent le même sort. Cela aurait pu donner un sens à leur épreuve. Mais encore là, ne seraient-ils pas tombés dans le piège du destin? Si leur croisade sauvait des milliers d'enfants, est-ce que cela signifierait que la divinité aurait sanctionné de faire souffrir le leur pour en arriver à ce but suprême? Rien n'était sûr. Rien n'avait de sens.

Richard, qui avait l'habitude de parler lorsqu'il était anxieux, rompit à nouveau le silence :

— L'enivrante pureté de la vie ne devrait-elle pas appartenir à la jeunesse alors que la maladie et la mort ne devraient atteindre que ces vieillards ratatinés, qui, solennellement, après une vie comblée, ne demandent qu'à rejoindre l'au-delà? Ma pauvre grand-mère, alitée depuis je ne sais plus combien d'années, n'ayant plus aucune qualité de vie et qui demande continuellement à ce que Dieu vienne la chercher, céderait sa place sur cette terre, sans broncher, à n'importe quel enfant malade pour qu'il puisse vivre en santé alors qu'elle serait finalement libérée d'un corps achevé. Mais ce n'est pas comme ça que ça se passe.

Richard n'en voulait pas à Dieu. Il était convaincu que, du moins dans ce cas-ci, cette maladie était le résultat de l'ignorance et de l'arrogance des hommes, qui, dans leur quête insatiable de pouvoir et d'argent, réussissaient à se convaincre que leurs gestes n'auraient aucune répercussion tragique. Et qu'au pire, si des gens devaient souffrir par leurs actes, leur famille en serait sûrement épargnée. Ils étaient collectivement convaincus que le pire n'arriverait qu'aux autres.

Un bâillement se fit entendre à l'arrière. Richard guetta son rétroviseur et vit son fils se réveiller brusquement, plissant les yeux sous la lumière vive du soleil matinal, cherchant, un peu endormi, un repère pour lui indiquer où il pouvait bien être. Réalisant que son cauchemar s'était transformé en réalité, il pleurnicha et secoua vivement les pieds, s'assurant de frapper avec force le siège de sa mère devant lui, question de manifester son objection à ce « voyage ».

— Bonjour, Gabriel! lui lança tendrement sa mère, faisant comme si de rien n'était. Elle se retourna pour qu'il puisse la voir.

Celui-ci rechigna encore.

— Tu sais, nous avons fait déjà un bon bout de chemin pendant que tu dormais. Dans moins d'une heure, nous serons arrivés à Montréal. Je vais mettre ton disque de musique préféré, d'accord? Lorsqu'il finira, nous serons rendus!

La musique eut l'effet désiré et l'enfant se calma dès les premières mesures.

— As-tu soif? Est-ce que tu boirais quelque chose?

— Du lait, affirma-t-il après une brève réflexion.

Et il n'en fallait pas plus pour que toute sa grogne se soit envolée. Derrière le volant, Richard appréciait cette magnifique qualité qu'avait son enfant de pouvoir en une seconde dévier son attention de la misère qui l'accablait. Ce jeune guerrier possédait un don précieux, une faculté qui se perd trop souvent une fois grand, soit de vivre, de savourer le moment présent et de ne s'attarder à l'avenir qu'au temps opportun.

* * *

Le mât du stade olympique pointait à l'horizon. Seulement quelques kilomètres les séparaient maintenant du centre-ville de Montréal. Cette distance, qui, normalement, aurait dû être franchie en trente minutes, en avait pris le triple. Les ponts qui menaient à l'île, comme tous les matins, étaient congestionnés. Les Plourde avaient profité de ces derniers moments de calme pour se dissimuler dans les embouteillages. À regarder les passagers des autres véhicules, ils s'étaient presque convaincus qu'une journée répétitive et monotone au travail les attendait.

C'est tout de même avec quelques minutes d'avance que la fourgonnette grimpa la pente abrupte du chemin de la Côte-des-Neiges, d'où l'on apercevait maintenant l'Hôpital général de Montréal. Étant donné les vents violents et glacials, Richard déposa son fils et son épouse devant les portes d'entrée. Gabriel ne protesta pas. Jocelyne, qui avait semblé très anxieuse deux minutes plus tôt, était maintenant très calme et sûre d'elle-même. Vraisemblablement, la famille s'était abandonnée à son sort. L'épouse s'adressa à son mari :

— Nous allons signaler notre arrivée à la réception. Tu n'as qu'à venir nous rejoindre, d'accord ?

— Oui, d'accord.

Haussant le ton pour s'adresser à son fils, qui, déjà dehors, tenait fermement Lapin, Richard ajouta :

— Je vais garer l'auto et je te rejoins dans quelques minutes. Va avec maman et je te rejoins.

Richard n'eut pas droit à une réplique ; la portière, que Jocelyne avait fait basculer, était venue clore la discussion. Ses êtres chers couraient rapidement à travers les portes d'entrée, la tête enfoncée dans les épaules.

Puisque le stationnement affichait complet, il fallut plus de temps que prévu au père de famille pour garer l'auto. Il avait finalement profité d'un espace, au bord de la rue, devenu vacant au moment même où il allait rebrousser chemin pour la troisième fois. Il bourra le parcomètre de pièces d'un dollar, s'assurant de couvrir un minimum de deux heures, et s'élança vers l'entrée de l'hôpital. Il tenta de courir, mais, atteint par le froid paralysant, il se résigna à marcher rapidement. Devant les portes automatiques, deux personnes défiaient la météo pour quelques touches de cigarette.

Richard secoua la tête par pitié et pénétra dans l'édifice. Les corridors ternes et sombres étaient encombrés de civières inutilisées. Les planchers, en cette saison hivernale, étaient cernés de boue et de sel. Le personnel de l'hôpital, dont chaque membre était identifié par une carte plaquée sur la poitrine, se précipitait dans toutes les directions, alors que les patients et visiteurs, évidemment confus, recherchaient désespérément les panneaux de signalisation.

Une grande affiche suspendue au plafond indiquait « Radio-Oncologie ». Richard s'introduisit dans une grande salle qui n'avait rien à voir avec les couloirs qu'il venait de franchir. L'éclairage était généreux. Les murs rayonnaient littéralement d'un jaune chaleureux évoquant le hall d'entrée des meilleurs hôtels des Caraïbes. Avec ses bureaux aux designs modernes, la réception aurait pu être celle d'une grande entreprise prospère. Même que la dame attitrée aux rendez-vous portait un écouteur portatif à l'oreille, auquel, au bout d'un mince fil lui longeant la joue, était rattaché un minuscule microphone. Lorsqu'elle tournait le regard, on aurait dit qu'elle parlait toute seule. Devant la réception, des sarraus blancs se succédaient. La plupart de ces techniciens et ces médecins se relataient tranquillement les événements de leur week-end avant que commence leur quart de travail.

Tout au fond d'une très vaste salle d'attente, les siens étaient assis. Gabriel, le crâne chauve plongé dans son sac à dos, était à la recherche de jeux pour faire passer les longues minutes d'attente. Soulagé de les avoir retrouvés, Richard se dirigea vers les siens. Dès son arrivée, Jocelyne désigna son fils d'un coup de tête et fit une grimace pour signaler que la situation se corsait déjà. Ensuite elle se pencha vers son fils pour lui signifier que son père était arrivé. Gabriel, visiblement intéressé, releva soudainement la tête. Richard fit mine de rien.

De par ses yeux bouffis et ses larmes qui perlaient encore dans ses lunettes, il était évident que quelque chose tourmentait le petit. Fixé au visage de Gabriel telle une muselière, un masque bleu, épais, lui couvrait le nez et la bouche. Des élastiques étroits encochaient ses joues enflées par la cortisone.

— Je ne peux plus respirer! se plaignit l'enfant. J'ai chaud! Je veux l'enlever!

D'un geste protestataire, l'enfant agrippa les élastiques de son masque, comme s'il s'apprêtait à le retirer, mais n'en fit rien.

— Je lui ai répété ce que le médecin nous a expliqué le mois dernier, répliqua doucement Jocelyne à son mari, tout en s'assurant que son fils l'entende. Il est important qu'il n'attrape aucun virus avant la greffe, sinon il pourrait devenir très malade. Il doit le garder dans les endroits publics et surtout dans les hôpitaux. Il pourra l'enlever tantôt, dans l'auto.

Richard s'assit sur la chaise vacante près de son fils.

— À quel jeu tu joues? demanda-t-il doucement, en pointant le Gameboy du menton.

Il n'en fallait pas plus pour que le fils s'attarde à montrer fièrement à son père l'étendue de ses exploits.

— Gabriel Plourde, salle 302, fit une voix métallique qui résonnait des haut-parleurs fixés au plafond.

Jocelyne sursauta et s'empressa de ramasser les effectifs. Richard se leva et offrit sa main ouverte à son fils.

— Je n'y vais pas! protesta Gabriel.

— Viens, insista Richard, soudainement anxieux et impatient. Le médecin nous attend. Il va simplement t'examiner, c'est tout.

Après une brève hésitation, Gabriel se leva. Évitant la main tendue de son père, il se dirigea vers le bureau du médecin, claquant bruyamment les pieds par terre à chaque pas pour bien témoigner son désagrément.

À l'intérieur d'une petite salle d'examen, une dame médecin sexagénaire – aux cheveux blancs entremêlés de blond et aux yeux vert profond – les attendait. Son large sourire chaleureux et sécurisant de grand-mère contrastait fortement avec ses traits creux et endurcis. Elle faisait visiblement partie de ces femmes qui avaient dû franchir maints obstacles dans leur carrière professionnelle dans un monde qui, à leur arrivée, était presque exclusivement réservé aux hommes.

— Assoyez-vous, dit-elle tendrement d'un français parfait coloré d'un fort accent anglophone.

Après un échange amical avec le patient et dès qu'elle le sut sécurisé, elle incita l'enfant à poursuivre son jeu vidéo. Celui-ci, surpris et surtout soulagé, plongea dans son divertissement sans se faire prier. Le médecin se retourna, prit un air sérieux et s'adressa aux parents:

— Avez-vous des questions?

Richard et Jocelyne furent surpris par l'absence de protocole et d'explications. Toutefois, le mois précédent, alors que Gabriel subissait, dans une autre pièce, tous ses marquages de repères anatomiques pour sa radiothérapie pancorporelle, le médecin avait abordé, sans équivoque, tous les risques. Les parents avaient compris. De plus, ils savaient qu'aujourd'hui était un point de non-retour. Gabriel subirait dans quelques instants un premier traitement particulier ciblé sur une région de prédilection pour les rechutes. Les jours suivants, il recevrait une série de doses fractionnées de radiothérapie qui lui traverserait le corps, tuant, sans discernement, des millions de cellules sur son passage, les bonnes comme les malades. Une fois le premier traitement exécuté, il faudrait aller jusqu'au bout, car, autrement la mort était certaine.

— Vous comprenez bien les risques? avait ajouté le médecin, dont le regard doux avait fait place à un faciès sévère.

Avec beaucoup d'appréhension, les parents, qui savaient que les traitements pouvaient induire de pires cancers, des cataractes, de la fatigue importante, des problèmes de croissance et des ulcères tout le long du tube digestif, pour ne nommer que ceux-là, acquiescèrent d'un signe de tête. Quel choix avaient-ils véritablement? Tout annuler mènerait à une mort certaine. Ils avaient choisi la vie. Une vie écorchée, mais une vie quand même. Ils devraient assumer leur décision, espérant de chaque fibre de leur être qu'elle était la bonne.

— Signez ici, s'il vous plaît. Ceci est la formule de consentement, annonça le médecin, en pointant à l'endroit prévu.

Par son sourire engageant et affectueux, la radiologue semblait leur confier: « Je sympathise avec vous, chers parents. L'heure est grave, mais je vous promets que je ferai tout pour sauver votre fils. »

Consentants, les parents apposèrent leurs signatures. Le pacte était conclu.

Une jeune technicienne, habillée du traditionnel sarrau blanc et portant l'omniprésent détecteur de radiation clipsé sur sa poche avant, avait perçu le signal du médecin et, le sourire timide, s'était approchée de l'ouverture de la porte.

— Gabriel, annonça-t-elle.

L'enfant l'observa sans répondre.

— Mon nom est Karine, je serai ta technicienne, aujourd'hui. Tu veux me suivre? demanda-t-elle en lui tendant la main.

L'enfant se tourna vers son père, inquiet qu'il doive la suivre sans ses parents.

— Bon! Eh bien, on y va! lança Richard en se relevant d'un bond.

C'est ainsi que la famille se dirigea vers l'une des nombreuses salles de traitements. La technicienne, bien que gênée en présence du médecin, semblait maintenant très à l'aise avec son nouveau patient. Elle conversait allègrement avec le petit, qui semblait charmé par cette attention particulière.

— C'est ici à gauche, annonça-t-elle devant la porte numéro sept.

Ils pénétrèrent dans un court corridor menant à une grande salle sombre et froide. La scène qui les attendait aurait pu provenir d'un film de science-fiction. Un énorme appareil, qui semblait flotter dans les airs, était en réalité rattaché par un bras massif à une large fixation murale. La plus grande partie de l'éclairage provenait des multiples écrans d'ordinateur et des nombreuses diodes clignotantes. Par terre, une table colossale ne révélait son utilité que par un minuscule oreiller placé à une extrémité.

— Gabriel, dit la jeune technicienne d'une douce voix suave. Ceci est l'appareil dont je t'ai parlé. C'est un peu comme une caméra photo, mais en beaucoup plus gros. Toi, tu seras couché ici, ajouta-t-elle en pointant en direction de l'oreiller.

Visiblement nerveux, l'enfant se rapprocha de sa mère, serrant son lapin très fort. Il savait que, dans les minutes qui suivraient, il devrait être laissé seul avec le monstre.

— Tu vois la caméra au plafond ? Papa et maman pourront te voir sur un téléviseur au poste de contrôle. Ils pourront même te parler. Si tu veux, tu pourras leur parler aussi, il y a un microphone justement pour ça. Le traitement dure à peine deux minutes, après, tu pourras partir. As-tu des questions, champion ?

Gabriel fit signe que non.

Karine l'invita alors à gravir les marches menant au plateau, ce qu'il fit courageusement, sans se plaindre. Pendant qu'elle passait en revue les étapes qui suivraient, pas moins de sept personnes vêtues de sarraus bourdonnaient tout autour. Un jeune homme, dossier en main, tapotait un clavier en verbalisant ses entrées alors qu'un autre semblait en vérifier l'exactitude. Une jeune femme agrippa une manette démesurée qui pendait du plafond et qui était rattachée à un long câble épais. Alors qu'elle pesait sur les boutons de contrôle, la table et l'enfant se mirent à s'élever lentement pour s'arrêter à un peu plus d'un mètre et demi du sol.

Soudainement, une lumière jaillit de l'appareil et projeta son faisceau sur l'enfant. À tour de rôle, les techniciens défilaient pour vérifier le centrage de la croix sur la zone de traitement voulue. Immédiatement, le technicien aux commandes du clavier pointa son doigt sur l'écran, énonçant tout haut nom, âge et numéro de dossier du patient ainsi que les réglages de l'appareil. Le médecin, qui écoutait tout en vérifiant méticuleusement le cadrage sur l'enfant, ordonna d'autres chiffres que le technicien s'empressa de taper. Sa démarche imposait du respect. D'un air soucieux, elle salua le patient :

— Ça va, Gabriel ? Tu dois rester complètement immobile. Il ne faut surtout pas bouger, tu comprends ?

Le garçon n'osa pas répondre. Les parents, impuissants, observaient la scène. Confus, Richard et Jocelyne furent invités à évacuer la pièce. Ils balbutièrent quelques mots d'encouragement à leur fils et se dirigèrent vers la sortie. Gabriel dut rester complètement seul avec le monstre. Sacrifié du haut d'un piédestal en offrande aux dieux ; lui accorderaient-ils la vie ?

La porte colossale, bourrée de plomb et épaisse comme une pierre tombale, se referma apathiquement. Lorsque le grincement du moteur cessa enfin, l'indicateur au-dessus de l'issue changea du vert au rouge. Un abîme semblait séparer les parents de leur enfant.

Le poste de contrôle, avec sa série d'écrans cathodiques, ses nombreux boutons et leviers, en imposait. L'énorme console scintillait par ses nombreuses diodes clignotantes. Au centre, sur un écran monochrome, le visage angélique de Gabriel n'avait pas bougé d'un centimètre. Un technicien appuya sur un bouton et articula dans un micro :

— Bonjour, Gabriel. Papa et maman sont ici avec nous, ils te regardent à la télé. On va commencer dans quelques secondes. Ça ne sera pas long, tu ne bouges pas, d'accord ?

Gabriel, qui n'osait pas bouger, hésita à répondre. On entendit enfin une faible affirmation dans les haut-parleurs du poste de contrôle.

Une accalmie envahit brusquement la salle de contrôle. Les préparatifs étaient terminés. Comme si le protocole exigeait que l'on respecte un moment de silence, le médecin prit quelques secondes avant de donner le signal d'un hochement de la tête. Un technicien appuya aussitôt sur un bouton. Immédiatement, sous un cadran portant la mention « durée de traitement », des chiffres se mirent à déferler à un train d'enfer. Sans s'y attendre, Richard se mit soudainement à pleurer en silence. On aurait dit qu'une main diabolique venait lui arracher des fragments de vie du fond de son être. Le monstre, qui irradiait son fils, puisait son énergie dans la sienne. À la fin, il ne resta qu'un silence insoutenable.

— C'est terminé, Gabriel, lança le technicien dans le micro-phone, en pressant sur un gros bouton rouge.

Instantanément, la lumière au-dessus du cadre changea au vert, mais, comme si elle cherchait à faire durer le supplice, la porte colossale ne s'ouvrit que très lentement. Impatients, les parents se glissèrent dans l'ouverture partielle et rejoignirent rapidement leur fils courageux. Gabriel était visiblement soulagé que cette étape soit enfin complétée. Lapin aussi.

* * *

La radiothérapie pancorporelle eut lieu pendant quatre jours, à raison de deux traitements quotidiens fractionnés : le matin et l'après-midi. Gabriel, qui succombait toujours aussi facilement pour les aimables techniciennes qui lui accordaient une attention exclusive, trouva même l'expérience agréable.

Sûr de lui, il laissait ses parents et disparaissait derrière les grandes portes coulissantes qui se refermaient automatiquement derrière lui. C'était une unité à circulation restreinte où seul le personnel autorisé avait le droit de circuler. Un large panneau plaqué du signe international de la radioactivité avertissait du danger d'irradiation, mais le guerrier ne semblait pas s'en inquiéter outre mesure.

Lors de la dernière journée de traitement, Richard avait demandé et obtenu la permission d'accompagner son fils afin de filmer une séquence vidéo en souvenir. Son fils, fier de montrer son savoir-faire, le dirigea à la salle de traitement. Après s'être fait rassurer que la bande serait uniquement présentée avec son approbation préalable, il permit à son père de commencer le tournage.

Sans consignes, le garçon procéda à enlever son chandail et son t-shirt, qu'il plaça sur une chaise prévue à cette fin. Alors que la technicienne lui enlevait sa chaîne et ses médailles religieuses, il ôta ses lunettes et les rangea sur ses vêtements. Ensuite, dans un flou complet, torse nu, il se coucha sur un mince matelas étendu par terre. Deux lasers qui traversaient la pièce se rejoignaient sur sa poitrine et dessinaient sur lui une croix centrée sur celle qu'il avait de barbouillée sur le corps d'une encre indélébile. La technicienne, à genoux à ses côtés, le momifia avec d'épaisses couvertures en flanelle et le rendit complètement immobile à l'aide de plusieurs sacs de sable le longeant de la tête aux pieds. Ensuite, afin de protéger ses petits poumons fragiles, elle apposa deux plaquettes de plomb miniatures sur un panneau transparent fixé au-dessus de la poitrine de l'enfant.

C'est ainsi que le courageux jeune homme restait seul et immobile pendant plus de vingt minutes alors que la technicienne se mettait à l'abri de toute cette radiation.

— On met la musique, Gabriel ? s'enquit, d'une voix enjouée, la technicienne au sourire espiègle et complice.

— Oui ! répondit aussitôt le principal intéressé, refoulant une envie de rire évidente.

— Comme d'habitude ? interrogea la fille.

— Comme d'habitude, confirma le garçon, qui, ne pouvant plus se retenir, éclata d'un rire magnifique qui fit instantanément s'écrouler les murs de tensions accumulés dans le cœur de son père.

— D'aaaaccord, chanta la technicienne en pesant sur le bouton.

Soudainement, les premières mesures firent bruyamment vibrer la pièce. Gabriel et son acolyte eurent l'air follement amusés devant la stupéfaction du père. Après un moment d'hésitation, un Richard inquiet interrogea la technicienne :

— Ce n'est pas trop fort ? Ça ne dérangera pas les autres patients ?

Richard devait pratiquement crier pour se faire entendre.

— Non, fit la fille, se dandinant la tête de gauche à droite sur le tempo et plissant les yeux pour mieux apprécier la musique. Les murs sont en béton armé bourrés de plomb, c'est encore mieux que dans les discothèques.

La technicienne enchaîna alors quelques pas de danse, faisant des au revoir du revers de la main à son patient tout en poussant poliment le père en direction de la salle de contrôle. Arrivée au poste, elle bondit sur sa chaise et pivota un tour complet avant de s'immobiliser devant les moniteurs où un Gabriel, tout emmitouflé, souriait encore.

— J'ai eu la surprise de ma vie quand j'ai mis ce disque la première fois ! s'exclama la technicienne, qui battait toujours le rythme avec le menton tout en tapant des bribes d'information sur le clavier. Je m'attendais à du Caillou ou du Carmen Campagne. Pas ça. Oh, que non !

Richard riait. Le disque, qu'il avait lui-même préparé à la demande de Gabriel, contenait des chansons fringantes que son fils adorait. Elles provenaient d'un méchant cocktail musical plutôt varié : de la vedette américaine Prince à un arrangement moderne de Casse-Noisette de Tchaikovsky, en passant par le groupe pop euro ATC et le sympathique Garou. Sur un petit écran cathodique, en noir et blanc, rayonnait le visage d'un courageux garçon qui, envers et contre tout, savait apprécier les petits moments savoureux de la vie.

C'est ainsi que se termina le jour « moins cinq » avec la fin des traitements de radiothérapie à l'Hôpital général de Montréal. En se dirigeant vers la sortie, son fils et sa conjointe à ses côtés, Richard ressentait une légèreté qu'il n'avait pas connue depuis longtemps. Bien sûr, une première étape venait d'être complétée et un pas de plus avait été franchi vers la guérison de son enfant. Toutefois, la belle et pure complicité dont il avait été témoin, entre son fils et la technicienne, l'avait gonflé à bloc. Le bonheur avait cette drôle d'habileté à s'immiscer secrètement dans les situations les plus graves. Malgré les épreuves, la vie réussissait parfois à écraser la peur et à dominer la mort.

Cependant, les parents savaient que le pire restait à venir. Dans le corps candide de leur fils, des millions de cellules rendaient l'âme, et il restait encore soixante-douze heures de chimiothérapies intensives avant que ce corps soit en mesure de recevoir le don qui rendrait peut-être la vie à Gabriel. Cette descente aux enfers de trois jours était obligatoire s'il espérait ressusciter.

Au jour zéro, il ne lui resterait plus aucune protection contre les infections, même les plus banales. Un rhume pourrait l'emporter. Les prochains jours, à l'unité de greffe de l'hôpital Sainte-Justine, seraient critiques, très critiques.

Chapitre 4

31 janvier 1991

Acharné, le radio-réveil annonçait une quatrième fois en vingt minutes le début d'une autre journée de cours à l'Université de Montréal. Bill était déjà debout, les bras allongés, les doigts pointés vers le ciel comme un super héros. Il tentait futilement de s'envoler en fléchissant les genoux légèrement et en bondissant soudainement vers le haut. Il y était parvenu à chaque tentative, il y a quelques instants, mais, cette fois-ci, des voix, dont il ne pouvait identifier la provenance, s'acharnaient à l'informer sur l'état de la circulation sur le pont Champlain. Il n'arrivait plus à se concentrer, à s'évader. Il languissait de la sensation du vent sur son visage lorsqu'il planait au-dessus des petits villages de campagne. Et que dire du merveilleux chatouillement vertigineux ressenti au creux du ventre lorsqu'il plongeait à cent kilomètres à l'heure vers la terre ? Mais voilà que, peu à peu, ces images se dissipaient. La réalité s'immisçait progressivement. Il devenait graduellement conscient qu'il était dans son lit. Il s'endormait tellement que la simple tentative d'ouvrir les yeux lui faisait mal.

Les chiffres écarlates du radio-réveil indiquaient sept heures vingt-sept. Déçu et résigné, il conclut qu'il était temps de se lever. Il sortit d'abord un pied de sous les couvertures chaudes et ensuite l'autre. Il resta ainsi quelques instants, les jambes suspendues hors du lit, comme pour refaire ses forces. D'un effort herculéen, il s'assit au bord du lit, le regard distant braqué d'un côté et ses cheveux de l'autre. Il avait bien de la difficulté à croire qu'il avait déjà été du type matinal.

— Je dois apprendre à me coucher plus tôt, tenta-t-il de se convaincre.

Toutefois, sa routine était bien ancrée depuis maintenant dix ans. Du dimanche au jeudi, à dix-huit heures pile, un grand verre d'eau à la main, il se rendait à sa chambre, où il avait installé, dans un coin, une table de travail rudimentaire en fibres de pin qu'il avait lui-même construite pendant les vacances d'été, quelques années auparavant. Il en était bien fier même si elle se tenait maladroitement sur quatre hautes pattes fines. Elle avait été construite pour être facilement démontable et transportable d'un appartement à l'autre. Toutefois, elle avait la mauvaise manie de se disjoindre toute seule comme si elle avait la nostalgie d'un logement antérieur. À droite se dressait, tant bien que mal, une bibliothèque recouverte de mélamine jaunie, courbaturée sous le poids des livres que Bill avait amassés avec les années. Il s'assoyait sur sa chaise de plastique pliante IKEA, ouvrait son sac à dos bondé et procédait à étudier sans véritable pause jusqu'à vingt-trois heures, n'arrêtant que pour faire le plein de son verre d'eau et le vide de sa vessie.

Après ses travaux, au désespoir de Lise, sa colocataire, qui ne pouvait en supporter l'odeur, il se préparait un immense bol de maïs soufflé inondé de beurre fondu et recouvert d'une épaisse couche de levure alimentaire et de fromage parmesan. Il relaxait alors sur le vieux divan démontable, assis bien au centre de l'affaissement concave de l'un des trois coussins vétustes. Devant le téléviseur, il sirotait une bière en dégustant sa collation. Il écoutait des dizaines de petits bouts d'émissions en zappant avec la télécommande jusqu'à ce que la fatigue s'installe, ce qui arrivait rarement avant une heure du matin.

Bill était inscrit en quatrième et dernière année du programme de doctorat en optométrie. Les études n'avaient plus de secrets pour lui. À vingt-sept ans, il en était à sa dixième année universitaire. Plus jeune, peu convaincu de son but ultime de carrière, il s'en était remis à se promener de programme en programme, récoltant les baccalauréats en cours de route. L'apprentissage était sa motivation ultime, il était curieux de nature et les études le comblaient. Toutefois, après dix ans, il se sentait prêt à relever de nouveaux défis.

C'est d'ailleurs ce qui l'attendait dans les prochaines semaines. Il avait décroché un emploi à la plus grande et prestigieuse clinique dans sa ville natale. Cela lui plaisait beaucoup, car malgré son amour pour la métropole, il rêvait de revenir dans son patelin et d'un jour se marier et fonder une famille, préférablement dans cet ordre. S'avouant un peu vieux jeu, il accordait une importance à l'engagement à vie d'un couple. Le divorce de ses parents, et la dureté de l'épreuve que cette séparation avait engendrée pour lui, à l'adolescence, l'avaient convaincu de faire l'impossible afin de permettre aux enfants qu'il aurait d'échapper à ce même sort.

Bill attirait facilement les jeunes femmes. Malgré sa petite taille, malgré le fait qu'il n'était pas très sportif et qu'il ne répondait pas aux critères de l'homme musclé et viril des publicités dans les revues, il était charmant, poli, gentil et joli garçon. Les femmes flanchaient surtout pour ses yeux bruns perçants, qui miroitaient un regard que l'on analysait difficilement et qui même si invitant, ne laissait pas entrer qui veut.

Les huit derniers mois avaient été tumultueux sur le plan sentimental. Il s'était remis péniblement de la rupture de sa relation de sept ans avec Annie. Il savait que la relation n'allait nulle part et qu'il était inévitable qu'elle se consumme. Il savait aussi qu'il était en bonne partie responsable de cet échec. Il aimait facilement, mais ne s'abandonnait pas dans l'amour. Un cœur qui reste toujours sur sa faim finit par se ravitailler ailleurs. La douleur de la séparation l'avait surpris, les blessures de son ego avaient été cuisantes. La prochaine fois, s'était-il promis, ce serait différent. Il oserait enfin ouvrir son cœur et plonger, pieds joints, dans ce risque qu'est parfois l'amour.

C'est donc un samedi soir anormalement chaud d'octobre, lors du congé d'Action de grâces, de retour chez lui, qu'il avait rencontré celle qui mettrait sa promesse à l'épreuve. Dans la ville voisine, il y avait un vieux bar démodé, presque caduc, que de nombreux jeunes se plaisaient à fréquenter, d'une part en raison de son atmosphère de vieux sous-sol chaleureux et d'autre part pour le bas prix des consommations. Bill s'y était rendu paradoxalement en quête de foule et de solitude. Il y avait de ces jours où seul, entouré de gens, il ne manquait de rien. Après les salutations d'usage auprès des amis présents, il s'était dirigé vers une table libre dans un coin plus sombre et s'était assis, sirotant sa bière, comblé.

C'est elle qui l'avait aperçu en premier. Ils ne se connaissaient que socialement. Elle s'était dirigée vers lui. Ses yeux et son sourire avaient illuminé la pièce. Elle avait vingt-cinq ans et en avait l'air dix-huit. Ses fins cheveux roux et bouclés, qui lui descendaient délicatement sur le front et de chaque côté de son joli visage, lui conféraient un air de coquetterie. Elle avait les yeux bleu-vert, pétillants et brillants comme la mer des Caraïbes. Ceux-ci étaient rehaussés par un maquillage discret. Lorsqu'il les fixait profondément, il avait envie de s'y baigner, même au risque de s'y noyer. Elle portait un jean droit, une chemise blanche ajustée et un veston gris chiné qui, déboutonné, laissait paraître ses courbes mignonnes.

Ils s'étaient salués poliment. Curieux et charmé, Bill lui avait demandé si elle était accompagnée. Elle ne l'était pas. Il l'avait donc invitée à s'asseoir à sa table. Et comme le veut la coutume, ils avaient abordé l'entretien sur la météo plutôt clémente pour le temps de l'année. La conversation avait alors glissé d'un sujet à un autre avec une fluidité hors de l'ordinaire. Ils avaient tout deux été grandement surpris par le dernier appel au bar plusieurs heures plus tard. Lors de la sortie de l'établissement, ils s'étaient échangé des salutations cordiales sans plus et s'étaient promis de se rencontrer de nouveau bientôt. Mais un regard avait suffi pour comprendre qu'ils avaient succombé l'un pour l'autre. Et si chacun jouait bien son rôle, sans maladroitement trébucher ou précipiter l'ordre traditionnel des choses, un avenir ensemble était certain.

D'autres rencontres avaient suivi. Comme un pigeon mâle, Bill avait montré ses plus beaux attraits, cherchant à tout prix à séduire sa poulette. Elle n'en demandait pas mieux. Malgré son appréhension, Bill était plus amoureux qu'il ne l'avait été de sa vie. Il l'aimait et voyait en elle une conjointe pour la vie et une mère pour ses enfants.

Elle, pour sa part, savait qu'elle avait finalement trouvé. Son intuition féminine bondissait; elle agitait les bras, écarquillait les yeux et devenait frénétique chaque fois qu'elle le voyait. Et comme si son instinct n'était pas suffisant, son horloge biologique réveillait chaque fibre de son être dès que Bill la touchait. Elle brûlait déjà d'envie de lui demander de l'épouser, mais convenait qu'il était encore trop tôt. Le temps idéal pour poser *la* question serait à l'été, lorsqu'il reviendrait la rejoindre au Nouveau-Brunswick, avait-elle secrètement décidé. Et comme si c'était chose faite, elle rêvait souvent aux beaux enfants qu'ils auraient un jour.

Abruti, Bill se dirigea vers la salle de bain pour faire sa toilette. Alors qu'il était encore entre le rêve et la réalité, plein de clips se succédaient dans sa tête. Il fut d'ailleurs un peu surpris par sa réflexion dans le miroir, croyant pour un bref instant que quelqu'un l'observait. Il procéda à un rythme de plus en plus rapide et ordonné à se raser, se débarbouiller et mettre ses lentilles cornéennes. La musique alternative qui se rendait subtilement à la salle de bain laissait savoir que Lise était réveillée. Le vacarme soudain de sa chanson préférée, le volume grimpé à l'extrême, claironnait que « Madame » était debout.

— Du moins, elle n'a pas mis Dylan ce matin, se fit comme réflexion Bill.

Il n'était pas un amateur de musique dite alternative. Il aimait à peu près tous les genres sauf celui-là et le folk des années soixante, les deux genres préférés de Lise.

Comment un gars comme lui avait-il pu se trouver en appartement avec une fille comme elle en laissait plusieurs perplexes. Bill, le gars simple, poli et sociable, contrastait fortement avec cette fille aux allures sauvages qui semblait difficilement apprivoisable et qui n'hésitait pas un moindre instant à exprimer sa pensée, abondamment parsemée de blasphèmes, que cela plaise ou non.

Bill ne se souvenait plus comment il en était arrivé à s'être retrouvé chez son ami Michel au même moment qu'elle — ces deux derniers ne s'étant pourtant jamais fréquentés. Et même s'il avait oublié les détails de la rencontre, il se souvenait d'une part qu'elle avait été très brève et d'autre part qu'il avait été à la fois déconcerté et intrigué par elle. Lise ne passait pas inaperçue. Elle avait des cheveux longs, bouclés, pourpres aux reflets améthyste éclatants. Ses jolis yeux vert-jade étaient soulignés d'une épaisse ligne de crayon noir. Son rouge à lèvres carmin, bien que sensuel, lui donnait un air de force et d'extravagance et contrastait fortement avec sa peau blanche. Elle avait des anneaux simples aux oreilles, mais ceux-ci étaient dix fois plus grands qu'à l'habitude. Pour compléter le profil, elle était vêtue tout de noir, de ses souliers robustes et son manteau de cuir, en passant par son chandail moulant ses seins parfaits et sa jupe courte sous laquelle des collants embrassaient ses jambes fines. Lise imposait toute une première impression !

Il ne l'avait pas revue par la suite et avait la nette impression qu'il ne la recroiserait jamais, leurs cheminements étant évidemment trop différents.

Pendant la dernière semaine d'août, alors que les nuits fraîches venaient annoncer le retour prochain des classes et le début de sa deuxième année en optométrie, le téléphone avait sonné. C'était pour lui. C'était elle !

— Bill! C'est Lise. Lise Lorain. Tu sais, on s'est rencontrés cet été chez Michel.

— Ou… ou… oui, avait-il bredouillé.

Son hésitation aurait laissé croire qu'il cherchait les motifs de son appel, mais ce n'était pas le cas. Bill pesait déjà les pour et les contre. Il visualisait. Dans sa tête, à toute vitesse, il jonglait avec des détails, des images et des sentiments. Il prenait la décision au sujet de la demande qu'elle s'apprêtait à lui faire. Lise avait alors ajouté d'un ton suppliant :

— Est-ce que tu cherches encore une coloc ? Moi pi mon chum ça va nulle part. Si tu veux, j'aimerais déménager avec toi. Je suis sûre qu'on s'entendrait bien.

Bill était perplexe. Mylène, avec qui il avait partagé l'appartement depuis un an, avait accepté un nouveau poste dans le cadre de son travail dans la ville de Québec. À partir de septembre, il serait seul à assumer les coûts du spacieux quatre et demi. Il avait fait quelques brèves recherches pour se trouver un ou une colocataire. Il avait passé en revue tous ses collègues et tous ceux avec qui il avait fait connaissance depuis un an à Montréal. Il cherchait quelqu'un de sérieux avec qui il s'entendrait bien, mais encore fallait-il qu'il soit libre d'emménager avec lui. Il n'avait pas trouvé.

Lise attendait patiemment au bout du fil. Bill était un peu distrait. Les centres d'analyse et de raisonnement de son cerveau avaient pris une décision et hurlaient : « NON ! » Toutefois, discrètement, son intuition lui chuchotait autre chose. Derrière cette façade se dissimulait une personne charmante et attachante, il en était sûr. Elle semblait sincère et authentique. On aurait dit qu'elle se révélait discrètement et prudemment. Bill avait remarqué autre chose. Elle n'avait pas blasphémé.

Malgré que chaque cellule de son corps le suppliait autrement, il céda soudainement à une volonté qui semblait autre que la sienne. Envahi d'un grand calme, il fit confiance à la vie.

— Oui, je cherchais quelqu'un. J'ai trouvé. Je suis convaincu qu'on va bien s'entendre, avait répondu Bill.

— Vrai? Ah! J'suis vraiment contente! Car là, crisse, chu pu capable, avait spontanément rétorqué sa nouvelle colocataire.

C'était il y a trois ans. Ils étaient rapidement devenus de bons amis. Lise n'était pas du tout aussi farouche qu'elle le laissait paraître, mais elle avait tout un caractère et c'était bien comme ça.

Bill se dirigea vers la cuisine. Il se servit un bol de flocons d'avoine, qu'il noya de lait, et s'installa à la petite table ronde à laquelle seulement deux chaises avaient pu être installées, faute d'espace. La menue cuisine étroite était la seule petite pièce de l'appartement. Afin de faire place aux modestes deux mètres de comptoir, presque monopolisés par le double évier, le propriétaire avait installé un réfrigérateur et une cuisinière de dimension réduite. Une porte en bois verni donnait accès à une grande salle à manger avec balcon, qui d'office avait été transformée en chambre à coucher, celle de Lise.

Abruptement, le vacarme musical s'estompa et Lise, soumise aux obligations de son baccalauréat en traduction à l'Université Concordia, sortit de sa chambre. Vêtue de vieux vêtements amples, ses longs cheveux attachés en queue de cheval et son visage terne sans maquillage, elle maugréa quelque chose que Bill interpréta comme un bonjour. Devant lui, sur la table, elle déposa un livre qu'elle lirait pendant son petit déjeuner. Bill pencha légèrement la tête sur l'épaule droite afin de mieux lire le titre: *Edgar Cayce on Reincarnation*. Il esquissa un mince sourire et leva les yeux vers elle, qui l'observait à son insu. Ses deux mains se braquèrent sur ses hanches, ses sourcils se froncèrent et, d'une voix combative, elle l'interpella:

— Quoi?

Habitué, Bill ne parla pas. Il abaissa son regard, haussa les épaules et fit un signe négatif de la tête. « Laisse faire. Ce n'est rien », tentait-il de laisser entendre.

— Quoi? insista-t-elle.

— Rien!

— Même après t'en avoir parlé pendant trois ans, tu n'y crois pas encore!

— Lise, laisse faire.

— Non, mais quoi? Ne trouves-tu pas que ça a du sens? Que ça explique bien pourquoi certaines personnes ont une vie de misère et d'enfer alors que d'autres semblent bénéficier d'une existence de plénitude, de succès et d'accomplissements?

— Que j'y crois ou non n'a aucune importance.

— Selon toi, que va-t-il t'arriver après ta mort? Tu vas monter au ciel écouter des anges jouer du jazz!

— Bof. C'est un peu caricaturé, mais en gros c'est ça.

Bill souriait. Il s'amusait beaucoup. Les pommettes de Lise quant à elles prenaient beaucoup de couleur.

— Je suppose que la ville d'Atlante submergée depuis des siècles par les océans avec ses populations scientifiquement très avancées, tu n'y crois pas non plus.

— Écoute. On retrouve des ossements de dinosaures qui ont des millions d'années et des vestiges de civilisations anciennes, il me semble qu'on aurait quelque part trouvé des preuves tangibles de *tes* grandes civilisations si elles avaient vraiment existé.

— Justement, il y en a des preuves! Edgar Cayce a eu plein de séances dans lesquelles il voit de nombreux détails sur les grandes villes et réalisations des Atlantes.

Bill se laissa emporter un peu.

— Voyons donc! Veux-tu que je t'en fasse une séance, moi? Je n'ai qu'à imaginer n'importe quoi, me mettre à parler dans une pseudo-langue morte, me tourner les yeux vers le plafond, m'agiter un peu et dire n'importe quelle connerie. Tu vas me croire? Tu ne trouves pas que ça tombe bien que la supposée cité d'Atlante soit située, comme par hasard, à un endroit qui ne peut être vérifié? Il semble qu'à peu près tout le monde était une personne célèbre dans une autre vie. De plus, j'avoue que ce n'est jamais ennuyeux, la réincarnation! Ce qui m'agace le plus avec ce concept, c'est que, comme une bande d'amnésiques, on passe notre temps à revenir sur la terre, censés éviter les erreurs de nos vies antérieures desquelles nous n'avons aucun souvenir. C'est à peu près ça?

Bill sentait que la tension venait de monter d'un cran. Lise, pour sa part, fumait, mais elle s'efforçait de rester calme.

— Chaque passage nous donne la possibilité de progresser, d'ajouter à notre bilan karmique. Notre âme accepte de revenir sur la terre. Elle entre librement dans son destin. Le but est d'évoluer. La mémoire de nos vies antérieures interférerait avec notre avancement, c'est pourquoi nous n'en avons pas besoin.

— Finis-tu un moment donné par arriver au bout? Et si oui, qu'est-ce qui se passe après avoir finalement tout appris?

— Le but ultime de l'âme à travers ses incarnations est d'en arriver à rejoindre le Créateur. Lorsque ton esprit a suffisamment évolué et que tu as atteint ce but ultime, tu peux choisir de revenir sur terre et aider les autres à faire de même.

Bill resta figé un moment. Il réfléchissait aux propos dont elle venait de lui faire part. Tout à coup son visage s'illumina.

— Je comprends! Tu ne te réincarnes pas indéfiniment. Un jour, tu finis par avoir remboursé ta dette karmique et tu deviens alors en communion avec Dieu.

Bill avait les yeux grands ouverts comme s'il venait enfin d'accéder à l'inaccessible.

— C'est ça! s'exclama Lise, dont les traits du visage s'étaient soudainement détendus, laissant toute la place à ses yeux écarquillés.

— Bon, alors, quand tu en seras à ta dernière réincarnation, tu viendras me trouver au ciel, nous écouterons les anges jouer du jazz.

Bill, ne pouvant plus se retenir, éclata de rire. Le visage de Lise devint instantanément écarlate. Elle braqua sur lui un regard acéré, reprit d'un trait son livre sur la table, se retourna sur ses talons, entra brusquement dans sa chambre en claquant la porte.

— *You left brain bastard!* lança-t-elle.

Bill souriait toujours malgré cette dernière insulte. Ces incidents lui apportaient beaucoup de bonheur et de plénitude. Grâce à Lise, il avait compris une leçon primordiale dès leur première altercation. On pouvait s'exprimer franchement, directement – même crûment – et s'aimer quand même. Par le passé, Bill avait souvent été trop complaisant, soupesant parfois trop ses paroles. Depuis trois ans, il avait fait beaucoup de progrès et, secrètement, il lui en était reconnaissant.

Le petit cadran de la cuisinière indiquait huit heures pile. Il devrait faire vite. Il rinça et rangea son bol dans l'évier et retourna à sa chambre pour compacter, à la hâte, son sac à dos de livres et de notes de cours. Ensuite, il enfila son accoutrement d'hiver, agrippa la lanière de son sac, et, d'un large élan, le balança sur une épaule. Enfin, il posa une main sur la poignée de la porte menant au corridor extérieur, s'arrêta un instant et lança d'une voix forte et sincère, pour s'assurer qu'elle comprenne:

— Au revoir, Lise! Bonne journée!

— Bye! fit une voix réconciliée s'immisçant à travers la porte de chambre close.

Il sortit de l'appartement et descendit les trois rampes d'escalier jusqu'au rez-de-chaussée. Chaque petit miaulement de ses espadrilles résonnait contre les murs de stucs et les planchers de granit immaculés. L'écho des couloirs donnait l'impression d'une vaste cathédrale et incitait les gens à prendre des précautions hors de l'ordinaire afin d'éviter de faire le moindre bruit, qui devenait soudainement amplifié. Il poussa la porte vitrée et fut aussitôt assailli par un paysage ahurissant.

Les trottoirs de la rue Édouard-Montpetit étaient recouverts d'une fine couche de neige fraîche, ce qui donnait l'impression que l'on avait déroulé un long tapis blanc pour l'occasion. Le dessus de milliers de branches d'érables majestueux était soigneusement recouvert d'une neige délicate qui contrastait fortement avec la couleur foncée de l'écorce humide. Les rayons du soleil s'éclataient sur les cristaux glacés et les faisaient briller de millions d'étincelles de couleurs. Le décor était d'une perfection à en couper le souffle. Bill se sentait comme le témoin privilégié d'un tableau d'une beauté divine, mais éphémère. Il resta ainsi immobile quelques instants, s'enivrant de la scène et de l'air frais. Après quelques minutes, l'esprit encore un peu grisé l'informant qu'il risquait d'être en retard, il entama sa marche sur le trottoir en direction est d'un pas décidé.

Il lui fallait vingt minutes pour se rendre au pavillon principal de l'Université de Montréal où se donnait le cours de pharmacologie de ce matin. Bill préférait toujours la marche à l'autobus, peu importait la météo. L'air frais de l'extérieur et l'exercice lui étaient toujours bénéfiques. «Le matin, ça me réveille lentement; et, le soir, ça me détend avant d'arriver à la maison», se plaisait-il à dire. Machinalement, il se rendait à ses cours. Il n'était pas souvent présent d'esprit. Il se glissait dans un monde intérieur où il passait en revue ses rêves les plus fous et les plus secrets.

Comme un chauffeur de taxi, qui conduit son passager à destination sans le déranger dans sa solitude et sans s'ingérer dans ses réflexions, ses jambes avançaient pas à pas. Bill, bien englouti dans son monde intérieur, ne se doutait encore de rien.

Il progressait d'un pas assuré. La neige fine cédait immédiatement sous son poids et laissait une trace solitaire. Son corps s'arrêta aux feux de circulation à l'intersection de l'avenue Decelles. Ses yeux attendaient le feu vert pour redonner le signal aux jambes de poursuivre. Bill ressentit soudainement une très brève, mais intense sensation d'étourdissement et fut brusquement sommé de répondre à une alerte interne. Ses yeux avaient fait appel au cerveau afin d'exiger son attention immédiate. Quelque chose d'important semblait alerter sa vigilance. Bill ignorait complètement que dans 3,2 secondes, sa vie ne serait plus jamais la même.

Chapitre 5

C'est dans une étrange atmosphère d'excursion de camping que la fourgonnette fut déchargée de ses contenus. Richard avait garé l'auto, toujours en marche, devant les portes principales de l'hôpital Sainte-Justine pour y déposer sa famille amputée ainsi que les nombreuses valises et l'énorme bac de rangement transformé pour l'occasion en bac à jouets. Gabriel, son masque bleu serré au visage, était de toute évidence excité et se plaignait d'avoir à attendre que son père gare la voiture avant de pouvoir se diriger vers sa chambre d'isolation, dans laquelle il s'installerait.

— Nous ne pouvons pas transporter tous ces bagages seuls, Gabriel, et nous ne pouvons pas laisser l'auto comme ça devant l'entrée, lui avait expliqué sa mère. Papa va se dépêcher et revenir dans au plus deux minutes. Viens, nous l'attendrons à l'intérieur, il fait trop froid dehors.

Des dizaines d'enfants, accompagnés d'un ou deux parents, franchissaient constamment les portes tournantes. Certains paraissaient très malades alors que la plupart avaient l'air pétillants de santé et semblaient bien plus se diriger vers la garderie ou une salle de classe que dans un hôpital pour enfants. Il fallait toutefois se méfier, les belles apparences masquaient parfois des maladies graves.

Richard gara la voiture dans le stationnement de l'hôpital. Il considérait comme scandaleux que tous ces parents, en plus de devoir subir la maladie de leur enfant, devaient payer un montant exorbitant pour se garer à proximité de l'hôpital.

Le vent glacial du nord s'acharnait sur Montréal et nulle part ailleurs cela n'était plus évident qu'entre le Manoir Ronald McDonald et l'hôpital. Pour une distance d'une centaine de mètres séparant les deux édifices, où l'on avait une vue élevée du nord de la ville, plus rien ne barrait la route à ce vent arctique qui se joignait au propriétaire du stationnement pour faire la vie dure aux familles déjà durement éprouvées.

Richard, conscient de l'impatience de son fils, enfonça la tête entre ses épaules pour se protéger du froid et enclencha un pas de course qu'il maintint jusqu'à l'entrée de l'hôpital. Il retrouva son épouse et son fils assis, plus ou moins patiemment, sur un banc en bois dans le hall d'entrée. Le bac et les nombreuses valises vacillaient déjà sur le chariot qu'un gardien de sécurité avait charitablement apporté à la mère accablée. Bien que la majeure partie de son visage était couverte par son masque chirurgical, Gabriel exhibait son état d'âme à travers ses yeux mécontents. Il avait hâte de s'installer dans sa chambre, de plonger dans ses jouets et, surtout, d'enlever une fois pour toutes ce damné masque sous lequel il suffoquait.

Une dernière vérification permit de constater qu'aucun bagage n'avait été laissé derrière. Enfin, au grand soulagement du jeune malade, la caravane entama lentement son trajet vers l'unité de greffe. Les gardiens sympathisants saluaient la famille d'un air solennel. D'autres gens, certains des patients, d'autre du personnel médical, s'arrêtaient et leur cédaient la place. Ne pouvant plus supporter sa charge, une valise glissa et s'effondra sur le plancher. Richard accourut et la releva péniblement, lui offrit quelques tapes d'encouragement et reprit la barre du chariot.

Ils franchirent finalement les portes automatiques menant au centre de cancérologie Charles-Bruneau, nommé ainsi en mémoire d'un enfant courageux qui, pour citer certains journalistes, avait « perdu la bataille » contre le cancer.

Depuis le premier diagnostic de son fils et après avoir été témoin du combat de braves et merveilleux enfants affligés par cette maladie hideuse, Richard détestait qu'on ose dire qu'un malade avait, pour ainsi dire, perdu la bataille. Une telle expression mettait un voile sur le courage, la résilience et la force de caractère de ces enfants qui réussissaient à sourire et manifester une joie de vivre malgré leurs épreuves. De toute façon, piégé dans un corps qui s'est éteint, n'était-ce pas le cancer qui, voué à la mort, avait perdu ladite bataille alors que, libérée d'un véhicule invalide, l'âme, munie de sa vie éternelle, en était l'ultime vainqueur ?

Les portes de l'ascenseur s'ouvrirent devant une impressionnante, mais étroite, rotonde vitrée qui offrait une vue sur l'hiver qui s'acharnait à l'extérieur. Il n'y avait personne dans les corridors et l'enseigne, fixée au mur, expliquait, en grandes lettres rouges, pourquoi : « Unité à circulation restreinte. Personnes autorisées seulement. » La caravane avança lentement, franchissant les quatre séries de portes du corridor courbé qui menait au poste des infirmières. Gabriel, qui sentait qu'on arrivait finalement à sa chambre, suivait sans se plaindre.

Le poste des infirmières consistait en fait en une grande table oblongue incurvée où les dossiers de patients et les livres de référence étaient tous bien rangés en piles irréprochables. Le meuble neuf et impeccable, n'étant entouré d'aucun muret, semblait avoir été déposé au centre d'un très large corridor devant une série de portes vitrées qui menaient aux six chambres d'isolement. Cette disposition rendait l'atmosphère beaucoup plus chaleureuse et informelle et, du même coup, permettait aux infirmières de réagir rapidement en situation d'urgence et de bien surveiller l'arrivée de tout intrus non autorisé.

— Hé, tout le monde, c'est Gabriel ! s'exclama une infirmière visiblement très dynamique.

— Bonjour, Gabriel! répondirent sincèrement à tour de rôle les membres de l'équipe multidisciplinaire rassemblée autour de la table imposante.

Le garçon, visiblement impressionné et gêné par cet accueil chaleureux, fixa le bout de ses espadrilles et serra Lapin un peu plus fort.

Dans un tourbillon de tendresse, les membres de la famille furent entourés et dirigés vers leur chambre. L'infirmière attitrée en profita pour transmettre aux parents une série d'instructions concernant la multitude de procédures qui devrait être suivie à la lettre pendant leur séjour. Avec de larges sourires et une générosité surprenante, tout le personnel agissait bien plus comme une bande d'animateurs dans un centre de villégiature que comme une équipe jonglant avec la vie et la mort d'enfants. Gabriel jubilait d'être au centre d'autant d'attention.

* * *

Gabriel était maintenant bien installé dans sa chambre d'isolement, dont il avait franchi le seuil sans réellement saisir qu'il y devenait confiné. C'était une prison aux portes de verre, où les tueurs, dans ce cas-ci, microbiens, étaient libres à l'extérieur. Paradoxalement, c'était la victime qui devait purger sa peine en dedans. Il avait fallu trois heures aux parents pour désinfecter les jouets un à un avec un savon bactéricide, fongicide et virucide. Chacun devait y être trempé et ensuite essuyé avant d'être retourné dans le bac, qui avait reçu le même traitement. Tout risque de contamination devait être limité.

Les parents s'habituaient petit à petit aux procédures extensives qui leur permettraient finalement de rejoindre leur fils. Lavage de main réglementaire, gel à l'alcool, jaquette stérile jaune et masque chirurgical, sous aucun prétexte ne devait-on déroger aux procédures enseignées par l'infirmière, d'un ton poli, mais autoritaire.

Gabriel avait beaucoup ri lorsqu'il avait vu sa mère faire sa première entrée dans la chambre.

— Tu as l'air d'un canard! avait-il dit, en pouffant d'un rire contagieux.

* * *

Le soleil s'éclipsait progressivement dans un ciel bleu azur parsemé de nuages roses et orangés. Au loin, des avions flânaient dans le ciel de Montréal. En bas, sur les trottoirs enneigés, les citoyens poursuivaient leurs activités quotidiennes, insoucieux des infortunes dans l'édifice voisin. Richard les observait à leur insu, sans pour autant les envier. Il était résigné et éprouvait maintenant une certaine hâte que la greffe ait lieu puisque chaque jour qui suivrait les rapprocherait de cette date inconnue de leur retour.

La première soirée s'était déroulée à un rythme effréné d'interventions médicales. Il y avait eu, bien sûr, les traditionnelles prises de sang qui serviraient à relater quotidiennement le progrès ou le dépérissement du patient. Puis, une fois le soluté installé, l'enfant avait reçu un arsenal de médicaments qui avaient ironiquement pour but de le protéger de la chimiothérapie qu'il recevrait à partir du lendemain. Les signes vitaux étaient pris à intervalle précis et le personnel médical compétent guettait attentivement tout signe ou symptôme néfaste que le patient aurait pu manifester.

Gabriel était confortablement installé dans son lit et ne semblait pas être particulièrement indisposé par le cocktail qu'il avait reçu. Entre deux batailles sur son jeu vidéo portatif, il levait les yeux pour regarder un bout de l'émission de variétés musicales que ses parents surveillaient pour se distraire.

C'est le générique qui rappela à Richard qu'il était déjà vingt et une heures. Le moment qu'il redoutait était arrivé: Gabriel devrait passer sa première nuit seul. Jamais il n'avait été séparé de sa famille. Même lors de sa première leucémie, alors qu'il n'était qu'un bambin de moins de deux ans, son père était resté auprès de lui. Puisque sa conjointe était alors enceinte de leur deuxième enfant et qu'elle devait reposer son corps maternel, Richard avait couché sur un lit de fortune installé dans la salle de jeu et accourait auprès de leur fils au moindre appel.

C'était d'ailleurs depuis ce temps que l'enfant, à la moindre situation qui venait l'angoisser, implorait la présence rassurante de son père. Il en était ainsi depuis maintenant trois ans. D'innombrables fois, Richard s'était levé dans la nuit pour chasser les monstres qui avaient pris vie dans un cauchemar et qui, une fois réveillés, menaçaient de faire le saut dans la réalité. D'autres fois, il cédait aux caprices de son fils, qui avait simplement envie d'être auprès de son père. Bien qu'il marmonna souvent son opposition, il acquiesçait chaque fois. Il comprenait très bien le désarroi de son enfant, puisque, jeune, il avait été lui aussi harcelé par des peurs terrifiantes qui ne l'avaient quitté qu'une fois adulte. Les quelques fois qu'il s'en voulait de trop gâter son fils, il se justifiait en se disant qu'il s'en voudrait éternellement s'il fallait qu'un jour ils soient séparés à jamais.

Ce n'est qu'après avoir fait le tour de la chambre et avoir éteint un à un les luminaires qui ornaient chaque mur, ne laissant que celui à la tête du lit, que Richard posa la main sur l'épaule de son fils pour lui annoncer qu'il fallait maintenant dormir.

— Il va falloir faire dodo, mon grand.

— Non ! Je ne m'endors pas, lança l'enfant, en laissant échapper un bâillement. Je ne veux pas dormir tout seul, je veux que tu restes avec moi toute la nuit. Regarde, dit-il en se tassant complètement au bord du lit et pointant du doigt l'espace ainsi créé, il y a une belle place pour toi juste là.

— J'aimerais ça, mais je n'ai pas le droit, Gabriel. Tu le sais. Les médecins te l'ont expliqué, c'est trop dangereux que je perde mon masque durant la nuit et que je te donne des germes.

— Je ne veux pas que tu t'en ailles, affirma-t-il, cette fois en sanglots.

— Écoute, mon grand. Je vais rester avec toi jusqu'à ce que tu dormes. Si tu te réveilles durant la nuit et que tu as peur, tu n'as qu'à sonner l'infirmière, elle viendra te voir immédiatement. Si tu as besoin de moi, tu lui dis et elle va me sonner au Manoir, je viendrai te rejoindre en moins de deux minutes, d'accord?

Gabriel n'avait pas répondu, il s'était plutôt résigné à laisser ses larmes drainer sa tristesse. Il collait Lapin fortement contre sa poitrine et lui effleurait le front de petits baisers silencieux.

Jocelyne s'était approchée de son fils, lui avait caressé tendrement le crâne et lui avait essuyé les larmes du revers du doigt. Elle lui avait donné le choix, mais elle savait que c'était perdu d'avance. Il avait choisi que son père soit celui qui reste auprès de lui. Étant donné le masque qu'elle portait, elle lui mima un baiser sur le front et lui souhaita une bonne nuit tout en le rassurant qu'elle serait là au petit matin et qu'elle serait avec lui tout au long de la journée.

— Papa va rester avec toi. Moi, je vais aller préparer le souper. Ce fut une très longue journée et nous n'avons pas encore mangé.

Pour amuser l'enfant, elle reproduisit un gargouillement bruyant tout en se prenant aussitôt le ventre à deux mains.

— Excusez-moi! J'ai tellement faim que le ventre me gronde.

Gabriel éclata d'un rire nerveux. Sa mère lui fit un clin d'œil et s'éclipsa dans l'antichambre.

Bien qu'il était vraisemblablement fatigué, il fallut près d'une heure avant que Gabriel s'endorme. Richard avait accepté l'invitation de son fils de se blottir contre lui dans le minuscule lit. Il avait savouré chaque minute à ressentir la chaleur qui se dégageait de ce petit corps malade. Ce soir, son fils était là, près de lui, vivant, et il s'enivrait de ce moment précieux.

Les secousses brusques de Gabriel étaient venues confirmer qu'il était maintenant au pays des rêves. Richard savait qu'il pouvait enfin partir en relative quiétude. Toutefois, bien que quelques heures auparavant, il était impatient de sortir de cette chambre et de s'éloigner de ce fichu d'hôpital pour refaire un peu ses forces, c'est à contrecœur qu'il se leva du lit.

Dans la pénombre de la chambre où il contemplait son fils endormi, Richard n'arrivait pas à se décider à partir. Demain commencerait la chimiothérapie et ce minuscule moment de paradis serait peut-être perdu à jamais. Dans ce calme, importuné que par le ronronnement des pompes médicales qui dispensaient sans arrêt, Richard ressentait toujours cette sérénité qui l'avait envahi depuis qu'ils s'étaient finalement installés dans leur local. Pour la première fois depuis très longtemps, il n'avait pas les idées basculées entre ses présomptions sur l'avenir et ses souvenirs du passé. Il se sentait totalement ancré dans le moment présent et il savourait chaque seconde qui battait au ralenti.

C'est l'infirmière qui venait d'entrer afin de prendre les signes vitaux de l'enfant qui lui recommanda doucement, mais tenacement, de partir.

— Allez vous reposer, la greffe, ce n'est pas un sprint, c'est un marathon. Vous devez profiter de chaque instant pour ménager vos énergies. Allez! insista-t-elle.

Comme si elle avait lu dans ses pensées, elle le rassura :

— Je vous téléphone s'il se réveille, promis.

Sur ce, Richard se dirigea finalement vers la porte, se retourna une dernière fois vers son fils, implora en silence la protection divine et quitta discrètement la pièce.

De l'autre côté, dans l'antichambre, il retira son masque et, fermant les yeux pour esquiver ce monde stérile, il respira profondément. Le masque, qui devait permettre de respirer en toute quiétude, avait plutôt l'effet sournois d'asphyxier lentement le porteur. À preuve, ses poumons affamés, qui, une fois délivrés, se rassasiaient enfin. L'air, jusqu'alors pris pour acquis, devenait précieux, frais et délicieux.

Richard enleva lentement sa jaquette jaune et la lança dans le bac à lessive. C'est accablé d'un sentiment de culpabilité de laisser ainsi son fils derrière qu'il força un sourire vers les infirmières qui étaient rassemblées au poste. Les gardes, qui semblaient avoir de l'expérience en matière de compassion, lui offrirent des souhaits de bonne nuit et de bon repos, tout en le rassurant que tout irait bien.

Après un bref arrêt au salon des parents afin de récupérer son accoutrement hivernal, Richard se déplaça d'un pas lent vers la sortie de l'hôpital. Il fixait distraitement les tuiles du plancher. La fatigue, qui avait été masquée par l'adrénaline durant cette journée chargée, battait maintenant son plein. Ses paupières s'alourdissaient à chaque pas et l'épuisement se manifestait impitoyablement.

Bien qu'il n'avait fait le trajet entre la chambre et la sortie que quelques fois, déjà une familiarité s'installait. Il apprivoisait lentement cet hôpital étranger, envers lequel il avait initialement ressenti tant d'aversion. Lorsqu'il arriva finalement au hall d'entrée, il se surprit à être content d'être à Sainte-Justine. S'il fallait combattre une grave maladie infantile, mieux valait l'affronter dans l'un des meilleurs hôpitaux pour enfants au monde.

Richard ne se rendit pas compte du froid glacial de l'extérieur, il franchit les deux cents mètres le séparant du Manoir en silence, fixant le bout de ses bottes qui crissaient sur le frimas. Il ne remarqua pas les quelques familles qui se rendaient prestement à l'urgence ni les nombreux va-et-vient sur le chemin de la côte Sainte-Catherine. Le père était abruti, son cerveau complètement engourdi par l'épuisement, la peur et la culpabilité.

Il retira la clef de sa poche et l'inséra dans la serrure. Elle céda sans hésitation. Déjà un peu habitué au Manoir, celui-ci lui était maintenant moins hostile. Il se dirigea lentement vers le grand vestiaire commun et se fraya un chemin parmi les nombreuses bottes qui tapissaient le plancher. Il enleva les siennes tout en tentant d'éviter les flaques d'eau répandues sur les cartons qui étaient censés protéger les tapis, eux aussi imbibés. Richard s'appropria la paire de pantoufles qu'il jugea la plus propre, l'enfila et alla rejoindre son épouse, qui avait promis de l'attendre dans la salle à manger.

Un étrange mélange d'odeur de maïs fraîchement soufflé, de lessive parfumée, de délicieux plats cuisinés, de chaussures longtemps portées et de moisi d'un endroit mal ventilé envahissait le corridor qui menait au centre du Manoir.

Dans le salon, quelques parents, installés sur trois divans capitonnés, surveillaient distraitement une émission populaire sur un grand téléviseur. Même s'ils partageaient cet espace avec de purs inconnus, certains, dans un ultime effort de recouvrer un semblant de vie normale, avaient enfilé un pyjama de flanelle et de vieilles pantoufles confortables.

Comme prévu, Jocelyne l'attendait dans la salle à manger. Dès qu'il l'aperçut, il sut qu'elle était heureuse et soulagée de le voir.

— Tiens, viens t'asseoir, dit-elle, en reculant une chaise affectueusement. J'en ai pour une minute. Le plat est au four. Je reviens tout de suite et je nous sers.

Richard ne se fit pas prier. Il s'écrasa sur la chaise, couvrit son visage de ses deux mains, se frotta les yeux sans ménagement et se massa les tempes. La journée avait été longue et dure. Devant lui, sous les éclairages tamisés, l'ameublement en bois verni luisait d'un doré apaisant. Pour rendre l'atmosphère encore plus chaleureuse, son épouse avait méticuleusement installé les napperons et les ustensiles sur la table. Il se serait cru dans un petit bistro romantique.

Sachant que leur séjour durerait un minimum de huit semaines, Jocelyne avait, le mois précédent, cuisiné une vingtaine de leurs plats favoris, qu'elle avait ensuite congelés. Elle l'avait fait avec beaucoup d'attention, pas tant en vue d'économiser sur les frais de cafétéria que pour ramener un peu de chez eux dans leur quotidien. La veille, elle avait décongelé le plat du souper, ce qui lui avait permis de passer plus de temps auprès de leur fils au lieu de cuisiner.

Jocelyne arriva presque aussitôt avec, en main, deux assiettes fumantes remplies d'une généreuse portion d'une casserole gratinée au poulet et olives noires. Elle déposa les plats doucement sur les napperons.

— Comment est-ce que ça s'est passé avec Gabriel? interrogea-t-elle.

Richard fit un sourire forcé.

— Bien. Je suis resté jusqu'à ce qu'il se soit endormi. Je crois que c'était pire pour moi que pour lui.

Jocelyne lui fit un sourire réconfortant et lui effleura la main.

— J'ai téléphoné à ma mère tantôt.

Richard reprit soudainement un peu de vigueur, anxieux d'avoir des nouvelles de sa fille. Son épouse le rassura du regard.

— Elle va bien.

— Ma belle Isabelle, laissa-t-il échapper d'un ton rêveur.

— Figure-toi que mes parents la gardent constamment occupée avec des jeux de toute sorte. Tu imagines, elle a ses grands-parents à elle toute seule. Elle est le centre de l'univers. Elle ne s'est pas même informée de nous!

Pendant que son fils était à l'école, Jocelyne passait ses journées entières avec cette petite compagne qu'était sa fille. Cette séparation était pour elle une toute nouvelle expérience qui la bouleversait beaucoup. Toutefois, de savoir que sa petite allait bien l'avait réconfortée et grandement soulagée.

Le père, pour sa part, était heureux, lui aussi, que sa fille vive bien la séparation. Elle était très intelligente et pouvait comprendre, du moins en partie, la raison de cette période d'éloignement. Malgré cela, il craignait constamment que cette séparation forcée lui cause des torts irrémédiables et qu'elle en vienne à douter, à travers cette forme d'abandon, de sa valeur incommensurable, et que son estime de soi soit à jamais lacérée.

Richard s'était fait une promesse inédite : un jour, alors qu'elle serait assez grande pour comprendre, il lui expliquerait que c'est elle qui leur avait donné la force de survivre à ce calvaire. Qu'en étant forte, elle leur avait permis de l'être pour son frère. Il insisterait jusqu'à ce qu'elle le croie et que ses beaux yeux bleus étincellent et témoignent que son cœur était intact ; seulement là se sentirait-il enfin libéré de cette culpabilité qui le rongeait.

Ils terminèrent leur repas et rangèrent les assiettes au lave-vaisselle. Au Manoir, tous devaient mettre la main à la pâte pour assurer l'ordre et l'harmonie. Trop épuisés pour se permettre quelques minutes de télévision, ils se dirigèrent vers leur chambre. En peu de temps, ils avaient plongé sous les couvertures et s'étaient blottis l'un contre l'autre. Incapable de se raisonner à faire autrement, Richard se releva et téléphona à l'unité de greffe pour prendre des nouvelles de son fils, sous le prétexte de s'assurer que l'infirmière avait bien le bon numéro de chambre pour le rejoindre.

— Il dort comme un ange ! Il est tellement beau ! … Oui oui, j'ai le bon numéro : 205, il est inscrit en gros caractères dans le dossier. Ne vous inquiétez pas et surtout reposez-vous, monsieur Plourde, mais n'hésitez pas à téléphoner aussi souvent que cela peut vous plaire, avait répondu une voix douce et sécurisante.

Rassuré, Richard se glissa de nouveau sous les draps et, en peu de temps, le couple s'endormit.

***

Le sommeil, bien que profond, avait été peu récupérateur. Au lever, Richard et Jocelyne s'étaient empressés de faire leur toilette et de se rendre auprès de leur fils. Ce matin inaugurerait le premier de trois jours d'une chimiothérapie intensive. Les doses administrées seraient des dizaines de fois plus importantes que celles qu'il avait reçues lors du traitement de sa première leucémie, et, bien qu'ils auraient parfois préféré le contraire, les parents connaissaient les risques. Les paroles du médecin qui passaient en boucle dans leurs têtes n'aidaient pas à les rassurer : « nous *perdons* vingt pour cent des enfants dans les deux premiers mois de la greffe. »

Il n'y avait aucune autre solution, avaient-ils conclu. Il fallait tenter le tout pour le tout. De toute façon, depuis la première dose de radiothérapie, quelques jours auparavant, le point de non-retour avait déjà été franchi.

C'est d'un air jovial que Jérôme, l'infirmier attitré au garçon, entra dans la chambre avec un petit sac de perfusion en main.

Tout en s'assurant que les parents entendent, il s'adressa à son patient :

— Gabriel, voici la première chimio, le VP-16. C'est la seule que tu recevras aujourd'hui et elle ne durera que quelques minutes.

Il leva le menton pour mieux voir l'écran du jeu vidéo portatif.

— Eh, champion, à quoi joues-tu ?

— Zelda, se contenta de répondre l'enfant, tout en maintenant le regard fixé sur le minuscule écran.

— Woah, c'est difficile ce jeu-là ! Tu dois être pas mal bon.

L'enfant manifesta un mince sourire modeste.

— Je devrai prendre tes signes vitaux toutes les cinq minutes au début et, ensuite, nous espacerons.

L'infirmier brancha les tubulures et activa la pompe, qui acquiesça sans hésitation en éveillant du coup ses cadrans lumineux. Il installa ensuite soigneusement une série de piqués sous les deux mètres de tubes tortueux et s'adressa cette fois aux parents :

— Je vais surveiller les tubulures pendant la perfusion. Toutefois, il se peut que je doive m'absenter sporadiquement pendant quelques instants. Si jamais vous remarquez que les tubes coulent, assurez-vous que le liquide ne vienne pas en contact avec la peau. Le VP-16 est très puissant et fait parfois fondre le polymère.

Richard sursauta.

— Fondre, comme dans dissoudre le plastique ?

— Oui, c'est ça, répondit sérieusement l'infirmier.

De peur que son enfant s'inquiète, Richard n'ajouta rien de plus à cette courte conversation. Devant le fait qu'un produit chimique d'une puissance terrifiante coulait maintenant dans les veines de son fils, le père n'était guère rassuré. Il aurait voulu crier à l'infirmier de tout arrêter immédiatement. Si ce poison arrivait à percer des tubulures, il devait infliger toute une raclée aux fragiles petits vaisseaux de l'enfant.

Attaqué par une nausée soudaine, le père s'agrippa au pied du lit. Par chance, sa grimace fut cachée par son masque et le fils ne remarqua rien.

Richard maîtrisa son angoisse et la perfusion fut bientôt chose du passé. Les tubes étaient demeurés intacts et Gabriel, mis à part les nausées incessantes qui lui coupaient complètement l'appétit, ne sembla pas trop incommodé par ce premier traitement. Toutefois, le fait qu'il ne se soit pas nourri depuis maintenant cinq jours commençait à inquiéter le personnel médical.

Malgré tout, le moral du garçon était particulièrement solide. C'est d'ailleurs lui qui détendit l'atmosphère, lorsque sa mère entra dans la chambre. Soucieuse de lui faire consommer ne serait-ce que quelques précieuses calories, Jocelyne s'était rendu à la cuisinette de l'unité à la recherche de collations alléchantes. Aussitôt qu'elle eut franchi le seuil de la porte, Gabriel, d'un fort accent anglais, lança spontanément :

— Oh, maman, tu es ra-vi-ssante avec ton costume de canard !

Il n'en avait pas fallu plus pour rompre cette tension lourde et invisible qui s'accumulait invariablement chaque jour. Comme c'était souvent le cas, le malade venait encore une fois soutenir ses proches.

✳ ✳ ✳

Le reste de la journée s'était par ailleurs déroulé rondement. Gabriel s'était amusé avec son jeu vidéo, comblé d'être à la fois constamment entouré de ses parents et d'être l'objet d'autant d'attention de la part du personnel hospitalier. À quelques reprises, le père ou la mère avait accepté de jouer une partie ou deux avec lui. Par contre, immanquablement, ils mangeaient, pour ainsi dire, toute une raclée de la part de leur fils expérimenté. Ce qui n'était pas sans grandement plaire à l'enfant.

Dans les moments libres, le père s'était occupé à rédiger le journal électronique quotidien qu'il enverrait en fin de journée à une liste d'amis et de parents qui voulaient à tout prix être tenus au courant de tous les moindres détails. Jocelyne, à la recherche à la fois d'une distraction et d'un désir d'accomplir quelque chose de productif, s'était adonnée au tricot d'une couverture afghane, confortablement assise dans le fauteuil berçant et tapant du pied au rythme de la musique qui résonnait des haut-parleurs de l'ordinateur. Pendant quelques heures, l'atmosphère avait ainsi été imprégnée d'une certaine normalité réconfortante.

Le soleil s'était de nouveau couché sur Montréal et peignait le ciel de tons apaisants. Le dodo seul approchait. Gabriel avait l'air des plus heureux. Il parlait rapidement et racontait, sans relâche, de nombreuses blagues comiques. Toutefois, pour les parents expérimentés, il n'y avait pas de secret. Ces rires et ces farces cachaient une anxiété et surtout réprimaient une envie énorme de s'effondrer en larmes.

Le rituel, qui devint par cette deuxième occurrence officiellement routine, s'exécuta. Jocelyne embrassa tendrement son fils, sous la promesse de revenir au petit matin, et partit préparer le souper du couple au Manoir. Richard tamisa l'éclairage, s'approcha de son garçon déjà confortablement installé sur son lit et se blottit contre lui. Le silence n'était perturbé que par le ronronnement inlassable des pompes.

Pour la première fois depuis le second cruel diagnostic de leucémie, Richard ressentit le besoin de prier. Bien sûr, il avait déjà invoqué quelques âmes proches d'intervenir en sa faveur. Il avait supplié tous les saints affichés le long de l'autoroute 20 de les protéger. Même saint Pérégrin, le patron des cancéreux, dont il avait reçu une médaille religieuse durant la rechute de son fils, et Padré Pio, ce franciscain, saint des malades, duquel il possédait une image religieuse, avaient reçu la demande de prier pour eux. Mais jamais n'avait-il adressé une prière à Dieu directement. Sa foi, bien qu'encore ancrée, était beaucoup trop ébranlée.

Il avait, de nombreuses fois, fait le tour de la question. Que demande-t-on à Dieu lorsque l'on doute de sa volonté, et même de sa capacité d'agir ? Bien qu'il ne croyait pas Dieu responsable de ce châtiment, il lui en voulait tout de même de ne pas avoir répondu à ses prières lors de la première leucémie de son fils. S'Il n'avait pas cru bon de le guérir alors que le pronostic de guérison frisait les cent pour cent, à quoi servait de l'implorer maintenant ?

Il avait pensé à des prières du genre : aide-moi, Seigneur, à être fort pour lui, accompagne toute notre famille dans cette épreuve. Mais ce n'était ni de la force ni de l'accompagnement qu'il souhaitait, mais bien une guérison complète et définitive de son fils.

Faute d'être rassuré que sa demande soit exaucée, plusieurs fois il avait plutôt voulu lui hurler : que veux-tu que je te dise ! Combien de lampions faut-il que j'allume pour que tu m'entendes enfin ? Combien de rosaires dois-je réciter pour que tu sauves mon fils ? Je ne suis pas de la trempe de ton Pio ou de ton Pérégrin, mais n'ai-je pas tout de même eu une vie relativement honnête et juste ? Je ne sais pas comment atteindre ton écoute qui, pardonne mon arrogance, semble plutôt sélective. Puisque tu ne m'as pas exaucé quatre ans passés, quelle tournure de phrase dois-je élaborer cette fois-ci afin d'enfin attirer, vers mon fils, ta grâce divine ?

Peut-être entretenait-il une illusion consolante, peut-être avait-il puisé dans les enseignements religieux de son enfance ou peut-être s'accrochait-il à un espoir ambitieux… Richard effleura d'abord le visage de son fils et, étant donné que sa foi n'était pas de taille à faire bouger les montagnes, il lui chuchota à l'oreille, afin que personne d'autre n'entende, ce qui deviendrait la prière de chaque soir. Tout en le caressant doucement par-dessus les couvertures, il pria.

La prière improvisée avait énormément plu à Gabriel.

— Encore, avait-il marmonné, presque endormi.

Richard acquiesça.

Il refit la prière de manière identique. Chaque mot qu'il prononçait lui apportait un peu de sérénité. Peu à peu, il se sentit enfin renouer avec cet ami de longue date avec lequel il avait eu une dispute frivole.

Il était vingt-deux heures lorsque Richard fut assuré du sommeil de son fils et s'en alla retrouver sa conjointe au Manoir.

* * *

RICHARD PLOURDE

À la greffe, avaient-ils été avertis, les jours se suivent, mais ne se ressemblent pas. Le lendemain, soit le jour moins trois, ne fit pas exception à cette maxime. À leur arrivée, les parents n'eurent pas de difficulté à comprendre que les choses s'étaient corsées durant la nuit. Dès qu'ils pénétrèrent dans la chambre, malgré le masque qu'ils portaient, ils furent immédiatement confrontés à une forte odeur de vomissure. Gabriel, blême comme un fantôme, y allait de mouvements convulsifs, la bouche au-dessus d'un bol à demi rempli. Ayant visiblement régurgité tout le contenu de son estomac, seul un filet de bave s'étirait de sa bouche. Il grimaçait de douleur à chaque contraction. Une infirmière habituée, serviette humide à la main, le rassurait tout en lui épongeant le front. Ce qui acheva les parents fut le regard déçu de leur fils, qui semblait crier : où étiez-vous, pourquoi avez-vous pris tout ce temps ?

Comme c'était souvent le cas avec Gabriel, il ne fallut que quelques minutes pour que l'atmosphère change du tout au tout. Cet enfant, rempli de courage et du don de vivre l'instant présent tout en faisant un pied de nez à l'avenir, invita sa mère à jouer avec ses personnages-jouets sur le petit tapis prévu à cette fin. Jocelyne acquiesça volontiers et le duo s'amusa follement pendant plus d'une heure, au point de n'avoir pas remarqué l'infirmière qui avait suspendu un cinquième sac de médicaments à un poteau déjà chargé. Le soluté contenait la deuxième chimiothérapie. Ne voulant pas interrompre la partie de plaisir, elle s'adressa au père :

— Dans quelques minutes, après le rinçage, je vais commencer la cyclosporine. C'est un médicament antirejet en préparation de la greffe, dans trois jours.

Richard lui avait répondu seulement par un sourire invisible sous le masque. Depuis la maladie de son fils, il fouillait chaque médicament dans le CPS, un livre contenant une description complète de chaque médicament distribué au Canada. Il s'appliquait à vérifier les dosages recommandés et les comparer avec ceux prescrits. Une fois, il lui était même arrivé de constater une erreur d'un pédiatre, qui avait prescrit un antitussif à raison de dix

86

fois la dose requise. Il appréciait connaître les effets secondaires possibles et en observer tous les signes et symptômes chez son fils. Toutefois, seulement deux jours après leur arrivée à l'unité de greffe, il avait déjà abandonné. De un, il y avait trop de médicaments à suivre, et, de deux, la liste des effets secondaires était souvent si longue et cauchemardesque qu'il avait décidé qu'il ne voulait plus les connaître. Il prenait tout de même soin d'inscrire chaque remède dans un cartable et de bien écouter l'information véhiculée invariablement par le personnel médical, mais il s'en limitait à cela. C'était, pour lui, bien suffisant.

Jocelyne ressentait un certain soulagement à jouer ainsi avec son fils. C'était un temps privilégié qui l'ancrait de force dans le moment présent. Pendant ces quelques minutes, son fils allait bien et l'avenir, avec toutes ses incertitudes, semblait très lointain. Malgré cela, il ne passait pas une heure sans que son cœur de mère soit déchiré d'avoir dû abandonner sa fille. Une mère se devait d'être là pour ses enfants et depuis plus d'une semaine, il lui en manquait la moitié. Pour cette raison et bien sûr à cause de la maladie de son fils, elle ne se sentait jamais véritablement comblée. Elle anticipait avec prudence le jour où sa famille serait de nouveau réunie à la maison. Ce jour serait le véritable jour zéro.

La vie à la greffe est comme un périple en montagnes russes : après un sommet, il faut s'attendre à redescendre, et sans avertissement. Gabriel, qui passait une crampe intestinale, relâcha un gaz.

— J'ai pété ! lança-t-il en riant, sachant que ses parents s'opposeraient dramatiquement.

Mais son rire fut aussitôt remplacé par un pleur de honte et d'humiliation.

— Il y a du caca dans mes bobettes !

L'épisode se répéta à quatre reprises pendant la journée et chaque fois, malgré les tentatives infructueuses des parents pour rassurer leur fils, Gabriel était encore plus indigné. Ses selles étaient tellement liquides qu'il n'y avait aucun moyen de les retenir en laissant échapper ainsi un gaz. Et bien que le pauvre enfant tentait de se rendre aux toilettes de justesse, le temps que le poteau, les nombreux mètres de tubulures et les extensions électriques soient déplacés pour accompagner le malade, le dégât était déjà fait.

Comme si la diarrhée n'était pas en soi un supplice suffisant, Gabriel vomissait à intervalle régulier malgré ses deux médicaments antinauséeux. L'enfant était visiblement épuisé alors que les parents l'étaient imperceptiblement aussi.

Le comble de l'absurdité survint lorsqu'au milieu d'une cacophonie de rejets corporels, le téléphone sonna. C'était la diététicienne qui voulait prendre la commande pour les trois repas du lendemain. Il faut dire que Gabriel n'avait rien, mais absolument rien mangé depuis plus de sept jours, la seule mention de nourriture lui levait le cœur. À la cuisine, où on avait toujours espoir que les choses changeraient le lendemain, on persévérait à lui offrir des repas que les parents finissaient par manger par souci de ne pas gaspiller.

Le soir venu, Gabriel s'endormit rapidement, soulagé par un récent vomissement. L'infirmière, en toute délicatesse, laissa subtilement entrevoir que les choses pourraient s'empirer avant de s'améliorer et insista pour que les parents quittent la chambre immédiatement pour aller se reposer, ce qu'ils firent sans hésitation. Ils savaient que la journée n'avait été ternie que par des selles et du vomi, bref des petites banalités de la vie de parent. Aujourd'hui avait été une bonne journée, sans conséquences trop sérieuses. Mais que leur réservaient les prochains jours? Depuis le matin, la pression sanguine était à la hausse; elle s'approchait de niveaux inquiétants et, au dernier contrôle, semblait résister à la toute dernière médication.

Chapitre 6

31 janvier 1991

Bill se demandait bien pourquoi sa vigilance était exigée. La conscience encore un peu engourdie, il regarda les autres piétons autour de lui et de l'autre côté de l'intersection. Il ne remarquait rien qui aurait pu éveiller son attention et le sortir ainsi de ses rêveries. Il scruta les autos et ne vit rien de particulier non plus.

Au moment même où il renonçait à investiguer plus loin, son cœur se mit tout à coup à cogner prestement contre sa poitrine. De l'autre côté de la rue, se déplaçant en direction nord sur l'avenue Decelles, il remarqua une simple fourgonnette bleue avec à bord un seul occupant. Le chauffeur, un homme dans la trentaine de stature moyenne, aux cheveux noirs et aux tempes poivre et sel, conduisait en fixant droit devant lui. Bill ressentit une faiblesse dans les jambes. Cet homme, il le connaissait. Il l'avait vu souvent. Très souvent. Il tenta de minimiser sa réaction.

Non, mais décidément, je regarde trop de films. J'ai l'imagination délirante. Il faut dormir plus dans le lit et moins en me rendant à l'université.

Le véhicule avançait lentement, suivant à la queue leu leu le trafic de l'heure de pointe. Bill continuait à fixer l'auto et son chauffeur.

Non, mais, reviens-en!

Le feu de circulation changea à la faveur des piétons. Emporté par la foule, Bill entreprit la traverse tout en maintenant les yeux rivés sur la fourgonnette qui, en raison du trafic très dense, était demeurée bloquée au milieu de l'intersection. À trois mètres du véhicule, Bill ralentit sa cadence pour mieux l'observer. Il scruta la portière arrière à la recherche d'indices qui confirmeraient qu'il s'inventait des histoires, mais ce qu'il vit le contraria davantage: la plaque d'immatriculation en était une du Nouveau-Brunswick. Aussitôt, son menton tomba et il s'immobilisa au beau milieu de la rue, la bouche béante. Il plissa les yeux et balaya du regard le hayon, à la recherche de l'étiquette du concessionnaire. Il était complètement indifférent aux coups d'épaules et de sacs à dos qu'il recevait de toute part par les étudiants, qui devaient contourner cet ahuri, tout à fait immobile en pleine rue.

Toujours à la recherche d'un autre indice, Bill ne se rendit pas compte du changement des feux de circulation. Il avait finalement localisé l'étiquette du concessionnaire et tentait à la hâte de la lire sous la saleté, lorsque la fourgonnette se mit soudainement à accélérer. Bill tenta frénétiquement de déchiffrer l'amalgame de lettres, de logos et d'éclaboussures salées.

C'est comme lire des feuilles de thé!

Le klaxon assourdissant d'une automobile, dont le pare-chocs n'était qu'à vingt centimètres de ses genoux, l'interrompit soudainement dans son enquête. Bill fit le saut, mais demeura tout de même en place, tentant, tant bien que mal, de comprendre pourquoi cet automobiliste effronté s'impatientait ainsi. Le chauffeur, n'ayant pas réussi à dégager cet idiot du milieu de sa route, klaxonna de nouveau, cette fois en y ajoutant une gestuelle offensante. Bill, qui avait enfin compris, fit deux bonds et libéra l'intersection. Certains étudiants, qui avaient observé la scène, le fixaient avec inquiétude. Ce jeune homme avait l'air très confus.

Bill analysait frénétiquement la situation. Avait-il imaginé tout ça ? Pourtant, il y a quelques secondes, alors qu'il recevait les fulminations du conducteur impatient, il avait regardé à travers la vitrine arrière du véhicule bleu et aurait pu jurer reconnaître le conducteur, qui l'observait dans son rétroviseur.

Impossible !

La décharge d'adrénaline qui venait d'envahir son corps lui donnait un étrange goût dans la bouche et son cœur battait la chamade. Brusquement, sa vie basculait complètement, et cela lui assenait un vertige terrible.

Cet homme, c'est moi !

Bill savait bien que c'était impossible, qu'il s'imaginait des choses. Combien de fois s'était-il fait dire qu'il avait l'imagination trop fertile ? Malgré tout, il ne put s'empêcher de fixer la fourgonnette qui s'éloignait lentement. Soudainement, un sentiment de mélancolie l'envahit, comme s'il venait de faire des adieux à un vieil ami qu'il ne reverrait jamais. Sans raisonner et sans comprendre, il enjamba tout à coup l'avenue Decelles, à la poursuite de la fourgonnette.

Le véhicule accélérait et Bill craignait de le perdre de vue. Malgré l'absurdité évidente de sa théorie, ses idées étaient maintenant limpides. Coûte que coûte, il se devait de rejoindre cette auto. Toujours au pas de course, il regarda autour de lui, cherchant en vain un taxi.

Non, mais tu perds la boule ! Tu t'imagines la scène ? « Il ouvre la portière arrière, saute dans le taxi et, s'agrippant au siège avant, aboie au chauffeur perplexe de suivre l'auto bleue ! » Reviens-en !

La fourgonnette tourna à droite sur le chemin de la côte Sainte-Catherine et elle disparut derrière la colline sur laquelle se dressait le Collège Jean-de-Brébeuf.

Tu l'as perdue. Impossible de la rejoindre maintenant.

Il aurait dû maintenant rebrousser chemin et se diriger à ses cours, mais pour des raisons obscures, il poursuivit sur son élan. Les précieuses secondes s'écoulaient, il devrait faire vite, plus vite. Il avait l'impression que les talons lui frôlaient les oreilles. Enfin, il arriva à l'angle de l'avenue Decelles et de la côte Sainte-Catherine. N'arrivant pas à freiner sa course sur le trottoir enneigé, Bill agrippa un lampadaire à deux mains et s'arrêta brusquement. Plié en deux, haletant, il rechercha désespérément l'automobile. Elle n'était plus là. À cet endroit, la pente du chemin de la côte Sainte-Catherine monte légèrement jusqu'à l'entrée de l'hôpital Sainte-Justine, après quoi elle redescend et s'allonge jusqu'au centre de la métropole, contournant le nord du parc Mont-Royal. Résigné, il se contenta d'observer une à une les autos disparaître lorsqu'elles arrivaient devant l'hôpital. À cet endroit précis, elles semblaient être aspirées dans l'abyme.

Ayant repris son souffle, Bill se redressa. Dans un geste de persévérance, qu'il jugeait presque futile, il balaya du regard les environs pour tout indice suspect. De l'autre côté de la rue, une vieille dame sortait d'une pharmacie, plaçant prudemment son pied droit sur la neige fraîche. Ensuite, remontant le col de son manteau déteint et ajustant son couvre-cheveux de plastique transparent, elle agrippa solidement son sac d'emplettes et se dandina vers l'arrêt d'autobus tout près.

À droite, sur un trottoir bordé de majestueux érables saupoudrés de neige scintillant sous le soleil qui se levait sur Montréal, un jeune couple s'éloignait silencieusement, marchant côte à côte, écouteurs aux oreilles. La fourgonnette ne se trouvait nulle part, il l'avait perdue.

Le scripteur, toujours actif dans son cerveau, enchaîna :

Cela aurait fait un bon film. Le gars entre dans une autre dimension et se voit dix ans plus vieux… Bon ! Il va bien falloir te rendre à ton cours de pharmacologie tout de suite, tu risques d'être en retard… M'écoutes-tu ?

Comme s'il était guidé par une intuition clairvoyante, Bill, qui avait remarqué l'entrée du stationnement de l'hôpital Sainte-Justine, traversa l'intersection pour s'y rendre. Craignant éveiller des suspicions de la part des préposés en se rendant dans le parc d'autos, il poursuivit sur le trottoir, scrutant chacun des véhicules qui y étaient garés.

Alors qu'il s'approchait du Manoir Ronald McDonald, il s'immobilisa soudainement. Elle était là ! Vue de face, on aurait dit qu'avec ses deux phares, la fourgonnette le fixait droit dans les yeux. Bill examina les environs à la recherche du conducteur, mais ne le vit nulle part. Seule une femme poussant laborieusement une poussette chargée d'un enfant emmitouflé, un grand sac suspendu à son épaule, luttait contre les petites roues du landau qui s'enfonçaient dans la neige.

Bill enjamba le trottoir adjacent au Manoir à la rescousse de ces victimes. Toutefois, avant qu'il puisse les rejoindre, la mère consentit à un dernier effort et la poussette embraya finalement sur l'asphalte givré et parsemé d'abrasifs. Elle poursuivit alors sa route d'un pas déterminé. L'enfant, qui était tout enveloppé et dont seuls les yeux étaient visibles, fixa Bill brièvement de ses grandes prunelles pétillantes d'espoir.

Son aide n'étant évidemment plus requise et, ne voulant pas engendrer de méfiance à son égard, Bill fila tout droit. D'un pas décidé, il se dirigea vers la fourgonnette bleue comme s'il en était le propriétaire. Il jeta un coup d'œil en direction des préposés qui, heureusement, ne portaient intérêt, ni à son égard ni à leur travail.

Lorsqu'il fut à quelques mètres de la fourgonnette, il s'immobilisa. Envahi par le doute et se sentant complètement ridicule, il fut surpris de constater à quel point il était nerveux.

Je vais tout simplement inspecter le véhicule et me convaincre que j'ai poussé cette folie beaucoup trop loin. Après, je pourrai me rendre à mes cours, la conscience tranquille.

Il scruta le stationnement pour s'assurer que personne ne l'observait. Il ne voulait surtout pas qu'on le prenne pour un voleur ou, pire encore, pour un cinglé qui s'imagine que cette Honda vient tout juste de franchir la barrière espace-temps et qu'elle arrive directement de l'an 2003!

Dans la minuscule cabine à l'entrée, les seuls deux employés bavardaient en sirotant leur café et ne lui portaient toujours aucune attention. Il s'approcha de la portière côté passager et jeta un coup d'œil nerveux à travers la fenêtre. Il n'y remarqua rien de trop inhabituel. Le porte-boisson contenait un verre de carton taché de café et une bouteille d'eau gelée à demi-vide. Sur la banquette arrière, deux sièges d'autos pour enfants étaient installés, mais rien qui aurait pu révéler des renseignements sur d'identité du propriétaire.

Bill se dirigea ensuite vers l'arrière du véhicule; obsédé, il jeta un énième coup d'œil rapide en direction des préposés. L'un d'eux gesticulait dans tous les sens alors que l'autre riait en hochant vivement la tête. Voulant faire vite, il colla le nez contre la glace et plaça les mains de chaque côté du visage en œillère afin d'éliminer les réflexions causées par la neige et la glace. Il inspecta à la hâte l'arrière de la dernière banquette.

Rien de particulier.

Même la couverture bleue en coton épais brodé de fines lignes parallèles dorées, étalée pour protéger le tapis, semblait plutôt ordinaire.

Bill scruta les environs. Seul un couple accompagné d'un jeune enfant se dirigeait vers le sentier menant à l'hôpital. L'aisance de leurs gestes trahissait la routine.

Enfin convaincu qu'il s'était laissé ridiculement emporter par une hypothèse loufoque, il décida néanmoins de tenter une dernière expérience. Il retira son gant droit et passa doucement le pouce sur l'étiquette du concessionnaire afin de déloger l'épaisse saleté: Edmundston Honda.

Une coïncidence, c'est tout… Comme j'ai été dupe!

Se pardonnant sa bêtise, il s'élança en direction du pavillon principal. Il remonta le trottoir longeant le Manoir et se dirigea vers la traverse de piéton devant l'hôpital. Une main illuminée rouge lui ordonna d'attendre son tour. Bill jeta un coup d'œil vers l'hôpital. Devant l'affluence d'enfants et de parents à travers les portes d'entrée, il trouva pertinent que l'on ait choisi d'y installer des portes tournantes automatiques. Le mouvement répétitif du portail lui donna la chair de poule. À cette distance, l'entrée semblait gober les enfants qui s'en approchaient. Un souvenir lointain s'immisça dans son esprit.

À l'âge de six ans et pour la première fois de sa jeune existence, il avait visité un parc d'attractions avec une petite-cousine de deux ans son aînée. C'était un de ces bazars misérables ambulants qui convoitaient les petites municipalités de région. Les enfants, pour leur part, se croyaient privilégiés que leur ville ait été choisie parmi tant d'autres.

Le jeune Bill avait été fort émerveillé devant ces pommes couvertes de bonbon rouge cerise, ces barbes à papa somptueuses et ces énormes ours en peluche qui, aux dires des commis, étaient d'une facilité étonnante à gagner. Enivré de cette scène tirée directement des plus beaux contes de fées, il ne remarquait pas la peinture écaillée sur les panneaux et la rouille sur les manèges. Il était même complètement insensible à l'odeur de moisissure des jeux gonflables et aux vapeurs de diesel que les vieux moteurs, à bout de souffle, crachaient sans arrêt.

Sa cousine lui avait alors proposé d'entamer leur après-midi de rêve par un tour dans le magnifique manège coloré dans lequel quelques chanceux tournoyaient déjà, s'écriant de joie. Ils s'étaient approchés, mais le jeune Bill s'était soudainement senti intimidé. D'abord parce que le préposé qui, en plus de son sourire narquois, avait l'air d'un flibustier de la pire espèce, et en second lieu parce que le manège, de près, était beaucoup plus imposant. Ensuite, il y eut le grincement horrible du tourniquet. Et comme

95

si cela ne suffisait pas, il y avait eu l'expression d'anticipation de l'opérateur crasseux au sourire démoniaque qui s'était assuré que la barre transversale devant eux était bien barrée.

Vingt et un ans plus tard, Bill se souvenait de la sensation qu'il avait vécue comme s'il la revivait en ce moment : le sentiment d'être prisonnier, d'être condamné à devoir subir ce calvaire de la première seconde à la dernière, impuissant. Incapable de s'esquiver. Incapable d'arrêter ce tourbillon d'enfer. Ses supplications au bourreau, qui avait entre ses mains le levier de délivrance, n'étaient reçues que par des éclats de rire malicieux. Rien ne pouvait arrêter cette épreuve avant qu'elle ait suivi son cours jusqu'au bout. Même pas les éclaboussures de spaghetti du midi qui tapissèrent l'intérieur du compartiment. En plein désarroi, le jeune garçon avait imploré la Sainte-Vierge de venir à sa rescousse. Le manège avait aussitôt ralenti et, après à peine un tour, s'était immobilisé.

Nauséeux, Bill fixait toujours la porte tournante de l'hôpital. Comme lui, à six ans dans le manège, chaque enfant qui traversait ce portail devait, de la première seconde à la dernière, subir le sort irrévocable qui lui avait été jeté. Il n'y avait aucune issue, aucune alternative. S'il voulait guérir, il devait endurer son épreuve du début à la fin, jusqu'à ce que le manège cesse et qu'il puisse enfin se réapproprier sa vie. Lorsque Bill vit un autre enfant se faire aspirer par la porte maudite, il eut le réflexe d'implorer la Sainte-Vierge d'intercéder en la faveur du malade.

La main rouge s'éteignit et la silhouette d'un bonhomme illuminé l'autorisa à traverser. Bill entreprit le passage pour piétons, jetant un dernier coup d'œil en direction d'un autre enfant et de ses parents qui s'abandonnaient à leur fatalité. Bill fila en direction de l'école des Hautes Études Commerciales et longea l'édifice cubique et vitré en empruntant le sentier piétonnier sinueux qui menait à l'arrière jusqu'à la rue Édouard-Montpetit. À ce rythme, il aurait le temps de se rendre à son cours avec tout au plus cinq minutes de retard. Le coin gauche de sa bouche tenta un sourire et le coin droit acquiesça.

J'imagine entendre la voix d'un journaliste, à la télévision : Ce matin, à huit heures vingt-deux minutes précises, un étudiant en optométrie de l'Université de Montréal fut projeté dans le futur au coin de l'avenue Decelles et du boulevard Édouard-Montpetit. Après consultation auprès de physiciens renommés, il semble que la mécanique quantique pourrait expliquer ce phénomène d'une rareté presque incalculable. Soyez des nôtres au bulletin de vingt-deux heures, où nous vous présenterons une entrevue avec le véritable miraculé.

Bill affichait maintenant un large sourire, se pardonnant d'avoir été si naïf. Arrivé à la bouche du métro Université-de-Montréal, il décida de courir le peu de distance qui lui restait à franchir. Toutefois, dès qu'il s'inclina légèrement vers l'avant pour piquer un sprint, il fut brusquement saisi d'un étourdissement violent. Sa vue étant complètement brouillée, il ne distinguait plus les détails. À peine eut-il eu le temps de stopper son élan, que l'étourdissement s'était dissipé. Sa vue redevint claire comme avant. Il cligna quelques fois, secouant la tête pour voir s'il pouvait provoquer ce vertige qui l'avait assailli, mais en vain.

Est-ce que j'ai imaginé ça aussi ?

Il arriva finalement au pavillon principal et franchit l'entrée de l'aile « U », parcourant les corridors labyrinthes du pavillon afin de se rendre à l'aile « Z », où se donnait son cours. Même s'il accusait déjà huit minutes de retard, Bill prit le temps de s'arrêter à la petite cantine du rez-de-chaussée. Il ne buvait qu'un seul café par jour et c'était pendant le premier cours du matin. Enfin, il entra dans la salle de cours à pas feutrés, fit une grimace d'excuse au professeur, qui n'avait pas l'air impressionné, et se dirigea à son siège habituel à l'arrière gauche où il siroterait, en retrait, son breuvage chaud au goût d'eau de vaisselle.

La matière couverte durant le cours de pharmacologie était intéressante et le professeur, un très bon orateur, mais plus personne ne l'écoutait. La période d'attention que ses élèves pouvaient lui accorder étaient bien en deçà des trois heures que durait la séance. Pendant que la moitié des étudiants regardaient les aiguilles avancer laborieusement sur la montre qu'ils avaient au bras, l'autre moitié s'informait de l'heure qu'il était.

À deux minutes de la fin du cours, les propos de l'enseignant furent submergés par les fermetures éclair des étuis, les crissements de feuilles et le claquement de cartables. Les optométristes en devenir ramassaient leurs effets, soulagés que l'heure du dîner leur accorde un peu de répit. Jean, un bon ami de Bill, muni de toute sa bonne humeur coutumière et d'un sourire taquin, tapa légèrement l'épaule de son copain.

— As-tu des plans pour la fin de semaine, mon Bill?

— Bof, pas vraiment. Ce soir, j'avais l'intention de regarder un film et de prendre une petite bière tranquille. Pourquoi me demandes-tu ça?

— Samedi soir, fais-tu quelque chose de spécial?

Bill n'aimait jamais se compromettre. Il était plutôt du type impulsif et décidait toujours à la dernière minute, mais, samedi, il n'avait rien de planifié.

— Non. As-tu quelque chose à me proposer?

— Nous pourrions nous rencontrer toute la gang à notre brasserie habituelle.

Cette gang, telle que Jean la surnommait, c'était un groupe de huit amis de la classe qui aimaient bien se rencontrer et fêter ensemble. Huit étrangers, il y a quatre ans, entre lesquels, tout au long de leur doctorat, il s'était tissé des liens solides et des amitiés sincères. N'importe quel prétexte était bon pour prendre une, voire plusieurs bières ensemble. Les sujets de conversations ne manquaient jamais, et les engueulades non plus. Bill avait développé une belle affinité avec chacune des personnes du clan et adorait les discussions houleuses qui inévitablement s'ensuivaient. Tous se sentaient privilégiés de faire partie de ce cercle restreint de camarades.

— Oui, bonne idée. J'aimerais ça. Comme d'habitude, nous nous rencontrons chez toi vers dix-neuf heures pour *les* apéritifs.

Il avait mis l'accent sur «les» en parlant des apéritifs, car la plupart du temps, une bonne partie de la veillée se passait à attendre celui qui n'avait pas fini sa bière, aussitôt remplacé par celui qui, agacé d'attendre, s'en ouvrait une autre.

— C'est ça, mon Bill! Tu n'es pas si pire pour un Newbie!

Jean aimait bien taquiner Bill en le traitant de Newbie, un sobriquet qu'il donnait aux gens du Nouveau-Brunswick, faisant allusion au terme péjoratif de Newfie décerné aux gens de Terre-Neuve. Bill sourit et secoua la tête devant ce cas désespéré.

— Tu sais, Johnny, lui répliqua Bill, utilisant la version anglaise de son prénom pour agacer son ami, fervent de la langue française et de l'accession du Québec à la souveraineté. Juste à toi seul, tu es une société distincte.

Jean pouffa de rire.

***

Le reste de l'après-midi se déroula en douceur. Le laboratoire d'optique appliqué portait sur la taille de lentilles et l'ajustement de montures, deux sujets aisés qui permettaient aux élèves de parfaire leurs habiletés tout en échangeant sur plusieurs sujets portant rarement sur l'optométrie.

À seize heures, les étudiants se dirigèrent vers les casiers, près du salon étudiant, pour y recueillir leurs effets personnels et les documents dont ils auraient besoin pour le week-end. Bill bourra son sac de livres et de notes de cours, s'habilla chaudement pour sa marche habituelle et fit ses brefs au revoir. Rapidement, il se dirigea vers la sortie en empruntant les escaliers, l'ascenseur étant toujours trop lent à son goût.

Le soleil de fin de journée colorait tout d'ambre. Les nombreux édifices vitrés réfléchissaient sa lumière dans toutes les directions, au point où on ne savait plus sur quel versant du Mont-Royal il se couchait. L'air était délicieux et frais. Bill inspira lentement, profondément, et expira d'un coup sec. Tout son stress, son ennui et sa fatigue s'envolèrent littéralement en fumée devant ses yeux. Il ne cessait jamais d'être émerveillé par ces nuages que l'on pouvait exhaler à volonté en hiver. Enfin, il entreprit, d'un pas flâneur, le trajet habituel qui le ramènerait chez lui. La marche de retour était une cure, compensant les trop longues heures passées à l'intérieur, confiné à des salles de classe. Piquées par le froid, ses joues rougissaient de bonheur.

Prenant tout son temps, il suivit son itinéraire habituel, zigzagant d'un bout de rue à un autre jusqu'au boulevard Édouard-Montpetit. Fidèle à lui-même, il profita de cette solitude pour laisser son imagination filer librement et visualiser des projets ambitieux qu'il rêvait d'un jour réaliser.

À peine vingt minutes plus tard, Bill enjamba le trottoir qui menait à l'appartement et, enfin, plongea dans le vestibule. Machinalement, il fouilla sa poche et repéra son trousseau de clefs. Ensuite, il ouvrit la boîte aux lettres et en retira quelques documents inutiles qu'il jeta dans la poubelle. Il était à verrouiller la boîte lorsque la porte principale s'ouvrit soudainement. C'était Tim, frère du propriétaire et préposé à l'entretien. Ce quinquagénaire colosse s'occupait fort bien de sa tâche. L'entrée, les corridors et la salle de lavage étaient toujours immaculés. Même le trottoir extérieur, devant l'immeuble, était balayé plusieurs fois par jour. L'automne, alors que les feuilles rendaient l'âme, Tim passait toutes ses journées à balayer le trottoir sans arrêt. Il faut dire que l'homme avait subi, quelques années auparavant, une lobotomie, pour des raisons qui demeuraient nébuleuses. Depuis, il était resté un peu lent d'esprit. Parfois, alors qu'il s'affairait à ses tâches, il avait un regard sombre et menaçant à en donner la chair de poule. Et lorsque, pendant ces épisodes, on lui adressait la parole, il fixait son interlocuteur dans la prunelle des yeux avec un regard d'assassin pendant quelques secondes qui semblaient éternelles. Tout à coup, ses traits s'adoucissaient et tout son visage resplendissait, illuminé par le plus beau sourire enfantin.

Dès sa première rencontre, Lise avait énormément redouté ce géant. Elle avait été constamment mal à l'aise à se promener dans l'immeuble, de peur que « lobotomy Tim », tel qu'elle le surnommait, se dévoile sous son pire jour et l'agresse monstrueusement. Ses craintes s'étaient avérées non fondées. Et, avec le temps, elle avait apprivoisé cet aimable goliath.

Tim avança rapidement et maladroitement vers Bill, sa lobotomie lui rendant la vie difficile lorsqu'il s'empressait trop. Il serrait contre sa large poitrine une boîte en carton de la taille d'un petit téléviseur et avait le faciès agacé et redoutable. Il s'arrêta devant Bill et le fixa avec suspicion. Son immobilisme, qui dura quelques secondes, rendit évident qu'il avait oublié ce qu'il devait lui dire. Tout à coup, son visage s'illumina d'un large sourire généreux et, après plusieurs salutations de la tête, il articula finalement :

— Ceci, pour toi ! annonça-t-il en poussant brusquement la boîte contre la poitrine de Bill, qui dut faire un pas vers l'arrière. Je n'ai pas voulu laisser dans l'entrée, enchaîna Tim, de son fort accent grec. Tu aurais pu faire voler. J'ai gardé avec moi.

Bill n'avait jamais vu le colosse aussi fier.

— Euh. Merci, Tim, dit enfin le locataire.

Bill contourna l'homme, qui n'avait pas réalisé qu'il bloquait l'accès aux escaliers, et entreprit de gravir les marches deux à la fois jusqu'au deuxième étage. Son trousseau de clefs encore en main, il coinça le colis contre la porte et déverrouilla la serrure. Les bruits en provenance du rez-de-chaussée indiquaient que Tim avait finalement compris qu'il pouvait retourner à ses besognes régulières. Bill entra dans l'appartement et ferma la porte derrière lui. Il rangea son manteau et ses espadrilles, abandonna son sac à dos contre le mur et se dirigea vers la cuisine avec la boîte.

Réalisant qu'il n'avait même pas vérifié de qui le colis provenait, il inspecta l'étiquette. Bill sourit. Sa mère, craignant constamment que son fils, malgré ses vingt-sept ans, puisse manquer de quelque chose, lui faisait parvenir des surprises de toute sorte. Quelques mois auparavant, il avait reçu des napperons qu'elle avait confectionnés « pour les fois où tu reçois des amis », avait-elle indiqué sur la note explicative. À ceux-ci s'étaient ajoutés une boîte de biscuits soigneusement décorée, quelques crayons de plomb et gommes à effacer, « car ça travaille mieux avec des articles neufs ». Elle avait également complété le paquet avec quelques savons et un sac de boulettes d'huile pour le bain multicolores. Finalement, comme si elle pressentait constamment un drame imminent, elle ajoutait toujours une petite note qui se terminait invariablement avec les phrases : « Je t'aime. Sois prudent ! »

Pour faire durer l'anticipation, Bill laissa le colis et se dirigea vers le réfrigérateur qu'il ouvrit, et empoigna une bouteille de bière. D'un tour de main, il la décapsula et huma le petit nuage de buée qui se formait chaque fois à la surface du liquide. Il se tapa une longue gorgée et s'appuya contre le comptoir face à la boîte, qui reposait sur la table.

— J'ai bien hâte de voir ce que tu as bien pu m'envoyer cette fois-ci, soupira Bill.

Il était toujours mal à l'aise lorsqu'il recevait des cadeaux de sa mère. Elle n'était pas fortunée et passait souvent beaucoup de ses économies à chouchouter son fils. Il aurait nettement préféré qu'elle se gâte un peu.

Bill prit une autre gorgée.

— Exquis, s'exclama-t-il pour lui-même.

Il roula le bouchon entre ses doigts, s'interrogeant du même coup où il pourrait bien s'en départir. Il n'osa pas le mettre à la poubelle, car le couvercle légèrement béant laissait supposer qu'une vague d'odeur nauséabonde en émanerait s'il se risquait à lever le rabat. Le comptoir était tellement tapissé de vaisselle souillée qu'on aurait cru qu'il n'y avait même pas de place pour un minuscule bouchon de bière. Il décida donc de l'insérer dans la poche de son jean.

Il prit une troisième gorgée et jeta un coup d'œil en direction du cadran de la cuisinière. Seize heures trente-huit, Lise arriverait d'une minute à l'autre. Bill était impatient de la voir et d'entamer le rituel divertissant du vendredi. Comme d'habitude, sur une musique rock aux rythmes accrocheurs, ils feraient la vaisselle de toute une semaine. Il faudrait plus de deux heures pour nettoyer tous les plats et les ustensiles qui s'étaient accumulés sur le comptoir, ainsi que dans les deux éviers et les deux bacs de plastique dissimulés dans le placard. Ils arroseraient l'événement de plusieurs bières et de discussions amicales sur des sujets des plus variés. Le vendredi soir, il n'y avait jamais de prises de bec. C'était une soirée privilégiée entre deux âmes sœurs.

Il prit une quatrième gorgée et s'approcha du colis. Il tendit le bras et récupéra le paquet de cigarettes laissé au centre de la table, l'ouvrit et s'en braqua une entre les lèvres. Il l'alluma et tira une longue bouffée relaxante. Puisqu'il ne fumait que quelques cigarettes par jour – la plupart du temps avec Lise –, Bill avait bien de la difficulté à s'admettre fumeur. Convaincu qu'il pourrait facilement écraser pour de bon et qu'il le ferait dans un avenir rapproché, il avait continué à fumer. Toutefois, sa décision d'écraser était demeurée au stade de l'imminence depuis maintenant près de trois ans. Bien sûr, il connaissait les risques, mais, puisqu'il abandonnerait bientôt, il considérait qu'il en serait épargné. Le cancer, c'était pour les autres.

Se décidant enfin à déballer la boîte, Bill plaça sa cigarette dans le cendrier, porta une autre fois la bouteille à sa bouche et caressa doucement l'étiquette du bout du doigt. La main d'écriture de sa mère le rendit mélancolique.

— Maman, murmura-t-il. Qu'as-tu envoyé à ton fils cette fois?

Il repéra les ciseaux dans le tiroir à tout mettre, près de la cuisinière.

— N'est-ce pas une étrange coïncidence? Ce sont les ciseaux que tu m'as fait parvenir il y a deux ans.

Bill prit la lame, fendit le ruban adhésif qui scellait le cadeau et déplia les rabats. Sur la surface d'un papier de soie reposait une carte avec une simple inscription: «Chéri». Comme un enfant gêné devant les chouchoutages de sa mère, Bill leva les yeux vers le ciel. Il prit néanmoins l'enveloppe dans ses mains et l'ouvrit.

« Chéri, je te fais parvenir un petit cadeau pour ta chambre. Je suis à confectionner les rideaux qui s'agenceront parfaitement avec et te les enverrai dans le prochain envoi. J'espère que tu l'aimeras et qu'elle conviendra à ton décor. Au pis-aller, tu pourras t'en servir pour ta visite. On se parle quand tu en auras le temps. J'espère que tu ne travailles pas trop fort. Prends le temps de te reposer. Prends soin de toi et surtout… sois prudent. Je t'aime. Maman. xox»

Bill était toujours contrarié devant ces notes et ces cadeaux. Des vestiges de l'adolescence attribuaient à cette attention une ingérence dans sa vie autonome alors que sa maturité y voyait une sympathique marque d'amour.

Lentement, pour prolonger le suspens, il déplia minutieusement le papier de soie. Lorsqu'il dégagea enfin l'emballage et qu'il aperçut le présent, il figea. Plusieurs minutes s'écoulèrent sans qu'il bouge d'un cran. Éberlué, il fixait l'article. Ramené à lui par ses jambes qui ne pouvaient plus le soutenir, il tira la chaise et s'écrasa, presque assommé.

Malgré toutes ses tentatives, il ne réussissait pas à trouver un sens à cet objet qui se révélait à lui. Dans cette boîte de carton, emballée d'un papier fin, reposait une création originale que sa mère avait confectionnée avec soin: une inimitable couverture bleue en tissu de coton épais brodée de fines lignes dorées. La même qu'il avait vue plus tôt ce matin à l'arrière d'une fourgonnette immatriculée du Nouveau-Brunswick.

Chapitre 7

Il y a parfois de ces situations qui, dans un contexte de vie ou de mort, devraient être relativisées et rendues insignifiantes, mais qui, pour des raisons incompréhensibles, réussissent à bouleverser profondément les parents d'un enfant malade. Pour Richard et Jocelyne, il y avait eu, à ce jour, deux occasions du genre.

La première était sans équivoque la perte de cheveux de leur fils. Elle venait leur flanquer dans la face que la maladie ne les avait pas épargnés. Elle venait dévaliser sans scrupule un élément tellement important de l'image de soi. La chute des cheveux n'était pas sans rappeler les tristes téléthons, et même les lourdes scènes de l'holocauste. Dans une période où la vulnérabilité d'un enfant est à ce point grande, le crâne dégarni l'isolait davantage de ses pairs et faisait de lui une cible facile. Les enfants étaient parfois très durs les uns envers les autres.

La deuxième avait été provoquée par ces images, à jamais gravées dans leur mémoire, de ces enfants défigurés par un tube beige leur sortant du nez, tel un spaghetti vomi qui leur longe la joue jusqu'à pendre sur une oreille. Un mince trait qui venait éclipser d'un seul coup un autre fragment de leur autonomie précieusement acquise. Bien sûr, ce tube n'était que temporaire et, telle une mère merle, venait nourrir l'enfant jusqu'à ce qu'il en soit capable seul, mais ce cliché massacrait avec une puissance redoutable la pureté et la liberté de ces agneaux humiliés.

Gabriel n'avait rien mangé depuis maintenant dix jours. Il avait conséquemment perdu quelques précieux grammes qui ne pourraient plus servir à le soutenir dans les durs jours à venir. Les médecins avaient donc prévu ce que les Plourde redoutaient intensément, soit la pose d'un tube de gavage.

— Bon! Gabriel, on est prêt à commencer, d'accord? Nous allons t'injecter un médicament pour t'aider à relaxer un peu, avait expliqué la chirurgienne, ensevelie sous ses vêtements chirurgicaux, telle une burka où seuls ses yeux étaient visibles. Tu ne dormiras pas, mais ne ressentiras aucun mal, tu comprends? Papa restera avec toi pour toute la durée de l'intervention. N'oublie pas ce que je t'ai expliqué tantôt, quand je te le dirai tu avaleras, d'accord, la petite porte de ton estomac s'ouvrira et le tube s'y glissera tout doucement.

Ayant été touchée par l'énorme appréhension de son jeune patient et sa confiance évidente en son père, la chirurgienne avait contrevenu aux règlements et avait ordonné à un préposé de préparer le père pour la salle d'op. Richard, vêtu des pieds à la tête de l'accoutrement de rigueur, tenait fermement la main de son fils tout en lui effleurant doucement l'avant-bras du bout des doigts.

Devant cette équipe imposante de sept personnes et tout l'arsenal d'instruments médicaux spécialisés, Gabriel, crispé, pleurait silencieusement. Fixant son père dans les yeux, il le suppliait d'intervenir et de mettre fin à ce tenaillement.

— Non! implorait-il. Je ne veux pas! S'il te plaît, papa! Je vais manger maintenant, je te le promets.

Ces mots eurent l'effet d'un fer brûlant sur le cœur du père. Il était affligé de le voir se culpabiliser ainsi! Comment espérer qu'un enfant de cet âge puisse comprendre qu'aucun jeune ne réussissait à se nourrir dans ces conditions abominables? Comment lui faire croire qu'il n'avait rien à se reprocher?

— Ce n'est pas de ta faute, Gabriel, si tu ne mangeais plus. Avec tous les médicaments que tu reçois et les nombreux bobos dans la bouche, c'est tout à fait normal de ne plus avoir d'appétit. Avec le tube, tu reprendras des forces et tu guériras plus rapidement. Dans quelques jours, tu recommenceras à manger et nous pourrons l'enlever.

Richard lui lança quelques petites tapes amicales sur l'épaule et, ouvrant grand les yeux et affichant un large sourire, comme s'il avait toute une nouvelle à lui annoncer, il ajouta :

— En plus, tu n'auras plus à prendre de médicaments par la bouche! Ils l'enverront dans le tube. Plus de goût dégueu.

Ce dernier commentaire n'avait pas réussi à apaiser le fils. Le coup d'envoi avait été lancé par la chirurgienne et Gabriel se crispa davantage.

— Ne t'inquiète pas, Gabriel, tout ira bien, je reste avec toi jusqu'à la toute fin, rassura le père.

Pointant de l'autre côté d'une grande ouverture vitrée, Richard reprit :

— Regarde, dans les bras de maman, Lapin te surveille. Il se demande si c'est dans une salle comme ça qu'il fera opérer ses cataractes.

Un mince sourire s'immisça finalement sur les lèvres de l'enfant. Il cligna des yeux et ses paupières, devenues très lourdes, ne s'ouvrirent que de quelques millimètres pour se refermer lentement. L'anesthésie avait fait son effet. Sur les écrans de téléviseurs, des milliers de tons de gris dessinaient la forme d'un système digestif. Alors que tous, sauf l'anesthésiste, fixaient l'écran, un mince trait blanc se glissait vers l'estomac. Dans quelques minutes, Gabriel serait gavé.

***

C'était la première fois depuis longtemps qu'ils se retrouvaient seuls, « en amoureux », comme l'avait si bien qualifié leur fils au sourire espiègle. Il était onze heures trente lorsque Nathalie, la gentille préposée aux malades, qui adorait vraisemblablement Gabriel, avait insisté pour que monsieur et madame aillent dîner à l'extérieur de l'hôpital.

— Je n'ai pas vraiment faim, ce midi, avait-elle menti, alors je vais rester auprès de lui pendant mon heure de dîner et jusqu'à votre retour. Prenez tout votre temps, j'ai fait les arrangements nécessaires afin de pouvoir rester jusqu'à, au moins, quatorze heures. Ne vous inquiétez pas, je ne le quitterai pas une seule minute jusqu'à votre retour.

Zélée, elle s'était même permis de recommander fortement un minuscule restaurant vietnamien, grandement achalandé, situé à seulement quelques minutes de marche de l'édifice.

Nathalie était une jolie jeune femme, âgée dans la trentaine avancée. Malgré le fait qu'elle esquivait constamment les questions portant sur sa vie personnelle, Richard avait tout de même pu lui extirper quelques renseignements. Elle était mariée depuis une dizaine d'années et n'avait pas d'enfants, pour des raisons qui restaient nébuleuses. Toutefois, elle avait de toute évidence le cœur grand comme cet hôpital dans lequel elle consacrait la plupart de ses heures actives au chevet de ces enfants emprisonnés dans de petites chambres. Elle s'attachait rapidement à ces malportants et leur prodiguait avec tendresse et minutie des soins bien au-delà de ceux exigés par sa convention collective. Comme un ange, elle apprivoisait doucement ses malades, s'en approchait tranquillement, les interrogeait sur des thèmes particulièrement bien choisis et, une fois le lien de confiance créé, elle les caressait délicatement jusqu'à désarmer complètement leurs démons. Et, ne serait-ce que pendant de brefs moments, ces enfants arrivaient finalement à savourer un peu de bien-être et d'accalmie dans leur corps malmené.

Gabriel, qui habituellement préférait les filles adolescentes et celles au début de la vingtaine, avait succombé dès la première rencontre à ces yeux remplis de tendresse et d'attention sincère. Elle lui parlait avec une douceur authentique et s'intéressait véritablement à tout ce que l'enfant lui racontait. C'est pourquoi il fut ravi lorsque ses parents eurent finalement accepté l'offre de sa nouvelle complice.

Richard et Jocelyne s'étaient installé au seul endroit disponible : une très petite table ronde nappée, dans un coin de ce petit restaurant vietnamien charmant du chemin Côte-des-Neiges.

— Tu te souviens de nos premières sorties à Montréal alors que tu étais aux études ? lui demanda Jocelyne, qui semblait finalement se détendre un peu. Tu m'avais emmenée à ce merveilleux restaurant Szechuan sur la rue McKay, l'Élisée Mandarin. Nous étions jeunes, libres et comblés par ces petites découvertes qui devenaient une à une « nos » trouvailles. Qui aurait peu prédire que nous nous retrouverions un jour à nouveau dans cette belle métropole pour soigner un fils gravement malade ?

Ses yeux bleus étaient rivés sur ceux de son mari. Elle l'aimait plus qu'elle n'avait jamais aimé avant. Elle lui offrit un sourire reconnaissant et couvrit tendrement ses mains avec les siennes avant d'ajouter simplement :

— Je t'aime.

— Moi aussi, je t'aime, s'était-il contenté de répéter, car il l'avait de nouveau ressenti. Sournois, le pic était revenu lui cogner dans la poitrine, mais cette fois, il semblait plus déterminé que jamais.

Quelques étés auparavant, il avait lu un roman de l'auteure québécoise Dominique Demers : *Le Pari*. Dans ce récit, le personnage principal portait un terrible secret, et, lorsque celui-ci tentait de refaire surface, l'auteure avait choisi l'imagerie d'un grand pic qui lui cognait sans relâche l'intérieur de la cage thoracique. Dès qu'il eut lu ce passage, Richard s'y était immédiatement identifié.

Car lui aussi portait un secret terrible et parfois il aurait pu jurer que ce même pic tentait par désespoir de lui percer le sternum. Le pic devrait s'y faire, avait-il tenté de se convaincre. Il était maintenant trop tard pour dévoiler un secret jusqu'à ce jour si bien gardé et qui aurait des répercussions à ce point désastreuses s'il venait à être révélé.

Quelques grandes respirations devant le miroir des toilettes, dans lesquelles il avait feint l'urgence d'aller, et le pic se calma finalement. Rassuré, Richard se glissa entre les nombreux clients du restaurant bondé et rejoignit son épouse.

— Ça fait du bien de s'éloigner de l'hôpital, soupira Jocelyne, bien appuyée sur le dossier de sa chaise.

— Oui et que dire de manger autre chose qu'un panini jambon fromage au casse-croûte?

— J'ai rencontré une dame au salon des parents, hier, elle s'appelle Anne, enchaîna Jocelyne, qui ne semblait pas avoir entendu la réplique de son mari. Son fils a le même âge que Gabriel. Il était en traitement pour une première leucémie depuis plus d'un an et fréquentait même l'école. Figure-toi qu'il a attrapé un simple rhume et que tout s'est compliqué et il a dû être hospitalisé. Deux ou trois jours plus tard, on a dû le transférer à l'unité des soins intensifs. Il est maintenant sur un respirateur artificiel et inconscient depuis deux jours!

Richard secoua la tête en pitié. Jocelyne poursuivit:

— Tu as remarqué, sur notre étage? Il y a deux chambres décorées, pleines de jouets, mais sans enfants? Anne m'a appris que ces deux malades sont eux aussi à l'unité des soins intensifs. Ils seraient victimes de complications à la suite de l'influenza. Elle croit qu'un jeune garçon du nom de Jimmy serait à un point de non-retour, il devrait – elle fit une courte pause afin de maîtriser ses émotions à fleur de peau et reprit – décéder dans les prochaines heures.

Richard voyait que sa conjointe était ébranlée, ses cils baignaient dans les larmes.

— Jocelyne, tu sais ce qu'on nous a dit, il ne faut pas trop s'attarder aux expériences des autres. Il n'y a pas deux cas pareils. Nous ne connaissons rien de leur état de santé au début de la greffe, ni de la malignité de leur cancer. Ce sont des témoignages bouleversants, j'avoue, mais nous devons maintenir toute notre attention et nos énergies sur notre fils et ne pas nous laisser démoraliser par toutes les atrocités qui nous entourent.

Il avait beau faire de jolis discours, il savait que, bien malgré eux, il était impossible d'empêcher que ces histoires viennent les hanter. Les expériences terribles, ils le savaient très bien, n'arrivaient pas qu'aux autres. Puisque le cancer ne discriminait pas, rien ne les assurait que la mort les épargnerait.

Le dîner leur offrit tout de même un peu de répit. Les parfums épicés qui émanaient de la cuisine agissaient comme de l'encens apaisant. Les plats étaient savoureux et réanimaient leurs papilles ennuyées. Malgré leurs meilleurs efforts, la conversation revenait toujours à la condition de leur fils, qui, comme prévu, se détériorait chaque jour.

La dernière dose de chimiothérapie avait été donnée le jour précédent. Aujourd'hui était un jour de repos. C'est à dire que, mis à part tous les médicaments de soutien, Gabriel avait congé de toute intervention supplémentaire. Toutefois, ce jour n'avait de repos que le nom. Leur fils vomissait fréquemment et sa pression sanguine continuait d'augmenter malgré les trois médicaments prescrits pour la régulariser. Il avait maintenant des mucosites douloureuses dans la bouche, qui l'incommodaient énormément à chaque déglutition. Et il y avait aussi, ce que tous convenaient comme étant le plus inquiétant, l'apparition d'une fièvre d'étiologie inconnue. La fièvre, ils avaient été prévenus, pouvait être due à un simple effet secondaire de l'un ou plusieurs des médicaments qu'il recevait, mais elle pouvait également être induite par une redoutable infection virale ou microbienne envers lesquelles

Gabriel n'avait plus la moindre immunité. C'est pourquoi deux infectiologues avaient accouru à la chambre pour examiner le malade. Ils avaient en toute urgence prescrit deux antibiotiques puissants et ordonné, sur-le-champ, une panoplie de cultures afin d'identifier toute souche infectieuse.

Rien, quant à la physionomie du garçon, ne dévoilait que sa moelle, autrefois si riche, était maintenant désertique. Toutefois, l'analyse sanguine confirmait que déjà son sang ne contenait plus aucun précieux globule blanc pour le défendre des infections et que son hémoglobine et ses plaquettes étaient à des niveaux qui requerraient bientôt des transfusions.

Une fois le repas terminé, le couple entama le chemin du retour d'un pas paresseux. Une faible neige descendait délicatement du ciel en énormes flocons ouateux. Ceux-ci se déposaient en douceur sur les branches d'arbres qui, à force d'en accumuler, courbaient sous le poids. Jocelyne s'était collée à son mari et lui avait enlacé le bras du sien. Il y avait de ces petits moments précieux où, auprès de lui, elle se sentait invincible. Elle devenait tout à coup protégée contre tous les malheurs. Il était son prince charmant et elle, fille d'humbles gens, comme dans les contes de fées, était devenue princesse. Elle savait tout sur lui, le meilleur comme le pire, et elle l'aimait inconditionnellement. Ils seraient ensemble pour la vie et rien ne pourrait rompre cette alliance.

— Nous sommes dans une carte de Noël, s'exclama-t-elle en posant la tête sur l'épaule de son conjoint, savourant ces dernières minutes de calme.

Ils regagnèrent l'hôpital en silence, Jocelyne perdue dans le souvenir d'un Montréal quelques années auparavant, où deux jeunes amoureux avaient profité d'une soirée clémente pour se rendre pieusement à l'Oratoire Saint-Joseph. Le décor avait été similaire et elle avait émis la même remarque qu'elle venait de prononcer. Elle s'était crue à l'intérieur d'une carte de souhaits du temps des Fêtes. Ce début de soirée avait été d'un romantisme de rêve. Elle bloqua volontiers la conversation houleuse qui avait suivi. D'abord entamée devant les innombrables chandelles ardentes de la chapelle votive pour se terminer abruptement sur la terrasse du toit de l'Oratoire, l'affaire, avait-elle conclu, n'était qu'une première dispute de couple et il aurait été malsain de la considérer autrement.

L'hôpital Sainte-Justine, juché sur le sommet du chemin de la côte Sainte-Catherine, était maintenant visible au-dessus de la cime des arbres. La nervosité regagnait graduellement le couple.

*** *** ***

De bruyants hurlements de champs de bataille inondaient l'antichambre.

— Lapin! Lapin! sauve-moi! suppliait une voix féminine.

— Tu es ma prisonnière à jamais et Lapin n'y peut rien, rétorqua avec autorité une voix basse et menaçante, suivie d'un rire guttural diabolique.

— ARRGH! À l'attaque! fit la voix de leur fils.

La pièce fut aussitôt remplie de cris de supplications de la part du vilain et de réjouissance de la part de la dame en détresse.

Richard et Jocelyne, ayant terminé le lavage des mains réglementaire et enfilé, finalement, tous leurs accoutrements aseptiques, pénétrèrent dans la chambre. Assis sur un matelas par terre, un tas de tubulures empilées derrière lui, Gabriel aidait vigoureusement Lapin à vaincre le méchant Spiderman, celui-ci animé de peine et de misère par Jérôme, l'infirmier. Nathalie, la préposée, ayant pris place elle aussi sur le petit matelas, articulait des éloges grandioses à son libérateur.

— Pas déjà! lança sans équivoque Gabriel à la vue de ses parents.

— Et nous aussi nous sommes heureux de te revoir, répliqua la mère, à la blague.

Malgré les gargouillements de son estomac, la préposée prit tout son temps avant de quitter la chambre. Elle rangea les jouets qui tapissaient le plancher luisant et aida Gabriel à regagner son lit sans qu'il s'emmêle dans les tuyaux qui lui serpentaient déjà la taille. L'infirmier rigolait encore lorsqu'il vérifia une énième fois les signes vitaux du malade, la transpiration lui perlait sur le front.

— Ouf! j'ai chaud. Lapin est tout un adversaire!

Et reprenant sa voix grave de vilain superhéros, il ajouta:

— Ce n'est que partie remise, Lapin. J'aurai ma revanche.

Jérôme affectionnait le garçon et ça se voyait dans ses manières. L'intérêt qu'il lui manifestait était sincère. Il vérifia les cadrans des quatre pompes, observa encore un peu le garçon, posa sa main sur la tête de son patient et, de ses longs doigts minces, lui ébouriffa les cheveux invisibles.

— À tantôt, champion! conclut-il alors qu'il quittait la chambre.

La porte était à peine refermée qu'on frappa aussitôt. C'était la secrétaire de l'unité. Gabriel avait reçu un énorme paquet qu'elle brandissait. Richard se dirigea dans l'antichambre pour le déballer. Il devait d'abord s'assurer qu'il ne comporte aucune nourriture proscrite et que tout jouet non scellé soit aseptisé. Le père inspecta la grosse boîte en carton brun et lut l'étiquette qui portait le nom de l'expéditeur: F. Makula.

— Jocelyne. Tu connais un F. Makula? interrogea-t-il.

Jocelyne plissa les yeux quelques secondes et soudainement elle se souvint:

— Mon Dieu! C'est l'homme qui était venu me parler à l'Hôpital général de Montréal. Il s'était d'abord présenté et ensuite s'était informé sur l'état de santé de Gabriel. D'après ce que j'ai pu comprendre, son fils, alors âgé dans la vingtaine, serait décé... Jocelyne s'arrêta aussitôt. Seuls les plis, qui prenaient leur départ aux coins de ses yeux, dévoilaient la grimace cachée derrière le masque. Son mari avait compris.

Gabriel ne saisissait pas complètement le sérieux de sa maladie. Sans qu'il le sache, ses parents évitaient comme la peste de parler du cancer et de ses victimes devant lui. Jocelyne observa son fils du coin de l'œil, et vit qu'il n'écoutait pas. Soulagée, elle reprit :

— Il m'avait dévoilé qu'il accompagnait son épouse qui subissait un traitement de radiothérapie. C'était un grand homme aux cheveux poivre et sel et aux yeux bleus perçants. Il avait un regard intense qui ne réussissait pas à masquer ses souffrances. Il avait pris en note le nom de Gabriel et s'était informé s'il était un partisan de hockey, et c'est tout. C'est la seule fois que je l'ai vu.

Gabriel attendait impatiemment de voir ce que cette grosse boîte, qu'il avait entrevue à travers la fenêtre, pouvait bien contenir. Il suppliait son père de se presser, manifestement emporté par ce délai qu'il jugeait beaucoup trop long, inconscient que la cortisone le rendait particulièrement irritable.

Il avait été comblé lorsqu'il avait aperçu un sac à dos et un sac de voyage tout neufs arborant les insignes intemporels du Canadien de Montréal, cette équipe prodigieuse, la préférée de son père et de son grand-père avant lui. Quel enfant n'avait pas été inspiré par ces nombreux joueurs vedettes, qui, à travers l'histoire, peu importe l'adversité, avaient persévéré envers et contre tous pour atteindre l'élusive coupe du Lord Stanley ?

Le garçon rayonnait de joie et frémissait d'impatience à la seule pensée d'exhiber son nouveau sac à dos à ses amis une fois revenu à la maison. Il passa le reste de l'après-midi à admirer ses nouvelles possessions, ouvrir et fermer les fermetures éclair, tout en inspectant sans relâche tout les recoins qu'il pouvait y découvrir. Un étranger, qui avait vu en lui son fils manquant, lui avait charitablement fait don d'un cadeau, dans l'espoir, ne serait-ce que pour un instant, de mettre un baume sur cette plaie béante qu'assène le cancer. C'était réussi.

* * *

Le dernier vomissement avait finalement mis fin à un malaise qui le tenaillait depuis près de trois heures. Gabriel chantonnait sur les airs de son jeu vidéo, alors qu'il disputait une partie avec sa mère, et n'était pas sans savourer sa suprématie sur les talents limités de celle-ci. Cinq sacs de médicaments perchés se déversaient silencieusement dans ses veines. Un sixième, celui-ci d'un rouge sombre, avait été ajouté il y a quelques minutes. Le tube grenat serpentait, jusqu'à disparaître sous son chandail: Gabriel recevait sa première transfusion sanguine à Sainte-Justine.

Jocelyne se souvenait clairement de la première transfusion que son fils avait reçue, quatre années auparavant. L'enfant avait été figé d'une grande peur. Il avait fallu lui expliquer longuement l'importance de procéder sans délai et surtout lui faire comprendre que ce liquide contenait des amis, globules rouges, qui avaient très hâte de sillonner à vive allure les montagnes russes que constituaient tous les vaisseaux sanguins de son corps.

— C'est comme dans tes jeux vidéo, Gabriel, lui avait expliqué son papa. Ta ligne de vie est toute courte, presque vide. Ce sac va la rétablir jusqu'ici – et il avait pointé l'extrême droite de l'écran du téléviseur, bien au-delà d'où, dans le jeu vidéo, l'indicateur s'arrêtait normalement.

Il s'y était finalement résolu, mais avait insisté pour ne rien voir. Habitué, le personnel infirmier avait recouvert le sac et les tubulures de serviettes blanches immaculées. Gabriel, pour s'assurer de ne rien entrapercevoir, avait fermé les yeux très fort, crispant ainsi la délicate peau de son front. Richard avait pris son fils tendu dans ses bras et l'avait bercé doucement jusqu'à la fin de la transfusion.

On n'avait pas à le blâmer, le sang faisait objet d'une phobie collective. Peu de gens parvenaient à être indifférents à la vue de ce liquide ambivalent qui représentait autant la vie que la mort.

Pour une deuxième fois en une même journée, Gabriel était la cible d'une charité altruiste. Un inconnu, dans une société de plus en plus individualiste, avait consacré plusieurs minutes de son temps précieux, s'était rendu délibérément dans une clinique, s'était fait transpercer une veine et, la tête un peu légère, avait fait don d'une quantité imposante de son propre sang. Il ne saurait jamais qui recevrait son don de vie, mais cela lui était sans importance. Ce geste, il le savait, serait apprécié par quelqu'un quelque part. Ce quelqu'un avait dorénavant un nom : Gabriel.

Jocelyne, distraite dans ses manœuvres sur le Nintendo, savait que sans cette transfusion la mort était certaine. Elle pensait à ce cas popularisé par les médias où les parents d'un enfant atteint lui aussi d'une leucémie avaient refusé, pour des raisons religieuses, une transfusion. Les médecins, contre la volonté de la famille, l'avaient fait quand même.

Jocelyne abandonna la manette et, songeuse, elle passa ses doigts doucement sur le crâne chauve de son fils. Malgré les épreuves, malgré le fait qu'elle était comme de nombreux autres chrétiens peu pratiquants, elle croyait toujours en Dieu, un Dieu d'amour infini. Pour elle, il ne faisait nul doute, ce liquide rouge foncé suspendu au-dessus de la tête de son fils était une manifestation de cet Amour. Amour altruiste d'un étranger qui en avait fait don, amour pour la vie qui avait motivé les premières recherches sur la transfusion au début du dix-septième siècle, amour pour son enfant de lui offrir la vie. Quand l'hémoglobine avait baissé à des niveaux inquiétants, elle avait supplié Dieu de protéger son fils. Lorsqu'elle vit l'infirmier entrer dans la chambre, un sac de sang à la main, elle sut que sa prière avait été exaucée.

***

Le couple avait peu parlé, au souper. Chacun, dans sa bulle, se demandait comment se déroulerait cette étape impérative vers la guérison de leur fils. La greffe aurait lieu le lendemain.

— Pas deux familles ne vivent la greffe de la même façon, les avait prévenu la directrice de l'unité, Marie-Hélène. Certains sont impatients, d'autres sont anxieux, avait-elle expliqué. Certains pleurent de joie, d'autres de tristesse. Peu importe la réaction, la greffe est toujours intense émotionnellement, je préfère vous en avertir.

Aussitôt le repas terminé, ils avaient discrètement monté à la chambre et s'étaient blottis l'un contre l'autre en silence sous les couvertures, la chaleur de leurs corps réunis apaisant quelque peu leurs appréhensions.

***

L'atmosphère était intense dans le 3V02 en ce vingt-deuxième jour de janvier. L'horloge indiquait onze heures cinq. Dans quelques minutes, Gabriel recevrait le don qui lui sauverait peut-être la vie. Les parents attendaient ce moment avec un mélange d'impatience et d'angoisse. Dans les prochains instants, Marie-Hélène entrerait dans la chambre avec un petit sac au contenu empourpré. Quelques cuillerées de cellules souches auxquelles s'accrochaient tous leurs espoirs.

Gabriel s'adonnait à un jeu vidéo, dont il contrôlait les personnages distraitement. Ces bonshommes animés représentaient le seul véritable contrôle qu'il lui était permis d'exercer sur sa vie depuis quelques semaines. Bien qu'on lui avait expliqué de long en large les bienfaits de la greffe, il n'en demeurait pas moins qu'il était foudroyé d'inquiétude et de peur. Il était figé dans le pire des cauchemars. Il aurait voulu fuir tous les supplices qui lui étaient imposés dans cette chambre. Il lui arrivait même d'imaginer arracher violemment tous ces tubes qui, telles des chaînes au pied du prisonnier, le verrouillaient à ce poteau de torture et de prendre ses jambes à son cou et fuir cette prison. Mais une évasion réussie serait pire encore, car sans aucune immunité, bien loin d'une délivrance, il serait livré à une mort certaine.

Il se résolut à faire ce qu'il avait fait depuis les premiers jours. S'y résigner. Se livrer, telle une brebis, à la volonté de son maître.

Gabriel jeta un coup d'œil nerveux à l'extérieur. Les flocons qui fouettaient la fenêtre lui rappelaient ce qui lui manquait au-delà de tout : sa sœur Isabelle. Il s'ennuyait énormément de cette complice, cette âme sœur. Elle possédait une vitalité contagieuse qui réussissait par magie à lui faire oublier ses souffrances. D'ailleurs, exception faite de la première fois qu'elle l'avait accompagné à ses traitements à l'hôpital, où, bouleversée, elle l'avait vu se soumettre aux supplices de rigueur, elle avait toujours manifesté la plus grande indifférence devant sa maladie et toutes ses conséquences.

Lors de la perte de ses cheveux, Gabriel avait été fasciné par le comportement de sa sœur, qui ne semblait pas même s'en être rendu compte. Même lorsque tout son corps s'était désagréablement gonflé sous l'effet de la cortisone, jamais n'avait-elle porté sur lui un regard troublé ou embarrassé. Lorsqu'elle s'adressait à lui, ses yeux se rivaient aux siens et elle ne voyait absolument rien autre que son meilleur ami, son frère. Et c'est lorsqu'il plongeait dans ces yeux bleus comme le ciel que, par magie, ses nausées et ses peurs s'évaporaient et qu'il retrouvait l'énergie de l'enfant qu'il avait déjà été.

Comme il aurait aimé escalader les bancs de neige avec elle, construire des forteresses et se protéger de pirates imaginaires qui ne courraient aucune chance devant l'énorme réserve de balles de neige qu'ils prépareraient ! En grand guerrier qu'il était, il fermerait les yeux et, humant l'air pur et frais, il laisserait valeureusement la neige lui fouetter le visage, savourant ainsi la victoire fièrement acquise.

Malgré son jeune âge, et bien qu'il n'eût pas su verbaliser adéquatement ses émotions, il partageait avec elle un lien plus grand que toute cette distance qui les séparait, un lien unique au monde. Il aurait volontiers remis tous ses jouets, même ceux auxquels il tenait le plus, à des enfants défavorisés pour être avec elle aujourd'hui.

C'est un cri aigu en provenance de son jeu vidéo qui le sortit de ses rêveries. En l'absence d'un humain pour contrôler ses gestes, le personnage principal avait perdu la vie, suivant les attaques répétées de ses ennemis. Gabriel pesa sur quelques boutons et le chevalier revint tout à coup à la vie, vraisemblablement fortifié par son séjour dans l'au-delà. Ressusciter était chose facile, au Nintendo.

Nerveux, Richard chercha désespérément à écouler le temps. Fidèle à lui-même, il entreprit de faire ce qui soulageait le mieux son angoisse, soit s'attarder à des tâches qu'il jugeait utiles. C'est pourquoi, assis devant l'ordinateur, il tapa le message électronique qu'il enverrait en primeur à tous les gens inscrits à sa liste de courriel.

« 11 h. Tout le monde est prêt. Le sang de cordon est décongelé, il entre dans la chambre. Un nouveau jour commence, un enfant renaît. »

D'un clic de la souris, il plaça le curseur à la suite du « 11 h », prêt à noter l'heure exacte. Satisfait par la simplicité du message et son petit cachet poétique, il décida d'observer les prouesses de son fils, qui avait repris la cadence sur son jeu vidéo.

Jocelyne, pour sa part, tentait de maintenir son calme avec le continuel clic et clac de ses broches à tricot. Pour maîtriser son trac, elle se berçait avec une fougue véhémente. À chaque lancée, on aurait cru qu'elle basculerait complètement vers l'arrière et s'écraserait sur le dos, les deux pieds grimpés dans les airs.

Les deux parents sursautèrent en même temps lorsqu'à onze heures vingt-cinq, la directrice de l'unité de greffe, Marie-Hélène, équipée de tout l'accoutrement de l'unité de greffe s'introduisit dans la chambre avec, à ses trousses, Jérôme, les bras chargés d'un grand bac en acier inoxydable rempli de paquets enveloppés du tissu bleu caractéristique des objets stérilisés. Gabriel, qui avait remarqué leur réaction, fronça les sourcils et s'enfonça un peu plus dans son matelas.

Richard tapa « 25 » sur le clavier de l'ordinateur et expédia aussitôt le courriel. Plusieurs dizaines de sympathisants, à des centaines de kilomètres de là, reçurent alors le message qu'ils attendaient avec crainte et impatience. L'heure était maintenant aux invocations.

Afin de laisser toute la place aux deux nouveaux venus, Jocelyne déposa aussitôt son tricot et déplaça la berceuse contre le mur. Elle contourna ensuite le pied du lit et s'assit sur le matelas près de son fils. D'un geste se voulant rassurant, elle plaça délicatement une main sur les pieds de Gabriel, qui étaient recouverts d'une couverture imprimée de deux dauphins libres plongeant dans une mer azur.

Lapin, bien accolé à l'épaule de son maître, guettait sans dire un mot.

Richard, fidèle à lui-même, cherchant encore désespérément à se rendre utile, avait empoigné la caméra vidéo et avait déjà commencé à capter la scène.

Lors des premiers traitements pour la leucémie de Gabriel, qui n'avait alors que deux ans, Richard s'était fait un devoir de ne prendre aucune photo, ni aucune séquence vidéo. Il ne voulait sous aucun prétexte immortaliser cet enfer, convaincu que jamais il ne voudrait revoir ces images et revivre toute la panoplie d'émotions qui invariablement en émergeraient.

Toutefois, avec recul, il avait compris que la vie, cette puissance édifiante, à l'œuvre depuis le début des temps, avait un pouvoir insidieux : elle était partout, même à l'agonie. Dans une aile sombre du Centre hospitalier de l'Université Laval, dans des chambres trop petites aux vieilles fenêtres coincées sous des stores désuets, alors que son fils, l'être pour lui le plus précieux sur la terre, se faisait martyriser, un événement surprenant s'était produit. La vie, cette force positive persévérante, avait continué, sans relâche. Tout bonnement, des amitiés s'étaient forgées avec le personnel médical et d'autres familles d'enfants malades et, pendant que tout semblait aller de mal en pis, certains petits moments mémorables étaient venus, en surprise, égayer les journées et redonner un peu d'espoir.

Malheureusement, quelques années plus tard, alors que l'on se rappelle ces quelques beaux moments, notre mémoire chancelante ne se souvient qu'approximativement des joies et de ces visages devenus imprécis. C'est à partir de cette réalisation que Richard comprit qu'il ne fallait pas craindre de capter tous les moments de la vie, les bons comme les mauvais.

Il n'existait qu'une seule photo prise lors de leur séjour au CHUL : celle de Gabriel, blême et chauve, perché sur une chaise haute, et d'un voisin sexagénaire souriant, ayant fait des centaines de kilomètres pour lui rendre visite, qui fait des pieds et des mains pour le convaincre de manger un peu. Lorsque Richard regardait attentivement le cliché, la vie y était toujours quelque part, irradiant son infinie sagesse. Elle était là dans les yeux de son fils, dans le sourire d'un ami, dans la pomme en quartier étalée dans l'assiette, dans le ciel bleu qui se manifestait à travers la fenêtre, dans les dessins d'enfants collés aux murs. La vie était omniprésente dans chaque pixel de la photo.

C'est pourquoi lorsqu'était venu le temps de faire les valises pour se rendre à Montréal. Richard s'était assuré que les caméras faisaient bel et bien partie de l'inventaire.

Après avoir balayé la chambre avec l'objectif de la caméra, Richard zooma sur l'écran du téléviseur, question de se rappeler du jeu avec lequel son fils jouait au moment de sa greffe. Immobile dans une forêt d'arbres squelettiques dont les nœuds formaient des yeux et des bouches rondes et épouvantables, le protagoniste, une tortue anthropomorphique se déplaçant comme un humain sur ses pattes arrière, était subjugué de peur par le bruit d'un fantôme dont l'animal n'arrivait pas à identifier la provenance, mais qui à son insu approchait par derrière. Un de ces cas bizarres où la fiction reflète en quelque sorte la réalité, pensa Richard.

Le duo infirmier et infirmière multipliait les préparations. Plusieurs seringues étaient remplies à la quantité exacte de solution ou de médicament. Chacune était vérifiée en double et en triple, il n'y avait aucune marge pour l'erreur.

Jérôme, qui avait l'habitude de s'assurer que l'on remarque ses prouesses, était en contraste complètement introverti. Une vie était en jeu et c'est alors qu'il donnait le meilleur de lui-même. C'est à travers l'oculaire de la caméra que Richard voyait pour la première fois Jérôme autrement. Sans sa carapace et son image démagogue, il était d'une compétence exemplaire. Sous pression, il avait un jugement irréprochable, d'une justesse chirurgicale. Bien que Jérôme doutait continuellement de ses compétences, il était un infirmier des plus compétents lorsque venait le temps d'agir et qu'il n'y avait plus de temps pour le doute. En regardant le déroulement en noir et blanc, Richard, à l'autre extrémité de la caméra, fut soudainement rempli de confiance et de gratitude envers cet homme qu'il avait, depuis le début, mal jugé.

Gabriel ne regarda jamais en direction des préparatifs. Il maintenait toute son attention sur le jeu devant lui, niant de toutes ses forces qu'il allait, dans quelques minutes, recevoir dans ses veines le sang d'un étranger ou plutôt, dans ce cas-ci, d'une étrangère.

Dès que l'on avait su que Gabriel devrait être greffé, les médecins avaient ordonné des prises de sang des parents et d'Isabelle. Malgré que les chances étaient très minces, on cherchait d'abord dans la famille s'il s'y trouvait un donneur potentiel. Les parents avaient attendu les résultats avec espoir, en vain. Aucun membre de la famille n'était suffisamment compatible avec lui.

— Voilà le sang de cordon, dit tout à coup Marie-Hélène, en désignant une petite poche carrée et aplatie contenant les cent millilitres d'un liquide visqueux rouge. Inspectant les inscriptions

123

sur l'étiquette, elle ajouta : il est du type B positif. Il provient du sang de cordon d'une petite fille de New York.

Marie-Hélène avait déjà expliqué aux parents la nature du greffon. Les cellules souches étaient des cellules sanguines non différenciées. C'est-à-dire qu'une fois transfusées, après avoir circulé dans tous les recoins de son corps, elles termineraient idéalement leur cheminement dans la moelle osseuse du receveur. À cet endroit, étant non différenciées, elles commenceraient alors à produire tous les globules qui constituent le sang.

Le sang de cordon ombilical, très riche en cellules souches, avait été prélevé d'une mère en parfaite santé et avait été analysé afin d'identifier une panoplie de maladies et d'anomalies, congelé et ensuite ajouté à la banque. Cet échantillon en question avait été choisi, car il avait été identifié comme étant acceptablement compatible génétiquement avec le receveur.

L'équipe de la greffe préférait toujours greffer avec un sang de sexe opposé au receveur, car il était facilement possible par la suite, en analysant les gènes des globules blancs du greffé, de savoir si la greffe avait été un succès.

La tension était palpable. Bien que l'on avait expliqué à Gabriel que le procédé serait similaire à une transfusion ordinaire, le garçon n'était pas soulagé pour autant. Les sourcils froncés, il pesait fortement sur les boutons, libérant une partie de sa frustration. Les yeux rivés sur le téléviseur, il guettait suspicieusement, de son champ périphérique, tous les mouvements autour de lui. Il ressentait de plus en plus d'appréhension. Même s'il l'avait vue s'approcher, il n'avait pas bronché.

— Bonjour, Gabriel, comment te sens-tu aujourd'hui ? interrogea l'infirmière.

— Bien, maugréa Gabriel d'une faible voix qui n'avait pas fait plus de bruit qu'un souffle.

— Nous sommes prêts à commencer. Je vais écouter ton cœur et ensuite nous allons débuter. J'irai lentement et je pourrai tout t'expliquer au fur et à mesure. Si tu as des questions, tu peux me les poser n'importe quand. D'accord?

Dans le seul geste de révolte qu'il jugeait lui être permis de poser, Gabriel resta muet.

L'infirmière plaça le stéthoscope sur la poitrine du garçon et écouta ce cœur qui battait à tout rompre. Satisfaite, elle brancha la poche de sang à un système complexe de valves et de seringues qui, raccordées aux tubulures, menaient à leur tour aux veines du patient. Prête, elle tira sur le piston d'une énorme seringue qui se remplit aussitôt du liquide rouge. Ensuite, elle tourna la valve d'un demi-tour et poussa le piston. Le liquide carmin serpenta rapidement dans les tubulures et disparut sous le chandail de l'enfant.

— Ça se peut que ça picote dans ta gorge, fit l'infirmière.

Elle avait à peine terminé sa phrase que le garçon gémissait en grimaçant.

— Déjà? s'étonna Marie-Hélène. Je vais aller plus lentement. Est-ce que ça goûte bizarre? Ça se pourrait que ça goûte bizarre.

L'enfant grimaçait et gémissait plus bruyamment. Comme si cela lui permettait d'échapper à son supplice, Gabriel se tortilla dans le lit, éloignant, tant qu'il le put, son torse de l'instrument de torture. De l'autre côté de la caméra qui roulait toujours, Richard se sentit opportuniste et voyeur. Ayant l'impression de ne pas avoir le droit de mettre sur pellicule un moment d'une si grande susceptibilité, Richard ferma l'interrupteur et avala l'émotion qui lui bloquait la gorge. Jocelyne, qui avait l'habitude de la réaction de son fils lors des injections par son broviac, lui offrit un suçon pour enlever le mauvais goût qui l'accablait, ce qu'il accepta aussitôt.

Alors que la mère s'occupait de son patient, l'infirmière continua son travail. Si bien que, dix minutes plus tard, tout était terminé.

Des cellules souches new-yorkaises circulaient maintenant dans le jeune garçon. Son corps sans immunité n'avait pas remarqué que ces nouveaux venus lui étaient étrangers. Les nouvelles cellules naviguaient à travers les milliers de mètres de vaisseaux sanguins et depuis les dix dernières minutes ne soupçonnaient encore rien, et c'était très bien ainsi. S'il fallait qu'elles se rendent compte qu'elles se trouvaient dans un corps étranger, elles déclencheraient aussitôt une cascade de réactions violentes qui pourraient amener jusqu'à la destruction de l'hôte. Car dans le cas d'une greffe de moelle, c'est le donneur qui rejette le receveur et non l'inverse. C'est pourquoi on nomme ces réactions GVH de l'anglais « graft versus host », le greffon combat l'hôte.

Jérôme demeura quelques heures auprès du patient, observant avec assiduité ses signes vitaux pour tout indice de rejet. Richard et Jocelyne, sans le faire paraître, surveillaient nerveusement toutes les réactions de l'infirmier, cherchant tout signe qui trahirait que les choses se corsaient. Il n'y en eut aucun.

Avant de quitter l'enfant en raison du changement de garde, Jérôme s'adressa aux parents :

— Tout est beau. Il va bien. Sa pression est à 150/108, ce qui est toujours très élevé, étant donné les médicaments qu'on lui donne déjà. Je vais laisser une note pour la néphrologue. Elle va sûrement augmenter les dosages ou lui ajouter de nouveaux remèdes.

Il présenta sa main ouverte à l'enfant.

— J'ai fini pour aujourd'hui, champion. On se revoit demain. Pratique-toi au Nintendo, tu en auras besoin. Demain, tu joues contre moi.

Gabriel se détendit un peu, esquissa un mince sourire et tapa sa main dans celle de l'infirmier. Il avait repris un peu de son humeur taquine habituelle.

Toutefois, lorsque la nuit s'installa sur Montréal, le stress et la fatigue prirent le dessus sur les humeurs de Gabriel, qui n'en pouvait plus. La journée avait été rendue excessivement accablante par la greffe elle-même et la prise de nombreux médicaments dont la cortisone, qui rendait l'enfant doublement nerveux, agité et impatient.

Exténué, Gabriel pleurait, le visage enfoui dans la fourrure de Lapin. Même s'il n'était que vingt heures, les parents entamèrent le rituel du coucher.

Jocelyne embrassa son fils tendrement et se retourna juste à temps pour essuyer son propre excès de larmes. Elle quitta aussitôt pour le Manoir, les traits de son visage faisant foi de la douleur qu'elle supportait.

Richard s'approcha du lit et borda son fils aux yeux clos et qui semblait déjà être endormi. Ensuite, il s'assit devant l'ordinateur et continua le texte quotidien qu'il avait commencé dans l'après-midi.

« *Sur un fond de musique de Nintendo, la greffe a eu lieu à 11 h 28 ce matin et n'a pris que 10 minutes. Gabriel a reçu un sang très riche. Tellement qu'il en aurait eu assez pour greffer dix enfants ! C'est de bon augure, car la reprise devrait donc être plus rapide. Toutefois, vous devrez être patients, il n'y aura pas de signe de la nouvelle moelle avant 21 jours.*

Gabriel est épuisé. Aujourd'hui fut un moment lourd physiquement, émotionnellement et moralement pour toute la famille amputée. C'est difficile pour les parents d'être à ce point impuissants devant l'état de leur enfant.

Aujourd'hui est le jour zéro dans le protocole, mais aussi dans le sens d'un nouveau départ.

Bonne nuit.

Les Plourde de Sainte-Justine. »

Richard expédia le message, éteignit l'ordinateur et s'approcha de son fils, qui, beau comme un ange, emmitouflé sous les couvertures, dormait littéralement, les poings fermés. Un peu surpris par son geste, il ferma les yeux, tendit les mains à quelques centimètres de son fils et improvisa une prière candide. Il s'en voulait de ne pas être suffisamment fier de sa foi, au point d'espionner sporadiquement à travers ses fentes palpébrales mi-ouvertes pour l'occasion. N'y avait-il rien de plus sain que de faire appel à sa spiritualité dans des conditions pareilles? Peut-être était-il toujours victime de l'ébranlement de sa foi. Peut-être fallait-il qu'il vienne à pardonner.

Bien qu'il se sentit hypnotisé par le calme de la chambre et par la lueur des lampes tamisées, Richard se persuada d'aller retrouver son épouse qui l'attendait au Manoir.

Mais l'image de son fils chauve, branché par des longueurs de tuyau à des pompes mécaniques et l'idée de revoir Jocelyne réveilla soudain le pic qui, ne tenant pas compte de la journée qui avait été suffisamment dure comme ça, se mit à lui cogner dans la poitrine. Il revenait maintenant à de plus en plus courts intervalles. Décontenancé, Richard ne savait plus combien longtemps il pourrait le garder sous contrôle. À ce rythme, un jour, il devrait en finir et le libérer de sa cage. Un jour, il devrait dire la vérité.

Chapitre 8

31 janvier 1991

— Bill?

La porte d'entrée venait de se fermer et la voix chaleureuse de Lise se glissait dans l'appartement. Elle arrivait de ses cours et, comme d'habitude le vendredi après-midi, elle était particulièrement de bonne humeur.

Son colocataire, encore sous le choc de la révélation, ne répondit pas.

— Bill?

La voix, qui s'était rapprochée, le sortit de sa stupeur.

Oui? hésita-t-il. Je suis dans la cuisine.

Lise entra dans la pièce et fixa en alternance Bill et la bouteille de bière qu'il tenait dans la main. Braquant les mains sur les hanches, elle s'exclama d'un air scandalisé.

— Encore dans la bière!

Puis, laissant échapper un rire espiègle, elle ajouta :

— T'as pas perdu de temps! T'as même pas été capable de m'attendre.

— Je viens tout juste d'arriver, justifia Bill.

Ne semblant pas se rendre compte des bouleversements qui hantaient son ami, elle ouvrit la portière du réfrigérateur et se prit une bière à son tour. Bill, qui avait achevé la sienne d'un trait, s'en prit une autre. Lise s'accota contre le mur et après une longue gorgée ferma les yeux, leva la tête vers le plafond et lâcha un bruyant soupir.

— J'ai eu une ostie de journée!

Réalisant son blasphème, elle ouvrit soudainement les yeux et grimaça devant son écart de langage.

— Oui, oui je sais que je sacre trop, mais j'ai eu un cours de trois heures cet après-midi. Trois heures! Pas de pause. Juste la voix monotone, endormante et déprimante de mon prof d'anglais. J'ai failli chavirer! Et comme si ce calvaire en soi n'avait pas été suffisant, Karl, mon ex, est venu me rencontrer à la sortie du cours.

Imitant la voix de son ancien petit ami et exagérant une mine peinée, elle ajouta:

— Je m'ennuie de toi, Lise. L'autre — figure-toi qu'il ne la nomme même pas et je ne suis pas certaine qu'il s'en souvient — c'était juste pour le sexe, mais, toi, tu es la seule à me connaître et me comprendre vraiment. Et puis tiens-toi bien pour la fin: je peux dormir avec toi ce soir? Quelle audace! Le pire, c'est que j'ai failli dire oui. J'ai vraiment une faiblesse pour ces petits chiots égarés même lorsqu'ils me chient dessus.

Bill riait. Lise avait ce don de rendre les récits des événements les plus ordinaires de sa vie particulièrement drôles, mais toujours épouvantables. À l'écouter, on aurait cru qu'elle avait une immense dette karmique qu'elle devait rembourser en une seule vie.

— Où sont les cigarettes? interrogea-t-elle soudainement.

Depuis près de quatre ans, ils fumaient à l'occasion à l'appartement. Depuis quelques mois, tous les prétextes étaient valables pour allumer. Bien qu'ils connaissaient les risques, ils boucanaient quand même. Un jour, ils cesseraient cette mauvaise habitude temporaire, mais là, après une semaine exigeante, une bonne cigarette était de mise.

— Derrière toi, dans le tiroir range tout.

Lise repéra le paquet, en retira une cigarette et en offrit une à son colocataire qui accepta volontiers. Ils s'allumèrent et prirent de longues bouffées apaisantes.

La jeune femme prit une autre gorgée de bière, contempla sa bouteille et se dirigea vers les panneaux d'armoire.

— Il me semble que ça serait encore mieux dans un verre, chanta-t-elle.

Elle plongea la main au fond de l'armoire et en ressortit deux minuscules verres à shooters.

— Ce sont les deux seuls verres propres dans tout l'appartement, annonça-t-elle en riant. Mais c'est pas très grave, car il ne reste que six bières, soit à peine pour finir la vaisselle. On est mieux d'y aller une petite gorgée à la fois.

— Attends, je viens de penser à quelque chose.

Bill, qui cherchait à tout prix à ignorer la couverture qui reposait toujours sur la table, appréciait le refuge que lui procurerait l'alcool et le cérémonial de la vaisselle du vendredi.

Il tira une chaise et fouilla au fond de la plus haute étagère du garde-manger, celle au-dessus du réfrigérateur. Se retournant rapidement pour l'effet dramatique, il haussa les sourcils deux fois pour souligner le succès de sa recherche et sortit triomphalement deux pleines bouteilles de brandy à l'orange. Lise, ne trouvant pas son idée très géniale, ne cachait pas son dégoût.

— Ouach! Dégueulasse! Tu le sais, nous l'avons essayé en septembre, c'est complètement affreux.

— Attends, je veux tenter quelque chose, lui rétorqua Bill alors qu'il agrippait un des petits verres qu'elle avait sortis précédemment.

Bill emplit la moitié du verre avec le brandy à l'orange et combla le reste avec de la bière. Lise l'observait, méfiante, mais tout de même curieuse de connaître le résultat. Sans plus de cérémonie, Bill se tapa le mélange d'une traite. Il plissa les yeux et se donna un air intense, mimant un grand moment de dégustation et laissa soudainement échapper un long rot sonore. Ils pouffèrent de rire.

— Quand on rote ça goutte l'orangeade, s'exclama-t-il. C'est drôlement bon.

— D'accord, tu as piqué ma curiosité, laisse-moi essayer!

C'est ainsi que, fiers de leur trouvaille et comblés de leur amitié, ils entamèrent les montagnes et les vallées de vaisselle souillée. Lise avait choisi la musique d'ambiance: un rock dur, mais mélodieux, qui allait de pair avec la pétulance qui les habitait. Ne fallait-il pas être chargé de la fougue du rebelle pour sacrifier ainsi le sacro-saint vendredi soir à une amitié, de l'alcool et des besognes ménagères?

Deux heures plus tard, une bouteille de brandy et quelques cigarettes en moins, le comptoir de la cuisine était débarrassé et impeccable. Visiblement fière de leur travail, Lise rayonnait. Ses joues, enivrées de satisfaction, avaient rougi et lui conféraient un air coquet qui contrastait fortement avec son maquillage sévère.

— Sais-tu, ce n'est pas méchant du tout, ton mix, mon Bill, constata Lise, gesticulant exagérément. Le brandy semblait faire effet. Je vais me changer et me mettre plus confortable. Amène notre arsenal au salon, je te rejoins dans deux minutes. Non trois, j'ai envie de pisser ça n'a pas de sens.

Et elle disparut dans la salle de bain, fermant doucement la porte derrière elle. Souriant tout en secouant la tête, incrédule,

Bill mit le paquet de cigarettes dans sa poche, prit les verres et la bouteille de brandy d'une main, fouilla dans le réfrigérateur et agrippa deux bouteilles de bière de l'autre. C'est en se retournant qu'il fit face de nouveau à la couverture, qui était restée sur la table de la cuisine. Il resta immobile à fixer cet objet qui semblait dissimuler des secrets d'un futur pas si lointain. Peut-être à cause de son état se rapprochant de l'ébriété, peut-être parce qu'il n'y comprenait rien, peut-être parce qu'il ne savait plus quoi penser, il fixait l'objet, hypnotisé, vide d'émotion, vide de sens. Il décida tout de même de l'emporter avec lui, la coinçant entre son bras et ses côtes.

Arrivé au salon, il leva le coude et laissa le cadeau de sa mère tomber sur une chaise. Il déposa les arsenaux alcooliques sur la table du salon et s'effondra sur le divan, qui protesta d'un craquement pénible. Mais malgré la pénombre dans la pièce, les lignes dorées brillaient sous l'effet de la faible lumière provenant de la cuisine. Bill fixait les reflets et tentait tant bien que mal d'échapper à leur emprise. Les images de la matinée se succédaient dans sa tête. Il ferma les yeux en se massant lentement les tempes, dans l'espoir de refouler ces souvenirs qui se faufilaient dans sa conscience.

Lise arriva peu de temps après, complètement démaquillée, vêtue simplement d'un vieux t-shirt délavé et d'un ample pantalon en coton molletonné. Son habillement épousait subtilement les courbes de son corps et révélait sa nudité sous ses vêtements. Bill détourna le regard. Il était toujours un peu embarrassé quand il la voyait comme cela. Lise était une grande amie. Être attiré par elle aurait été presque incestueux. Il n'aurait pas même osé laisser son imagination s'aventurer librement, de peur de nuire à cette amitié authentique et privilégiée qu'il partageait avec elle. Parfois, par contre, il se permettait de s'interroger à savoir s'ils seraient aptes à former un couple. Si leurs deux univers, tellement contradictoires, pouvaient fusionner et renaître prodigieusement ou s'il n'en résulterait qu'un trou noir dans lequel ces deux vies seraient vouées à la perdition.

— À quoi penses-tu?

Bill sursauta. En cherchant à éviter un regard qui aurait manqué de pudeur, il avait par inadvertance fixé la couverture. Soudainement, toutes les images de son aventure matinale déferlaient dans sa tête. L'alcool, qui avait si bien servi à les refouler il y a quelques minutes, l'empêchait maintenant de les dominer. Bien qu'il ne savait aucunement quel sens donner à cet incident bouleversant, une seule phrase se rabâchait dans sa tête, sans merci : et si c'était vrai ?

Pendant quelques secondes, il promena son regard hagard à travers le salon, tentant, tant bien que mal, de se ramener au moment présent. Deux longues chandelles blanches, soigneusement placées au centre de la table, vacillaient au son d'une douce musique d'ambiance instrumentale « New Age ». Devant lui, son verre, vide il y a un instant, était rempli de nouveau. Et Lise, qui avait tout fait ça à son insu, le fixait dans les yeux, bougeant la tête de gauche à droite pour saisir son regard égaré. Revenu à lui, Bill lui fit un sourire timide, gêné de s'être fait surprendre dans ses rêveries.

— Tu étais loin, là, mon Bill, commenta Lise.

Bill prit son verre, le porta à la bouche et l'avala d'un coup. Peut-être réussirait-il à brouiller les images qui se succédaient sans relâche : la fourgonnette, le conducteur, sa course, l'hôpital, le stationnement, la couverture, cette damnée couverture! Et si c'était vrai ?

— Woah! Il va falloir que tu me dévoiles ce qui trotte dans cette belle petite tête, mon pote. Allez, vas-y, j'écoute.

Elle s'était trouvé une place sur l'autre extrémité du divan, s'était assise sur sa jambe gauche repliée afin d'être plus à son aise. Son verre à la main, ses beaux grands yeux verts élargis d'intérêt, elle attendait fébrilement tous les délicieux détails qui pouvaient bien rendre son colocataire, habituellement toujours sûr de lui, dans ce piteux état.

— Lise, menaça Bill. Laisse tomber. Ce n'est rien d'important.

— Rien d'important! Oh non, mon homme, ça fait quatre ans qu'on habite ensemble. Quatre. Je te connais bien plus que tu le crois, mon Bill. Et en quatre ans, jamais je ne t'ai vu dans un état pareil. Quelque chose te traque et ça semble juteux. Ne pense surtout pas que je vais laisser tomber.

Elle bougea un peu les fesses pour se caler confortablement dans le coussin vétuste et ajouta d'un ton plein de compassion :

— Bill, nous sommes ivres tous les deux. Il reste une bouteille de brandy et quelques bières, cela devrait nous suffire pour une couple d'heures. Go! Raconte-moi tout. Et surtout, vas-y lentement et n'omets aucun détail.

Lise, les yeux rivés sur Bill afin de ne rien manquer, porta prudemment son verre à ses lèvres et entama une énième consommation. Bill évaluait ses choix. Il la connaissait suffisamment pour savoir qu'elle ne céderait pas. Elle resterait ainsi à s'ingérer et s'imposer jusqu'à ce qu'elle soit parfaitement satisfaite qu'il lui ait tout dit. Il n'avait pas du tout envie de dévoiler une histoire aussi absurde et invraisemblable. Il cherchait plutôt à tout oublier et faire disparaître cette hypothèse loufoque. Il n'avait pas été projeté dans l'avenir, il ne s'agissait que d'une série de circonstances équivoques. Son imagination toujours aussi fertile s'amusait à ses dépens, un point c'est tout! Il irait se coucher et, demain, il s'en moquerait.

Et si c'était vrai ?

Cette phrase, cette damnée phrase! Si peu de mots le grugeaient sans relâche et prenaient tellement de place qu'il suffoquait. Ils étaient maintenant deux à exiger qu'il parle: sa colocataire et cette phrase répétitive et lancinante. Bien qu'il avait réussi à s'esquiver pendant la vaisselle, il savait qu'il ne pouvait désormais plus s'échapper. Ou il endurait cette torture en espérant qu'en l'ignorant elle s'atténue et abandonne, ou il l'attaquait de plein fouet et tentait d'éclaircir ce mystère. S'il existait une personne au monde qui pouvait être suffisamment ouverte d'esprit — ou dupe, interrompit une voix dans sa tête — avec qui il pouvait partager les détails d'une expérience pareille, c'était cette fille assise à un mètre de lui, attendant patiemment qu'il s'ouvre enfin.

— Tu ne me croiras pas, osa finalement un Bill résigné.

— *Try me*, défia-t-elle aussitôt.

Bill trinqua une autre fois et offrit une autre consommation à celle qui deviendrait sa complice. Elle acquiesça. Il remplit à nouveau les deux verres, y allant un peu fort sur le brandy et en tendit un à son amie.

— Santé ! fit-il, en levant solennellement son verre vers le ciel.

Chargé d'une énergie nouvelle qui le dégrisait, il toussota quelques fois et jeta un coup d'œil serein vers la couverture. Sans pause, il lui relata tous les événements de sa matinée, n'omettant aucun détail. Les yeux écarquillés, Lise n'interrompit pas. Ses lèvres muettes restèrent partiellement ouvertes. Bill n'osa pas chercher d'indice dévoilant si elle le croyait ou non. Soulagé par cette catharsis, il accéléra plutôt le débit, se levant même debout au milieu du salon pour gesticuler énergiquement les scènes les unes après les autres.

— … et quand j'ai ouvert la boîte, voici ce qu'il y avait dedans.

Il prit la couverture dans ses mains. Placide, il la caressa doucement et la déposa sur le divan, devant elle. Une fois ce geste exécuté, il se sentit soudainement soulagé, son fardeau s'était allégé. Peu importe la réaction qu'elle aurait, le simple fait d'en avoir parlé l'avait libéré et cela, en soi, était suffisant.

Il se rassit en silence, malgré tout un peu déçu. Il avait eu espoir que par miracle, durant son exposé, une solution lui viendrait du ciel et lui dicterait les prochaines étapes à suivre. Il n'en était rien.

Lise fixait toujours la couverture. Hésitante, elle approcha une main et effleura du bout du doigt les lignes dorées, comme si elle pouvait y lire un message crypté. D'un sérieux absolu, elle leva alors les yeux et les riva à ceux de Bill. Elle l'analysa ainsi quelques secondes qui semblèrent, pour lui, éternelles. Subtilement, ses traits se radoucirent, un sourire se forma sur ses lèvres. Et, soudainement, au désarroi de Bill, elle éclata de rire. Un rire impitoyable qu'on ne savait extatique ou cynique. Ses épaules bondissaient au rythme de ses élans. Elle se couvrit le visage de ses deux mains, incrédule. Lorsque finalement elle les enleva, Bill s'aperçut qu'elle pleurait abondamment. Des larmes se frayaient des chemins labyrinthiques sur ses joues et malgré tout elle riait toujours.

Bill n'en pouvait plus, il était particulièrement agacé.

— Tu te moques de moi?

Lise bondit aussitôt et le prit dans ses bras. Elle l'étreignit si fort qu'il n'arrivait plus à respirer. Après un moment suffisamment long à faire fondre le doute, elle lui planta un tendre baiser trempé de larmes sur la joue. Elle recula quelque peu et enlaça doucement ses mains dans les siennes. Elle resta ainsi, quelques minutes, silencieuse, le baignant d'un regard à la fois d'émerveillement et d'envie.

— Tu dois retourner à l'hôpital, dit-elle finalement. Tu dois le retrouver.

— Tu me crois?

— Bill, mon cher Bill. Tu ne t'es pas vu la mine. Jamais tu ne me mentirais avec une allure pareille! Tu dois y retourner.

— Lise, tu te rends compte de ce que tu dis? Juste le fait de s'interroger si ça pouvait être vrai est, en soi, absurde. Il faut être complètement débile pour y croire. Non, mais t'es folle ou quoi ? Comme tu es dupe ! Réfléchis un peu ! C'est impossible ! Je n'irai certainement pas à la recherche d'un moi dans la trentaine à l'hôpital Sainte-Justine. Imagine la scène : « Pardon, madame de la réception, vous ne m'auriez pas vu passer ici dernièrement, je me cherche, mais en plus vieux. »

Lise n'avait pas fléchi. En temps normal, il n'en aurait pas fallu autant pour la faire sortir de ses gonds. Mais là c'était complètement différent, c'est lui qui perdait les pédales et c'est elle qui y voyait clair.

— Bill, comme tu as la tête dure. Faut-il que tout soit explicable, quantifiable et reproductible pour que tu y croies ? Saint Thomas ! Non, pire encore, car au moins lui a cru après avoir vu. Toi, tu as vu et tu n'y crois encore pas. Tu réalises l'ironie ! Tu vis une aventure impossible et tu as physiquement ici, sous tes yeux, une pièce à conviction — une couverture unique, faite à la main par ta propre mère — et c'est toi qui doutes, alors que, moi, qui n'ai que ton témoignage, j'y crois.

Lui serrant toujours les mains, elle le fixait encore droit dans les yeux. Bill faisait de même, bien malgré lui. Il n'avait pas l'habitude de cette fusion du regard. Ce qu'il craignait arriva :

— Tu as peur, réalisa Lise. C'est ça, ajouta-t-elle, sûre de son diagnostic.

Et encore une fois, elle le prit dans ses bras, cette fois le plus doucement du monde.

— N'aie pas peur. Tu es appelé, Bill. De tous les milliards d'humains sur cette terre, tu as été choisi. Pourquoi ? Je n'en sais rien, mais le destin veut te faire connaître quelque chose et, toi, tu as le devoir de t'ouvrir à son message.

— Lise, ma jolie naïve Lise. Ça ne tient pas debout, c'est impossible. C'est l'alcool qui brouille nos esprits, allons nous coucher et demain nous nous moquerons de la veillée où nous avons cru à cette histoire loufoque.

Lise brisa le lien de regard qui les unissait intimement, recula et prit place sur l'autre extrémité du divan. Se penchant vers la table, elle se versa un autre shooter. Cette fois, elle ne lui en offrit pas. Elle s'installa de son mieux dans le creux du coussin, verre à la main, et fixa la flamme de la chandelle, qui s'agitait furieusement.

Sans parler, Bill se servit à son tour et plaça le verre sur le bras boisé et plat du divan. Il s'installa à l'autre extrémité, croisant fermement les jambes et les bras, fixant intensément la pénombre devant lui.

Et si c'était vrai ?

Près d'une heure s'était écoulée et personne n'avait dit un mot. La musique s'était tue trente minutes plus tôt, la cassette étant complètement débobinée. Et malgré ce silence obstiné, nul ne ressentait le besoin de le rompre. Chacun s'en immergeait et y retrouvait une sérénité nécessaire, obligatoire. Après la tempête, la mer finissait toujours par se calmer. Après l'orage, le temps était toujours plus clair. Et, ce qui dut arriver, arriva.

Bill se tourna finalement vers Lise. La scène le prit d'abord au dépourvu. Sur les joues de son âme sœur brillaient près d'une dizaine de minuscules chandelles. Il s'approcha doucement et lui essuya délicatement quelques larmes du revers de l'index.

— Mais qu'est-ce qui ne va pas ?

Immobile, elle marmonna :

— *Always a bridesmaid, never a bride.*

— Mais de quoi parles-tu ?

— De moi ! De ma vie pitoyable et insignifiante.

Bill n'eut pas le temps de la contredire que déjà elle enchaînait :

— Je me suis toujours sentie à part des autres. Comme si je n'appartenais pas à ce monde. Tous mes amis ont des relations stables, des projets de carrière et de famille, alors que, moi, je ne fais que du sur-place, errant sans plan particulier, continuellement dans une relation plus dysfonctionnelle que la précédente. Et pendant que tout le monde autour de moi semble affairé à vivre sa vie, moi, je m'obsède à déchiffrer la mienne.

Elle hésita quelques secondes avant de reprendre :

— Depuis le début de mon adolescence, j'ai cherché à comprendre la vie, à donner un sens à notre passage sur cette terre. J'avais espoir d'arriver à résoudre le mystère. J'avais l'impression d'avoir été choisie. Qu'avec le temps, je ferais partie d'un petit groupe sélect auquel la Providence se serait discrètement dévoilée. Que je pourrais faire tout ça dans cette dimension, dans ce corps, avant même de redevenir un esprit ! J'en étais sûre.

Mais là, je comprends. On ne m'a pas choisie. C'est tout à fait le contraire. La vie s'est servie de moi. Comme Moïse qui, après avoir conduit ses brebis égarées au pays de Canaan, et après avoir admiré toute sa splendeur, ne put y mettre le pied. Je suis une exclue.

Et se tournant finalement vers Bill, les yeux rougis de désespoir, elle ajouta :

— Et toi, Bill, toi qui l'as ignorée, délaissée et s'en est même moqué, elle t'accueille les bras ouverts. La parabole du fils retrouvé.

Je t'envie, Bill. Je suis tellement jalouse que ça m'en donne envie de vomir ! Pourquoi toi, *you left brain bastard* ?

Ne pouvant plus retenir les digues de ses échecs présumés, elle éclata en sanglots.

Bill l'enveloppa doucement dans ses bras. Elle plongea le nez dans son cou et continua à pleurer abondamment. Ils restèrent ainsi un long moment jusqu'à ce que la crise s'affaiblisse. Bill lui caressa les cheveux et lui murmura à l'oreille :

— Lise. Je comprends ta déception, mais tu es beaucoup trop dure à ton égard et trop sévère envers cette providence que tu assailles à tort. Tu oublies que, sans Moïse, le peuple n'aurait jamais atteint la terre promise. Ne m'as-tu pas déjà parlé de ces vieilles âmes, sans dette karmique, qui ne choisissent de se réincarner que pour aider et soutenir de pauvres jeunes âmes, comme la mienne? Le club élite que tu rêves d'atteindre, tu en fais déjà partie. Tu n'as pas à entrer dans la terre promise, tu y habites déjà. Tu avais une mission et tu l'as accomplie parfaitement. Sans toi à me marteler tes théories absurdes depuis quatre ans, je n'aurais jamais même remarqué cette fourgonnette. Sans toi, je n'aurais jamais cru.

Elle se recula un peu pour mieux protester.

— Bill, c'est encore un de tes coups montés, comme celui de ce matin. Tu vas m'éclater de rire en pleine figure dans quelques secondes, n'est-ce pas? C'est chien, ça, surtout alors que je suis autant vulnérable.

— Qui de nous est l'éternel sceptique maintenant? répliqua un Bill souriant.

Elle fixait le plancher, évitant à tout prix le regard de son ami. Elle s'était mise à nu, avait avoué sa prétention d'être parmi les élus de la divinité. Elle avait honte.

— Bill, ne joue pas avec mes émotions comme ça!

Et d'un mince filet de voix à peine perceptible, elle le supplia:

— Je t'en prie.

— Lise, regarde-moi dans les yeux et dis-moi que je mens.

Hésitante, elle leva finalement les yeux et les plongea dans ceux de son ami.

— Bill, c'est ta dernière chance de dévoiler ton canular, car... ce que tu viens de me dire est probablement la plus belle chose que j'aie entendue de ma vie.

— Lise, je ne te raconte pas d'histoires.

Il y eut un long moment de silence, le regard d'un ancré dans celui de l'autre, après quoi Bill ajouta :

— Merci. Sans toi, je n'aurais pas cru.

Ils s'embrassèrent de nouveau, éclatant du même coup d'un rire soulagé et complice. Alors qu'ils étaient tous deux ravivés d'énergie, Bill lança soudainement :

— Demain matin, dès les premières heures de visites, nous irons à Sainte-Justine.

Lise lui fit un sourire, telle une mère à son fils. Elle avait repris son assurance et sa sérénité. D'un ton le plus doux du monde, elle intervint :

— Non, Bill, ça ne me concerne pas. Bien que je ferais n'importe quoi pour faire partie de cette aventure, je n'y ai pas droit. Je dois me réconforter à savoir que ma brebis égarée a bien été guidée et a finalement atteint la terre promise.

Bill savait qu'il ne pourrait jamais la convaincre autrement. Elle avait probablement raison. Rien, pour l'instant, n'indiquait que cette aventure impliquait quelqu'un d'autre que lui. Il oserait faire les premiers pas seul.

— D'accord, demain matin, j'irai à l'hôpital Sainte-Justine et je m'abandonnerai à mon sort.

Chapitre 9

Richard s'était glissé dans la chambre. Il était sept heures dix et Gabriel dormait encore sous le ronronnement des pompes, le bras bien enroulé autour du cou de Lapin. Le père venait de recevoir le compte rendu de la soirée de Kim, l'infirmière de nuit. C'est à elle à qui l'on devait le succès d'avoir réussi à apprivoiser le garçon et lui faire passer les premières nuits de sa vie sans ses parents.

En plein milieu de ladite nuit, à l'unité de greffe, Gabriel s'était réveillé dans la pénombre de sa chambre. Au départ, encore endormi, il avait appelé son père à quelques reprises, mais, dès qu'il eut compris où il était, il avait aussitôt pesé sur le bouton et alerté le poste. Lorsque la courte infirmière un peu grassouillette, les cheveux noirs, raides et coupés en ligne droite sur le front et la nuque, était littéralement accourue à son chevet, il avait aussitôt réclamé son père. C'était la première fois qu'il rencontrait cette étrangère aux yeux bridés et au teint jaunâtre.

Un bref coup d'œil expérimenté vers les écrans illuminés et vers l'enfant alité avait assuré l'infirmière que la situation n'était pas sérieuse.

— Bonjour, Gabriel, avait-elle dit de façon rassurante. Mon nom est Kim, c'est moi qui vais m'occuper de toi ce soir. Est-ce qu'il y quelque chose qui ne va pas?

Surpris par le fort accent vietnamien, le garçon n'avait rien compris de ce qu'elle lui avait dit et se mit, à travers les larmes, à réclamer son père avec plus d'insistance.

— Je veux papa!

— Ton papa et ta maman sont tout près, Gabriel, mais ils font dodo. Tu sais, ils ont beaucoup besoin de se reposer, eux aussi. Est-ce que tu as mal quelque part? Est-ce qu'il y a quelque chose que je peux faire pour t'aider? avait répliqué l'infirmière d'une voix duveteuse.

— Je veux mon papa, avait insisté le garçon.

Une nouvelle observation de tous les cadrans et la mesure de quelques signes vitaux et l'infirmière était certaine de son diagnostic.

— Tu aimerais que je reste avec toi? avait-elle demandé.

L'enfant était resté muet.

— Tu permets que je m'assoie sur ton lit et que je te fasse quelques caresses?

Toujours un peu craintif, mais surtout résigné, Gabriel avait hoché légèrement la tête. Il savait que, s'il insistait, son père accourrait à son chevet. C'est d'ailleurs cette assurance qui lui avait permis de se détendre un peu et d'accepter l'attention de cette dame aux traits inhabituels et au sourire radieux. Il pourrait, un peu plus tard, dans la pire des éventualités, semer la bisbille et exiger de toutes ses forces que l'on appelle le paternel.

Toutefois, c'est après avoir été submergé par une troisième vague de frissons qu'il avait été emporté au large d'une mer de rêve. Il n'en avait pas fallu plus pour qu'il réclame dès le lendemain cette étrangère, qui n'en n'était plus une.

***

Richard avait eu l'impression de n'avoir fait aucun bruit, mais, quelques secondes à peine après qu'il se fut introduit dans la chambre, Gabriel remua sous les couvertures et marmonna une plainte nasillarde incompréhensible, signalant que quelque chose n'allait pas.

— J'ai mal au cœur! finit-il par articuler tout en se relevant dans son lit.

— Vite! s'écria l'enfant, soudainement saisi de panique.

Richard bondit sur le bol en acier inoxydable en forme de haricot posé au chevet et le plaça d'un trait sous le menton de son fils, juste à temps pour capter le premier jet de vomissure. De sa main libre, il lui caressa le dos en faisant lentement de grands arcs de cercle. Bien qu'il n'en fût pas complètement convaincu, il tenta de rassurer son fils en lui promettant qu'il se sentirait mieux dans quelques minutes.

Tel un soldat expérimenté qui sait maintenir son calme durant le combat, Gabriel demeura silencieux entre chacun des spasmes qui lui secouaient tout le corps. Et puisqu'il n'avait rien mangé depuis plusieurs jours, seule une bile jaunâtre mélangée de sécrétions claires gluantes faisait de longs filaments entre les bords du bol et sa lèvre inférieure.

Une chaude odeur humide et nauséabonde inondait la pièce lorsque Gabriel releva la tête pour révéler une grimace de dégoût. Il secoua la tête comme si cela parviendrait à éliminer ce goût âcre qui subsistait dans sa gorge.

— Beurk! fit-il

Et tout à coup son visage s'illumina d'un large sourire.

— Ça pue, hein? Mais ça fait vraiment du bien, ajouta-t-il, les yeux écarquillés et hochant la tête en de longs mouvements exagérés avant de pouffer d'un rire généreux.

Et ainsi commençait le jour un.

Fier, Richard se dirigea aux toilettes et nettoya le bol, ayant d'abord pris soin de noter la quantité de vomissures ; l'infirmière en aurait besoin pour les dossiers.

Jocelyne émergea de l'ouverture de la porte. Un coup d'œil avait suffi pour qu'elle comprenne que son fils avait encore une fois vomi. Habituée, elle n'en fit pas de cas. Elle embrassa Gabriel, le questionna un peu sur la nuit passée et lui proposa d'enfiler des vêtements propres. Elle ferait la lessive dans quelques minutes. Quelques instants plus tard, elle disparut avec un sac rempli de vêtements qui ne cessaient d'être souillés. Avec tous ces vomissements et diarrhées, les changements étaient fréquents. Elle aimait faire la lessive, ne serait-ce que pour éliminer l'odeur chimique de la transpiration du corps de son fils, qui prenait tous les moyens pour évacuer les poisons qu'on lui infligeait.

* * *

Installé devant l'écran d'ordinateur, emmailloté dans une couverture de polar, Gabriel fouillait le monde entier à la recherche d'images, de chansons et de séquences vidéo de ses personnages favoris. Bien qu'il était prisonnier de cette chambre, l'Internet lui permettait de s'évader, du moins virtuellement. Lorsqu'il trouvait des petites perles, il ajoutait les sites à sa liste de favoris de son fureteur, son père lui ayant montré comment. Pour mettre un peu d'ambiance, il faisait jouer ses chansons rythmées préférées et dansait gaiement, agitant parfois les mains dans les airs, toujours bien assis sur sa chaise. La matinée avait filé ainsi dans un bonheur contagieux. Même les infirmières, les préposés et le personnel d'entretien furent très rapidement atteints par cette épidémie d'allégresse.

L'arrivée du repas, emprisonné sous une épaisse couche de pellicule de cellophane, signala qu'il était déjà midi. À peine Richard avait-il eu le temps d'entrer avec le cabaret que son fils, sans détourner le regard de l'écran, lui avait déjà déclaré qu'il n'avait pas faim.

— Il faut que tu essaies de manger un peu, garçon. Si tu veux te débarrasser de ton tube de gavage, tu dois manger un peu.

Mais ses tentatives étaient futiles, son fils ne mangeait plus depuis déjà plusieurs jours et ce midi, alors que la simple odeur de nourriture lui levait le cœur, ne serait pas différent.

— Je ne mangerais probablement pas moi non plus, chuchota Richard pour lui-même.

Le père plaça tout de même le cabaret sur la table de chevet au cas où, par miracle, son fils oserait grignoter le gros biscuit aux pépites de chocolat.

C'est Nathalie, la préposée, qui fit son entrée dans la chambre, se dirigeant directement vers l'enfant. Elle salua Richard rapidement et s'assit au pied du lit tout près de son patient. Elle interrogea d'abord l'enfant sur ce qu'il faisait, vanta honnêtement ses prouesses et, connaissant bien son patient, elle lui caressa le dos doucement.

— Il y a une bénévole qui aimerait te rencontrer. Aimerais-tu avoir de la visite pendant une couple d'heures? Papa et maman pourraient aller dîner et se reposer un petit peu?

D'après sa réaction, Gabriel semblait très favorable, mais il devint brusquement méfiant.

— Quel âge a-t-elle?

Nathalie éclata de rire. Elle se souvenait qu'hier, il avait demandé à voir ladite bénévole avant d'accepter. Lorsqu'il avait vu la gentille dame sexagénaire au sourire doux d'une grand-mère, il avait aussitôt refusé. Il les aimait jeunes. Tout le monde avait ri, sauf la pauvre dame, un peu troublée par la réaction.

— Ouais. Tu commences jeune à courtiser les filles, toi! Elle a vingt ans. Elle est étudiante en médecine à l'Université de Montréal.

Lui faisant un clin d'œil complice, elle ajouta:

— Elle est très jolie. En plus, elle est une experte au Nintendo.

Elle avait frappé dans le mille. Gabriel se leva de sa chaise, les yeux fixés sur ceux de sa nouvelle amie, et ajouta, sans même regarder son père :

— Tu peux y aller, papa. Je vais être correct.

Richard prit son fils dans ses bras, lui planta un baiser sur le crâne à travers son masque et lui promit de revenir bientôt. Ensuite, il quitta la chambre pour aller rejoindre son épouse au salon des parents, non sans, au préalable, croiser la bénévole dans l'antichambre. Elle était effectivement très jolie et souriante, ses yeux d'un bleu vif brillaient sous les néons, ses cheveux blonds attachés en queue de cheval lui donnaient un air d'adolescente. Le père savait qu'il pourrait prendre tout son temps. Cet après-midi, un enfant à l'unité de greffe ne s'ennuyerait pas, mais pas du tout, de ses parents.

Ils décidèrent de varier le menu et l'atmosphère un peu et de se rendre à un restaurant un peu plus chic que la cafétéria et le minuscule restaurant vietnamien habituel. Sachant qu'ils s'inquiéteraient inutilement durant le service romantique et lent d'un bon restaurant haut de gamme, ils optèrent pour une chaîne de resto-bar élégant, mais familial : une Rôtisserie Saint-Hubert à l'angle des rues Jean-Brillant et Côte-des-Neiges.

N'ayant ni le droit de le faire au Manoir Ronald McDonald, ni le goût de toute façon de prendre une bière occasionnellement, Richard, tentant de se réapproprier un semblant de vie normale, commanda un grand gobelet de bière brune en fût. Les deux parents s'efforcèrent de se détendre un peu. Tous deux évitèrent volontairement de parler de tout ce qui avait trait à la maladie de leur fils. Mais, étant donné que leur vie n'était centrée sur aucune autre chose depuis des semaines déjà, la conversation demeura superficielle. Chacun commenta à tour de rôle le décor du restaurant, qui avait nouvellement ouvert ses portes, et les extrêmes météorologiques que subissait la métropole depuis quelques jours.

Le retour de la serveuse fut très apprécié par le couple, qui ne trouvait plus de matière à discussion. Elle déposa d'abord la bière. Le verre givré perlait et une mousse beige parfaite coiffait l'élixir brun, une image digne d'une publicité. Ensuite elle présenta le breuvage que Jocelyne avait choisi pour l'occasion : un simple cola. Richard saisit sa bière, l'éleva au bout du bras.

— Santé, dit-il avant de prendre une grande gorgée qui lui imprégna une moustache mousseuse.

Toutefois, quelques minutes plus tard, encore peu de mots avaient été échangés.

— Comment ça va, Jocelyne? questionna son mari d'un ton doux qui exigeait une réponse honnête.

Elle fixa amoureusement son époux dans les yeux.

— Pas très bien, finalement, ajouta-t-elle avec un sourire forcé. Je croyais que nous pourrions nous détendre un peu et que j'apprécierais ma sortie, mais… ma place est auprès de lui. C'est comme si je trahissais mes enfants avec une sortie.

— Ouais, je comprends. Je me sens ridicule avec ma bière. Je ne l'apprécie même pas. Qu'est-ce que tu dirais si j'interpellais la serveuse et que, si le chef n'a pas encore commencé à préparer notre dîner, j'annulais la commande? Nous pourrions retourner à la cafétéria et nous prendre un énième panini jambon fromage?

— Richard, tu sais comment ça me rend mal à l'aise, des situations comme cela. La commande sera prête bientôt. Soyons patients et essayons d'apprécier notre sortie.

Elle lui tenait la main gauche, caressant du bout du doigt son jonc de mariage.

— D'accord, conclut-il.

Le dîner s'était ensuite bien déroulé. Ils s'étaient sentis mieux lorsque les conversations s'étaient de nouveau dirigées sur leurs enfants, qui leur manquaient énormément : un à quelques coins de rues de là, l'autre à des centaines de kilomètres. Seuls dans ce resto, il leur semblait que leurs enfants se trouvaient à des distances incommensurables. Ils avaient mangé leur délicieux repas du bout des dents, le cœur n'y étant pas. Ils avaient refusé tous les desserts savoureux présentés sur un énorme plateau et s'étaient éclipsés dès que la facture avait été réglée. Des assiettes pleines et une bière remplie presque au bord avaient été abandonnées sur la table.

Gabriel s'était montré déçu à l'arrivée de ses parents. Il les avait suppliés pour que la bénévole reste jusqu'à la fin de l'après-midi. Elle l'avait poliment informé qu'elle devait retourner à ses livres, mais lui promit de revenir la semaine prochaine, même heure, sans faute. Il avait eu un sourire gêné, mais comblé, lorsqu'elle lui avait caressé le crâne en lui faisant ses adieux.

— J'ai hâte qu'elle revienne ! avait-il déclaré avant même que la porte se referme. Quand va-t-elle revenir ? ajouta-t-il d'une voix plaintive.

— Gabriel ! Elle vient tout juste de partir, fit le père, feignant l'exaspération. Elle te l'a dit tantôt. Si tout va comme prévu, elle reviendra mercredi prochain.

Le reste de la journée s'était déroulé sans embûches majeures. Le ciel avait tourné du bleu au violet et du violet au noir. Sous l'éclairage feutré des lampes à la tête du lit, emmailloté dans les couvertures, Gabriel avait écouté sa mère lui lire un magazine pour jeunes qu'il avait reçu en cadeau par la poste en après-midi. Chaque jour, il recevait ainsi des cartes et colis qui comblaient ses journées et qui lui faisaient oublier un peu les traitements qu'il devait subir.

Jocelyne, couchée auprès de lui, avait lu à haute voix et de manière très expressive pendant plus d'une heure, au plus grand délice de son fils. Lapin, blotti contre son maître, écoutait lui aussi sans bouger d'un poil. Pendant ce temps, Richard avait pris soin de rédiger et d'expédier le courriel quotidien qu'il envoyait à une liste de récipiendaires qui s'allongeait chaque jour.

∗ ∗ ∗

Un son, imperceptible pour l'oreille inexpérimentée, avait fait bondir Kim de sa chaise au poste des infirmières. Durant son élan vers l'antichambre du 3V02, l'appel sur l'interphone s'était fait entendre. Sans stopper sa cadence et gardant les yeux rivés devant, elle ordonna à une collègue de répondre et de rassurer l'enfant qu'elle serait à son chevet dans quelques secondes. Par ses gestes entraînés, elle avait enfilé une jaquette, un masque et une paire de gants en moins de six secondes. Des cris de panique se faisaient entendre dans la chambre de son Gabriel. À la vitesse de l'éclair, elle plongea dans la pièce. Il n'avait fallu qu'un instant pour qu'elle ait analysé la situation.

— C'est correct. C'est correct, Gabriel. Ne t'inquiète pas. Ce n'est pas grave, lui dit-elle d'une voix calme et rassurée. Je vais tout arranger ça.

Assis sur le lit, au milieu d'une mare de vomissure, Gabriel criait, horrifié, tout en pleurant à chaudes larmes. Un répugnant tube en caoutchouc jaune, gluant de sécrétions, pendait de sa bouche et tortillait jusqu'à la tête de Lapin. L'autre extrémité incurvait encore à l'arrière-bouche et lui sortait par le nez. Le chatouillement au fond de la gorge lui provoquait des spasmes qui le faisaient vomir sans arrêt. L'infirmière retira rapidement les rubans adhésifs qu'il avait de collés au nez et à la joue et qui servaient à fixer le tube en place. Profitant de la distraction d'un haut-le-cœur du jeune patient, elle tira le tube sur toute sa longueur. Ce dernier remonta sur la poitrine du garçon et retraita dans sa bouche pour enfin émerger de la narine. Au milieu de l'opération, lorsque Gabriel avait compris ce qu'elle tentait d'accomplir, il fut saisi d'effroi. Il voulut aussitôt s'objecter, mais fut assailli d'encore un autre spasme engendré par la tubulure qui glissait le long de son épiglotte et, avant qu'il puisse faire quoi que ce soit, c'était terminé.

Laissant le tube entortillé reposer sur les genoux du garçon, Kim prit quelques minutes pour rassurer l'enfant.

— Je vais te laver un peu et nous allons changer ton pyjama, commença-t-elle. Mathias, le préposé, va venir changer ton lit et mettre des couvertures toutes propres.

— Lapin, pleura Gabriel.

— Ne t'en fais pas. Maman lui donnera son bain tantôt. Il va être content, s'exclama l'infirmière.

Lapin, complètement trempé, ne s'y opposa pas.

Gabriel fixa l'horloge. La petite aiguille pointait vers le trois, ce qui n'était pas de bon augure.

— Je veux téléphoner à maman qu'elle vienne laver Lapin tout de suite, tenta l'enfant.

Lorsque la petite aiguille se rendit laborieusement devant le quatre, Gabriel, dans un t-shirt propre, dormait à poings fermés, bien emmitouflé dans des couvertures chaudes et sèches. Lapin, échevelé, la fourrure gommée, veillait son maître, assis sur son piqué au pied du lit. C'était Kim qui avait eu l'idée de le débarbouiller un peu et de le placer à la vue de l'enfant. Gabriel avait été satisfait de cette mesure exceptionnelle. Bien qu'il avait insisté timidement, Kim l'avait gentiment convaincue autrement. Sa mère apparaîtrait instantanément dans l'entrée de la porte s'il parvenait à dormir un peu, lui avait-elle promis. Et connaissant la faiblesse de son patient pour les tendres caresses, elle était restée auprès de lui, passant doucement la main sur le petit dos fragile. Sur un murmure enivrant d'une berceuse vietnamienne, il s'était rendormi rapidement.

Le lendemain, dès les premières heures, Lapin avait plongé tête première dans une taie d'oreiller et avait passé trente minutes à valser dans la lessiveuse avant de pirouetter pendant près d'une heure dans la confortable chaleur de la sécheuse. Il était sorti propre, sec et légèrement parfumé, au plus grand délice de son maître, qui l'avait collé sans relâche pendant toute la matinée.

Les parents, bien qu'ils ne l'avaient pas laissé paraître, étaient très déçus que l'enfant ne soit plus gavé. C'était là encore un autre exemple du paradoxe que la maladie pouvait imposer. Autant ils n'en avaient pas voulu, de ce tube, autant celui-ci garantissait qu'une fois en place, coûte que coûte, l'enfant serait au moins nourri convenablement. Et maintenant, avec sa bouche pleine de mucosites douloureuses, il était trop risqué d'en poser un autre.

L'équipe médicale et les parents avaient tout tenté pour convaincre l'enfant de se nourrir un peu. On lui avait récité une liste exhaustive de tous les aliments qui étaient permis. Il devait surtout absorber de précieuses calories, peu importe leur provenance. On avait donc essayé le chocolat. Quel enfant n'aime pas le chocolat ? Gabriel avait courageusement essayé. Il avait déposé un petit morceau sur sa langue. Lorsque ce dernier avait fondu, le liquide habituellement délicieux et crémeux avait recouvert les plaies dans sa bouche ; une énorme bouchée de verre moulu en milliers de petites particules tranchantes n'aurait pas fait plus mal. Le pauvre avait hurlé de douleur et, lorsqu'il avait tenté de cracher le tout, les contractions de ses joues et de sa langue lui avaient causé des souffrances pires encore. Il s'en était alors résolu à pleurer à chaudes larmes, la bouche entrouverte, évitant à tout prix de déglutir. Un bouillon brun dégoûtant lui avait ruisselé du bord des lèvres pour ensuite tomber en longs filets sur le front de Lapin tout blanc.

Les trois jours suivants n'avaient été guère mieux. Sans la moindre trace d'appétit, additionné aux plaies dans la bouche, l'enfant ne s'était pas alimenté. Inévitablement, il s'était mis à maigrir, ce qui était farouchement défendu. Les médecins avaient tout essayé, ayant même fait usage d'injections de morphine pour calmer la douleur. Rien n'avait fonctionné. Il avait donc fallu avoir recours à l'hyperalimentation veineuse. Une procédure où l'on alimente le patient par perfusion. Une méthode moins efficace que l'alimentation normale par la bouche et surtout très exigeante sur le foie, déjà amplement taxé par la chimiothérapie. On avait donc suivi de près l'état du patient. Les parents s'étaient une fois de plus croisé les doigts, devenus noueux d'être à ce point sollicités.

Pendant ce temps, les cartes de souhaits et les cadeaux inondaient la chambre chaque jour, au plus grand plaisir du malade. Le personnel n'avait jamais vu un enfant recevoir autant de courrier. Chaque jour, plusieurs dizaines d'articles arrivaient par la poste à l'attention de Gabriel. Ce dernier éclatait de rire chaque fois que la secrétaire, feignant un agacement, frappait dans la vitrine avec une pile d'enveloppes multicolore à la main. Ils les ouvraient lentement, une à une, telle une dégustation, sa mère prenant le soin de lui lire les messages inscrits. La majorité du temps, ces lettres provenaient d'étrangers, inconnus de la famille, mais tous contenaient des messages d'amour et de support touchants.

Tout avait commencé lorsque Richard avait entrepris d'écrire un petit journal électronique quotidien informant les « abonnés » des derniers détails au sujet de Gabriel. Bien que plusieurs voulaient à tout prix être tenus au courant de tous les moindres détails, Richard les avait sérieusement avertis qu'il pourrait y avoir des conséquences à être à ce point près du feu de l'action. Ils auraient ainsi à vivre les hauts comme les bas. Et les bas, il risquait d'y en avoir amplement, à l'hôpital Sainte-Justine.

Sur la liste d'envoi, il n'y avait initialement que la famille, les amis proches, dont un journaliste senior d'un hebdomadaire local. C'est d'ailleurs ce dernier à qui on devait les piles de courrier qui affluaient. Ce sexagénaire, croyant, et lui-même éprouvé quelques années auparavant par une greffe du cœur, avait stratégiquement choisi de publier un article relatant la maladie de Gabriel en frontispice. Celle-ci avait paru le jour même de la greffe.

— Pour qu'un nombre maximum de personnes pense à lui et à vous, chers parents, le jour de sa greffe. Il ne faut surtout pas sous-estimer le pouvoir de la prière, avait averti le journaliste.

Dans un texte très sobre, il avait résumé l'épreuve de cette famille bien ancrée dans la communauté et avait invité les gens qui le désiraient à faire part de leur soutien en envoyant quelques mots d'encouragement. Il n'en avait pas fallu plus pour qu'un flot de messages de toute forme afflue vers une petite chambre d'hôpital de la métropole. De nombreuses gens, touchés par le courage du garçon, faisaient parvenir des médailles religieuses, des dessins, des images de reliques et des mots d'encouragement. Des écoles entières avaient répondu à l'appel, envoyant de grosses enveloppes gonflées par des centaines de cartes et d'illustrations.

Graduellement, la liste d'envoi de courriels s'allongea et frisait maintenant la centaine de fidèles lecteurs. Chaque jour, des messages de soutien arrivaient de partout. « Les employés d'un magasin à grande surface de Lévis prient pour vous ! », avait appris la famille. Semblerait qu'une amie envoyait un exemplaire du journal quotidien à sa mère, au Lac Saint-Jean, qui, elle, le faisait parvenir à sa sœur à Lévis. Cette dernière, à son tour, en faisait part à ses collègues de travail et, quotidiennement, tous prenaient quelques instants pour faire parvenir des « ondes positives » au garçon.

Des cas similaires se succédaient à un merveilleux rythme effréné ailleurs au Canada, aux États-Unis et même outre-mer.

Chaque fois que la secrétaire, impressionnée par le volume de courrier, faisait son apparition, Richard devenait invariablement ému. Tant de gens qui se ralliaient derrière son fils et sa famille ! Tant de gestes d'amour par de purs étrangers ! Il aurait aimé un jour répondre à tous et chacun d'eux. Leur dire combien chacun de leurs gestes et leurs prières les avaient supportés dans cette épreuve. Comment les yeux de son fils s'illuminaient lorsqu'il inspectait une à une chaque note, chaque carte, chaque présent qu'il avait reçu. Il aurait voulu que chacun de ces amis et chacun de ces inconnus reçoive au centuple les bienfaits qu'ils leur avaient prodigués. Peut-être un jour trouverait-il les mots pour leur dire merci. Peut-être un jour viendrait-il à trouver le moyen de leur faire connaître toute la reconnaissance qui leur revenait. En attendant, il continuerait son courriel quotidien, espérant véhiculer une partie de la gratitude qu'il éprouvait envers toute cette communauté de soutien.

***

— Les neutrophiles sont toujours à zéro, avait annoncé tout bonnement l'aimable docteur Steinberg avec son sympathique accent anglo-juif.

Voilà qui était absurdement normal. La moelle du garçon était complètement détruite et ne produisait plus aucun précieux élément de son sang. Il n'avait, dès lors, plus aucune résistance contre aucun microbe, aussi banal qu'il soit. Il faudrait encore au moins quatorze jours avant qu'un petit globule blanc se pointe le nez et celui-là, tous le souhaitaient, en serait un identique à ceux d'une fillette inconnue dans l'État de New York.

— Les plaquettes sont à dix-huit, nous devrons lui en transfuser dans les prochaines heures, avait ajouté le médecin, qui regardait les parents au-dessus de ses demi-lunettes de lecture.

— Avez-vous des questions? demanda-t-il.

Les parents n'en avaient pas. Les plaquettes, avec une durée de vie de quatre à cinq jours, ils le savaient, devraient être transfusées fréquemment. À chaque transfusion, il faudrait observer attentivement les signes vitaux de l'enfant pour tout indice de réaction néfaste. Donc, d'ici le moment où la nouvelle moelle réussirait à produire des nouvelles cellules en nombre suffisant, les parents auraient à retenir leur souffle plusieurs fois, soit jusqu'à ce que les risques soient écartés.

***

Le jour « six » avait commencé par le traditionnel vomi du matin. La vomissure agissait littéralement comme un acide sur les plaies dans la bouche de Gabriel et rendait l'expérience doublement affligeante. À cela s'ajoutait des diarrhées de plus en plus fréquentes et douloureuses. Rien n'allait plus pour le pauvre enfant, qui était maintenant fréquemment assailli de fatigue. Il dormait plus souvent pendant le jour et jouait moins. De le voir s'affaisser ainsi n'était pas sans faire craindre le pire.

La seule note positive au tableau était l'apparition, depuis deux jours, de plusieurs neutrophiles dans son sang.

— Il est beaucoup trop tôt, avait prévenu le médecin traitant. C'est impossible que sa nouvelle moelle se mette en marche si vite.

— Alors, c'est quoi, ces 0,43 cellules dans la colonne des neutrophiles ? avait demandé le père, avec une pointe de sarcasme. Pointant le rapport qu'il tenait dans une main, il n'était pas sans vouloir croire au miracle.

— Une erreur de l'appareil, avait supposé le médecin.

— Et si c'était vraiment des neutrophiles ? avait insisté le père.

Il y avait eu un long silence suivi d'une hésitation, comme si le médecin avait choisi de retenir une information.

— C'est impossible que la nouvelle moelle puisse produire des neutrophiles à seulement six jours de la greffe, avait tranché le médecin, avant d'ajouter le plus doucement du monde : pour avoir des neutrophiles si tôt, il faudrait que ce soit sa vieille moelle qui en produise.

Ces mots avaient frappé comme une masse dans la tête de Richard, qui avait aussitôt regretté d'avoir insisté sur cette question. Si la vieille moelle était encore active, c'est que, malgré toute la radiothérapie et la chimiothérapie, elle n'avait pas été complètement éliminée. Et si tel était le cas, l'enfant courait le risque que des cellules cancéreuses aient survécu.

Richard jeta un coup d'œil en direction de l'enfant pour voir si celui-ci avait écouté la conversation avec le médecin et s'il en saisissait toute l'ampleur. Toujours les yeux rivés au téléviseur, les mains bien actives sur la manette, il semblait n'avoir rien entendu. Impossible d'en dire autant pour Lapin, qui avait une oreille de repliée sur le dessus de la tête et les yeux tout grands ouverts.

Le médecin, qui n'était pas sans avoir remarqué la tension qui régnait dans la pièce, ajouta jovialement :

— Ne vous inquiétez pas. Dans le pire des cas, même si sa moelle n'était pas encore complètement anéantie, elle serait certainement trop amochée après le bombardement que nous lui avons fait subir pour produire des globules blancs si rapidement. C'est une erreur de l'appareil, je vous assure. Demain, les neutros seront à zéro. Vous verrez.

Il avait raison. Le lendemain matin, la formule sanguine ne révélait aucun globule blanc. Les parents s'étaient surpris d'être à la fois soulagés et déçus. Soulagés pour des raisons évidentes, mais aussi déçus puisque, pendant quelques heures, ils avaient secrètement osé croire au miracle. Croire que les centaines de personnes qui priaient pour leur fils avaient réussi à converger la bénédiction céleste sur la moelle de leur enfant.

— C'est étrange et merveilleux à la fois, avoua Richard à son épouse. Malgré tout ce que nous avons vécu depuis quatre ans. Malgré la rechute. Malgré les centaines d'enfants malades dans les murs de cet hôpital. Malgré toutes les guerres et les famines de ce monde, nous osons espérer malgré tout. Soit à cause de notre foi écorchée ou en raison d'une névrose quelconque, nous osons encore croire aux miracles.

Dès le lendemain, les parents eurent à nouveau à s'accrocher à ce mince filet d'espoir. Gabriel, le front bouillant de fièvre, assis sur la toilette, évacuait une diarrhée de bile. Le cirque de la greffe poursuivait son train d'enfer. Cette fièvre pouvait signaler de nombreux problèmes plus sérieux les uns que les autres. Il faudrait se croiser les doigts jusqu'à ce que l'étiologie soit connue.

Debout au pied du lit, le mari observait, en silence, son épouse consoler et rassurer chaleureusement leur fils qui, assis encore une fois de plus sur la toilette, pleurait de douleur. Grinçant inconsciemment des dents, Richard se posait la même question hypothétique qu'il s'était posée des milliers de fois auparavant : si elle avait su, aurait-elle mis cet enfant au monde ? La réponse, il en était convaincu, il ne la saurait jamais. Puisque poser la question, jamais il n'oserait.

Chapitre 10

Le radio-réveil inonda immédiatement la chambre du bulletin de nouvelles. Bill l'entendait à partir de la salle de bain où, nerveusement, il faisait sa toilette. Il était debout depuis plus de vingt minutes et malgré sa consommation plutôt excessive de la veille, il ne se sentait pas trop mal en point, si ce n'était que de ce goût désagréable dans la bouche.

— Tu dois cesser de fumer, marmonna-t-il à son reflet dans le miroir.

Depuis qu'il était levé, et même durant une bonne partie de la nuit, il avait imaginé différents scénarios qui auraient pu lui servir à s'introduire à l'intérieur de l'hôpital et retrouver son alter ego, mais aucun ne semblait réalisable sans embûches. Il avait donc décidé de se fier à l'improvisation. S'il réussissait à bien gérer sa nervosité, il réussirait sans doute à trouver un moyen d'atteindre son objectif. De toute façon, si la divinité avait ouvert ses portes toutes grandes pour lui, elle verrait bien à intervenir en sa faveur, avait-il tenté de se rassurer.

Il sortit de la salle de bain et bifurqua en direction de la cuisine pour se préparer un déjeuner express. Son estomac nerveux réclamait plutôt qu'il vomisse, mais il espérait qu'un peu de nourriture l'apaiserait.

La porte de la chambre de Lise était close. Bill tendit l'oreille. Le silence confirma qu'elle dormait encore. Il aurait voulu lui parler, la convaincre de l'accompagner. Toutefois, il se doutait que cela aurait été peine perdue.

Ce qu'il ignorait, c'est que, de l'autre côté de la porte, tout habillée, assise sur sa chaise de travail, Lise résistait de toutes ses forces à la tentation de rejoindre son compagnon et de partir avec lui en cette quête ultime. Elle n'avait pratiquement pas dormi de la nuit, passant la moitié de son temps à blasphémer contre une divinité qui ne l'avait pas choisie et l'autre moitié à se demander si, justement, le destin s'y était pris d'une façon indirecte pour les sélectionner, elle et Bill, faisant ainsi d'une pierre deux coups.

Elle s'interrogeait continuellement à savoir si elle était plus impliquée dans cette affaire qu'elle ne le croyait. C'est sur ce point qu'elle accrochait constamment. Bien sûr, Bill était comme un frère pour elle, elle n'était pas attirée à lui, pour ainsi dire. Mais si elle acceptait d'être complètement honnête envers elle-même, elle devait admettre qu'elle avait quelques fois laissé dériver son imagination. Elle avait parfois imaginé de quoi aurait eu l'air une liaison amoureuse avec lui. Il était beau, attentionné et, malgré sa flagrante étroitesse d'esprit, il semblait tout de même apte à s'ouvrir un peu. Du moins pas mal plus que son ex, qui était figé dans son minuscule monde égocentrique.

Elle avait même imaginé à quoi l'avenir aurait l'air, lui optométriste qui gagnerait largement la part du budget familial, et elle qui pourrait vaquer à des occupations moins rémunérées, mais plus profondes en sens. Elle allait jusqu'à voir trois enfants s'amusant bruyamment dans une grande maison rustique à la campagne. Et c'est cette dernière scène qui avait installé une douleur au creux de son ventre et qui ne l'avait plus quittée depuis les petites heures de la nuit. Une question folle lui trottait constamment dans la tête, sans relâche. Bien qu'elle tentait de se convaincre que ça ne tenait pas debout, elle ne faisait que se poser la même question continuellement : et si cet enfant était le mien... le nôtre ?

Elle jugeait l'idée absurde. Il aurait fallu deux simples conditions primaires: qu'ils aient une attirance mutuelle véritable et une disponibilité amoureuse. Et même si elle entrevoyait la possibilité d'agir sur la première, elle n'était pas en mesure d'intervenir sur la deuxième. Bill était déjà amoureux d'une fille qui lui convenait à merveille. C'est d'ailleurs un peu pourquoi elle était clouée à son siège. Elle ne voulait pas s'ingérer. Elle se reprochait bien des défauts, mais briseuse de ménage n'en était pas un. Non, inutile de rêver et de s'imaginer des scénarios impossibles, elle ne faisait pas partie de cette aventure intemporelle, il n'y avait aucun avenir amoureux pour elle avec Bill. Il y avait trop d'embûches, trop de contrariétés. De toute façon, les cartes étaient jouées. Pour changer quoi que ce soit, il aurait fallu faire l'impossible. Il aurait fallu pouvoir contrôler leur destin et changer ce que l'avenir leur avait réservé.

Bill avait raison, les céréales avaient apaisé un peu son estomac, qui grondait toujours sa réticence à se rendre à l'hôpital. Après avoir déposé le bol dans l'évier, il s'arrêta devant la porte de chambre de Lise, s'apprêta à cogner et hésita. Il se ravisa, convaincu qu'elle n'aurait jamais accepté de le suivre. Peut-être avait-elle raison, s'était-il dit, tout ceci ne la concerne probablement pas. Il pivota et quitta la pièce.

Dehors, le temps plutôt doux de la veille avait cédé à une température glaciale, bien en dessous des normales saisonnières. Bill inspira profondément, l'air lui brûlait la gorge, et il relâcha, d'un trait, une buée qui n'arrivait pas à faire entièrement évaporer son anxiété.

Bien qu'il ressentait le besoin aigu d'aller au fond des choses, il ne pouvait s'empêcher de douter de toute cette histoire. Une voix intérieure se moquait toujours d'une hypothèse aussi loufoque.

Voyager dans le temps, des univers parallèles, une intervention divine… de la foutaise!

Malgré tout, il éprouvait le besoin de se rendre à l'hôpital. Soit qu'il y vivrait une expérience qui bousculerait complètement sa vie ou bien qu'il reconnaîtrait en cela une fabulation de son esprit.

Bill jeta un coup d'œil en direction de la fenêtre de la chambre de son amie ; les stores étant clos, il ne put la voir qui, les yeux pleins d'eau, l'observait à travers une minuscule fente.

Sans plus tarder, il emboîta le pas sur la rue Édouard-Montpetit en direction de l'hôpital Sainte-Justine. Contrairement aux autres jours, il n'avait pas la tête dans ses rêveries habituelles. Son cœur battait fort et, malgré le froid, ses mains étaient moites. Et plus il s'approchait, plus sa nervosité devenait insoutenable.

Je n'ai pas à m'inquiéter. Tout ira bien. Tout ira bien. Je vis un scénario de science-fiction, mais tout ira bien. Je crois me diriger à la rencontre de moi-même, mais dans une autre époque, et, si j'osais en parler à toute autre personne que Lise, on m'internerait… mais tout va bien !

Un sourire se dessina sur ses lèvres et il sentit finalement sa nervosité céder un peu. Il n'avait encore aucune idée comment il procéderait une fois rendu à destination. Il cherchait à visualiser différents scénarios, mais ceux-ci se perdaient dans un flou total. Il n'avait pas plus de succès qu'il n'en avait eu pendant la nuit.

Il tourna à gauche sur l'avenue Decelles et sa nervosité fit un double bond. Lorsque, peu après, il arriva au niveau de la côte Sainte-Catherine et vit l'hôpital, il sentit ses jambes céder sous le poids de la tâche qu'il se devait d'accomplir. Chancelant, il faillit tomber, mais parvint à maintenir son aplomb. Dès qu'il mit un pied de l'avant pour reprendre la cadence, il ressentit soudainement un vertige énorme, qui s'estompa aussi vite qu'il était apparu, mais qui réussit néanmoins à lui faire perdre l'équilibre et le projeter dans le banc de neige. D'un bond, il se releva.

On se calme !

Bill essuya la neige qui avait collé à son pantalon, tout en scrutant les environs, cherchant à savoir si quelqu'un avait été témoin de sa chute. Les quelques passants qui se déplaçaient ne l'avaient pas remarqué.

Pourquoi espérerons-nous toujours que personne ne soit témoin de nos bêtises ? Je suis dans la grande métropole de Montréal, où pratiquement personne ne me connaît, et je m'inquiète quand même de l'opinion qu'un inconnu peut bien avoir de moi ! Ça va être beau dans quelques minutes, lorsque des yeux seront véritablement rivés sur moi.

Bill monta la côte Sainte-Catherine et jeta un regard dans la direction du stationnement. Cet endroit, fourmillant d'activité le matin précédent, était maintenant pratiquement désert. Quelques dizaines d'autos immobiles témoignaient que certaines familles vivaient des moments inquiétants. Il repéra la fourgonnette, qui n'avait pas bougé. Figée par le frimas de la nuit, elle semblait abandonnée.

Il fila jusqu'à l'entrée principale de l'hôpital. Son cœur battait la chamade, ses gants étaient complètement détrempés, des gouttes coulaient sur sa nuque. Il ignorait totalement ce qu'il ferait une fois à l'intérieur.

Je me calme ! Personne ici ne se doute de rien. J'entre dans un grand hôpital, un endroit public où je n'aurai aucunement l'air suspect. J'entre et observe un peu, je déciderai plus tard de mon plan d'action.

Bill tenta une grande respiration pour lutter contre sa poitrine serrée et plongea dans l'ouverture des portes rotatives. Par réflexe, il fixa le bas de la porte, qui avançait automatiquement, afin de ne pas trébucher. Et presque aussitôt, il se rendit compte qu'il était déjà à l'intérieur.

Rapidement, il examina le hall d'entrée. À gauche, dans une aire de jeux joliment bordée d'une clôture campagnarde multicolore, deux enfants s'amusaient à l'intérieur de grands tuyaux rouge vif, alors que leurs parents tentaient sans succès de les convaincre qu'il était temps de partir. Devant, sur deux piliers s'élevant sur plus de cinq mètres du sol, le mot « bienvenue » était inscrit en cinquante-trois langues. Malgré cela, Bill ne se sentait pas très à l'aise, surtout en raison de la préposée au kiosque d'information, droit devant, qui semblait lui porter une attention particulière.

Je m'imagine des choses.

Il évita de soutenir son regard en tournant le sien vers la droite. Mais ce ne fut guère mieux, car il tomba directement sur le comptoir de la sécurité. Café à la main, trois agents discutaient entre eux, guettant du même coup les écrans témoins. Bill s'efforça de se donner un air à l'aise et leva le menton, car ses yeux cherchaient désespérément le bout de ses bottes. Accrochées à un énorme pilier décoré en gigantesque arbre, de longues branches étaient ornées de magnifiques sculptures. De gros oiseaux aux couleurs éclatantes entouraient un nid dans lequel attendaient impatiemment des oisillons, le bec grand ouvert. Décidément, l'atmosphère devait aider à rassurer les enfants.

La préposée l'observait toujours lorsque soudain, poussé par une surcharge d'adrénaline et un plan improvisé, il s'arma d'un sourire naïf et se dirigea droit vers elle, mais en tournant constamment la tête de droite à gauche, scrutant les parages, comme s'il était à la recherche de quelque chose ou de quelqu'un.

C'est parti!

Arrivé au comptoir, il étira le cou en regardant une dernière fois en direction des corridors qui aboutissaient dans le hall et, d'un regard manifestement embarrassé, s'adressa à la dame, toujours sérieuse:

— Je m'excuse énormément, mais je suis dans l'embarras.

Il laissa échapper un rire nerveux, mais calculé.

— Je suis venu visiter le filleul de ma blonde – *une chance sur deux de tomber pile* –, il est hospitalisé ici. Figurez-vous qu'elle m'a dit d'aller garer l'auto et de revenir la rencontrer sauf que, de toute évidence, elle est déjà montée à la chambre, puisque je ne la trouve nulle part. Je suppose que j'ai pris un peu trop de temps à garer l'auto et elle a dû monter, pensant que j'irais la retrouver. Vous savez, c'est plutôt cher, le stationnement, alors j'ai choisi de faire le tour dans les rues voisines, mais sans succès, j'ai finalement dû me résigner à garer l'auto dans le stationnement de l'hôpital.

C'est trop long, accouche! Elle s'impatiente.

— S'cuzez, je divague. Eh bien, le problème, c'est que je n'ai pas de mémoire pour ce genre de choses et je ne me souviens pas du numéro de sa chambre, ni de son prénom, d'ailleurs.

Et, affichant soudainement un regard fier et illuminé, il ajouta :

— Je sais par contre qu'il porte le nom de Plourde. J'espère qu'il n'y en a qu'un. Pourriez-vous vérifier, s'il vous plaît ? finalisa-t-il en tirant le menton en direction de l'écran d'ordinateur.

Il la fixa droit dans les yeux en arborant un sourire authentique et s'appuya contre le comptoir pour stabiliser ses genoux qui cognaient l'un contre l'autre. Elle força finalement un mince sourire, il avait l'air tellement sincère et excédé. Elle poinçonna quelques clefs sur le clavier et leva le nez afin de regarder à travers ses demi-lunettes massives en plastique foncé qui lui donnaient un air particulièrement autoritaire. Elle tourna lentement la tête en direction de Bill et ouvrit sa petite bouche crispée :

— J'en ai trois, affirma-t-elle, sans en ajouter plus.

Malgré son allure calme, Bill était terriblement anxieux.

Comment as-tu pu penser que ce serait facile! Elle se doute de quelque chose, j'en suis sûr!

Derrière lui, deux autres personnes s'étaient approchées et attendaient pour des renseignements. La préposée, qui les avait remarquées, leur adressa la parole en les avisant que ça ne serait pas bien long.

Vite, dis quelque chose!

— Si vous pouviez me dire leurs prénoms, je suis sûr que je le reconnaîtrais.

Par sa gestuelle, Bill lui signifia qu'il réalisait bien qu'il la plaçait dans une situation précaire, mais qu'il lui serait éternellement reconnaissant. Il s'efforça à puiser dans toutes ses réserves de charme et attendit nerveusement le verdict.

Elle l'observa pendant quelques secondes qui parurent interminables. Bill avait envie de prendre ses jambes à son cou et de fuir, mais réussit à se figer sur place. Elle tourna finalement les yeux vers l'écran, hésita, et lui dit d'une voix faible:

— J'ai Maude, Patrice et Gabriel.

Bill sentait la transpiration lui couler dans le dos.

— Gabriel, se surprit-il à dire avec un grand sourire soulagé.

Elle ne semblait pas impressionnée pour autant et semblait avoir bien hâte de passer au suivant. D'un ton nettement plus fort et plus sec elle ajouta:

— Chambre 3V02.

Bill remercia généreusement la dame et céda rapidement sa place au prochain.

Gabriel, Gabriel Plourde, je suis sûr que c'est lui.

Durant ses soirées avec Jocelyne, alors que les conversations passaient d'un sujet à l'autre, toute rêveuse, elle lui avait demandé quels prénoms il choisirait pour ses enfants. Mal à l'aise devant une question qui mettait une pression, qu'il jugeait excessive, sur sa relation encore toute jeune, il avait répondu: «Pour un garçon, Gabriel, et pour une fille, Annie ou bien Isabelle.» C'était, il semblait, dans une autre vie, maintenant... Cet échange lui paraissait très lointain.

Il n'avait pas osé demander à la dame les directives pour se rendre à la chambre 3V02. Il la localiserait seul, ça serait un jeu d'enfant.

Il se dirigea vers l'ascenseur où, entre les deux portes coulissantes, il venait d'entrevoir une carte de l'hôpital. Des gens vêtus d'uniformes médicaux pastel et de sarraus se déplaçaient constamment dans toutes les directions. Certains discutaient de choses visiblement sérieuses alors que d'autres semblaient se raconter des histoires cocasses. Personne ne s'occupait du jeune homme qui avait l'air un peu perdu.

La carte représentait tous les étages de l'hôpital et identifiait bien les chambres par une série de numéros à quatre chiffres. Mais nulle part n'y avait-il une combinaison alphanumérique.

Elle a bien dit trois « v » zéro deux.

Une cloche retentit et les portes de l'un des ascenseurs s'ouvrirent. Puisqu'il causait un peu d'obstruction, il se tassa pour faire de la place aux gens qui sortaient. Gêné, il dut se déplacer de nouveau lorsqu'il se rendit compte que les gens à l'arrière de lui, croyant qu'il entrerait, attendaient qu'il avance. Finalement, une fois les portes de nouveau closes, il se planta devant la carte et l'étudia, cette fois plus attentivement. Il n'arrivait pas à trouver la chambre en question.

Il évalua ses options. Il aurait pu se rendre au comptoir de la sécurité et demander des renseignements. Toutefois, même s'il n'y avait rien de criminel à demander des directives, il craignait que sa nervosité soit trop apparente et que les agents le jugent un peu suspect et qu'ils l'interrogent. Si on le forçait à s'expliquer, il savait que son histoire risquait de s'effondrer sous ses mensonges.

Il scruta la carte une dernière fois. C'est au bas à droite qu'il retrouva l'inscription « chambres 3V1 à 3V6 par le rez-de-chaussée, section V ». La section « V » était du côté extrême est de l'hôpital. Il mémorisa le trajet le plus court pour s'y rendre.

Sa nervosité le rongeait toujours, il craignait continuellement d'avoir l'air douteux.

J'ai une idée!

Il pivota et entreprit de descendre les escaliers qui menaient à l'étage inférieur. Il localisa facilement la boutique, choisit rapidement un petit bouquet de marguerites enrobé dans un emballage imprimé, paya la caissière et reprit les escaliers, enjambant les marches deux à la fois. Il sortit de nouveau au rez-de-chaussée et examina les fleurs, satisfait.

Bon, c'est pas mal mieux comme ça.

Le corridor qui menait à l'aile « V » aboutissait dans le hall d'entrée, juste à côté du poste de la sécurité. Bill se donna un air d'habitué et marcha allègrement, faisant mine de regarder droit devant lui tout en guettant les agents du coin de l'œil. Un jeune garde, avec les cheveux en coupe militaire, l'observait attentivement.

Merde. Un jeune zélé qui cherche à faire sa marque.

Bill resta calme et entama finalement le corridor, perdant ainsi de vue l'homme en uniforme. Pas rassuré, Bill jeta un coup d'œil derrière lui. Le gardien était là. Il avait même commencé à le suivre.

Merde. Merde. Merde. Je dois rester calme! Je visite mon enfant qui naîtra dans quelques années, rien de plus normal!

Le corridor était plutôt sombre. Les murs, ternes, auraient pu être grandement ravivés par une peinture fraîche, la plupart des tuiles au plafond étaient jaunies et le plancher usé témoignait de l'âge de l'édifice. Bill avait accéléré la cadence. L'agent aussi. L'écho des pas des semelles rigides retentissait contre les murs de l'hôpital et s'approchait rapidement.

— Eh, monsieur! Attendez! Je veux vous parler. Une minute, s'il vous plaît.

Bill se retourna une dernière fois.

Une femme, qui se déplaçait dans la direction inverse, avait interpellé l'agent et l'interrogeait. Il était sauf.

La surcharge d'adrénaline qui l'avait envahi lui laissait un goût métallique en bouche. Bill expira brusquement son soulagement, entreprit quelques virages obligatoires et se remit à fignoler son plan. Il se rendrait près de la chambre et, passant devant comme s'il avait affaire ailleurs, il tenterait d'observer ces Plourde venus du futur, recueillerait le plus d'information possible à leur sujet et déciderait pas la suite des dispositions à prendre. Un plan facile, simple et infaillible.

Mais presque aussitôt, il dut s'arrêter devant d'imposantes portes fermées qui bloquaient l'accès au bout du corridor. Sur le mur, à droite, une enseigne portait la mention « Centre de cancérologie Charles-Bruneau. » Une affiche rouge sang, suspendue au plafond, suffisamment basse pour être incontournable, avertissait les passants qu'il s'agissait d'une « unité à circulation restreinte ». Bill figea, se retourna vers l'enseigne et fit semblant de lire la liste de ceux qui avaient généreusement contribué à la construction de ce centre.

Décidément, rien n'allait comme prévu. Mais là, c'était pire que ce qu'il avait pu imaginer. Bien sûr, il savait que, si son alter ego se trouvait ici, c'est que son futur enfant serait malade. Naïvement, il avait cru à une maladie pas trop sérieuse, qui aurait nécessité une consultation avec un pédiatre spécialiste, sans plus. Mais pas le cancer! Le cancer était un malheur terrible qui n'arrivait qu'aux autres.

Envahi d'une grande déception, il n'avait plus envie de poursuivre. Sa nervosité avait cédé la place à une tristesse insinuante. La maladie d'un fils qu'il n'avait même pas encore conçu le troublait intensément. Il n'avait pas prévu faire face à un enfant chauve, blafard et léthargique, qui, de plus, serait le sien. En voir à la télévision était suffisant pour lui lever le cœur. La réalité, il s'en doutait bien, serait pire.

Je ne veux pas en savoir plus. Je m'en vais. J'peux pas. Pas le cancer. Pas mon enfant.

Il resta ainsi, immobile, à fixer des mots qu'il ne lirait pas.

Une conversation animée entre une femme dans la trentaine et une jolie jeune fille d'environ huit ans le sortit de sa torpeur. L'enfant, malgré l'absence de cheveux et son teint blême, affichait un énorme sourire contagieux. Un adorable bandeau fleuri lui épousait le crâne et ses yeux verts pétillaient d'une jeunesse qui résistait aux assauts de la maladie. Le couple était expressivement absorbé dans une histoire qui semblait très drôle. Tout en maintenant les yeux rivés sur sa mère, la petite allongea la petite main vers une plaque fixée au mur, sans la toucher. Tout à coup, comme dans le conte d'Alibaba, les grandes portes s'ouvrirent automatiquement sur une passerelle toute vitrée qui offrait une vue sur une aire de repos dans la cour arrière.

Incapable de résister à une force irrépressible, Bill suivit le couple. Les portes se fermèrent silencieusement derrière lui et l'isolèrent dans la passerelle.

La mère et sa fille ne semblaient pas s'être aperçues qu'il était tout près. En raison des bouts de conversation saisis ici et là, Bill comprit que la petite était hospitalisée au deuxième étage et qu'elle s'était rendue à un autre département pour des examens quelconques.

C'est la mère qui poussa la porte qui s'ouvrait sur encore un autre segment de corridor. La petite se faufila rapidement. La mère, vraisemblablement surprise à la vue de cet homme à quelques pas d'eux qu'elle remarquait pour la première fois, sursauta quelque peu. Elle se ressaisit et retint poliment la porte pour permettre à Bill de pénétrer dans la salle des consultations externes. Il la remercia timidement.

Ici, l'atmosphère avait changé radicalement. Superbement décorées par des centaines de bricolages colorés, une salle de jeu et une salle d'attente inanimées longeaient le corridor. De nombreux jeux bien rangés sur de courtes tables entourées de chaises miniatures attendaient une clientèle pure et innocente qui l'inonderait dès lundi matin. Une section de mur était tapissée d'une multitude de photos d'enfants souriants qui semblaient faire un pied de nez au cancer. Malgré qu'elle fût déserte, Bill aurait juré ressentir qu'une énergie vitale émanait de cette pièce. Une énergie d'espoir et de détermination infaillible. Aucun enfant qui avait mis le pied ici n'avait baissé les bras. Tous, peu importait le résultat, combattaient dignement et avec acharnement.

La petite, qui s'était mise à se tortiller impatiemment, supplia sa mère pour se rendre à la toilette immédiatement.

— Chérie, on arrive. L'ascenseur est là-bas, ajouta-t-elle en pointant vers la gauche, au bout du corridor. Nous serons à ta chambre dans moins d'une minute.

— Je ne peux plus attendre. Ça fait depuis qu'on a quitté pour les tests que j'ai envie. Et puis, le docteur Bordeaux a dit qu'on n'avait plus besoin de mesurer les pipis.

— Bon, d'accord. Suis-moi.

Le couple bifurqua à gauche du comptoir de réception abandonné et disparut dans un corridor courbé. Bill resta seul avec deux énormes ours en peluche muselés de masques chirurgicaux qui semblaient surveiller les va-et-vient des gens qui se dirigeaient vers les autres étages.

Bon. Eh bien, tu as entendu la dame, l'ascenseur est devant, à gauche. On y va.

Une autre pancarte suspendue au plafond offrait d'autres directives: «Unité d'oncologie: 2e. Unité de greffe de moelle osseuse: 3e. Salle d'aphérèse: 3e.»

Greffe de moelle osseuse! Salle d'a-phé-rè-se! Non, mais, ça ne prend pas de mieux. Cet enfant est sérieusement malade!

Bill resta une deuxième fois immobile, fixant un ourson en peluche droit dans ses yeux vitrés.

— Tu as raison, finit-il par dire à haute voix au jouet. Il est trop tard pour rebrousser chemin. Je dois aller au bout. Je *veux* aller au bout.

Arrivé devant l'ascenseur, il enfonça le bouton d'appel et, comme par enchantement, les portes s'ouvrirent immédiatement. Bill entra et appuya sur le chiffre trois. Les portes se refermèrent aussitôt. Il approchait de son but et la nervosité l'accablait de nouveau.

Peu de temps après, les portes s'ouvrirent sur le troisième étage de l'aile «V». Inquiet de rencontrer le personnel médical ou pire encore, de se croiser lui-même, Bill hésita d'abord et puis sortit décidément de l'ascenseur.

Ouf! Personne.

Devant lui, la rotonde exhibait un merveilleux décor hivernal, mais Bill n'en remarqua rien. L'accès vers la gauche était barré par une chaîne fixée en permanence. Il se déplaça craintivement vers la droite, observant et retenant le maximum de détails. Le corridor était désert et un silence lourd régnait. D'un côté, le salon des parents était interdit par une porte fermée, dans laquelle une étroite fenêtre permettait d'observer furtivement l'intérieur, ce que Bill fit. Il y avait d'abord une cuisinette bien rangée et, de l'autre côté, une grande pièce bien éclairée par une série de larges fenêtres et meublée de quelques divans, tables et chaises. Sur une table reposait un grand casse-tête inachevé. Il n'y avait personne.

Mais où sont les chambres?

C'est une autre enseigne qui vint informer l'espion de l'emplacement probable de celles-ci. Une large flèche rouge pointait vers l'unité de greffe et une mention en caractères gras ajoutait: «personnel autorisé seulement». Pour la troisième fois depuis son arrivée au centre de cancérologie, il se buta à des portes closes. Il ne fut guère soulagé par la présence d'une autre enseigne, lui dictant cette fois les «règles de vie».

Puisqu'il n'y avait personne et qu'il ne savait plus tellement quoi faire, il lut attentivement. Cette unité de l'hôpital était une unité à circulation réduite, où seulement le personnel autorisé pouvait se déplacer. Les visiteurs devaient se présenter au poste d'infirmières à leur arrivée et attendre qu'un membre du personnel les accueille. Seuls les visiteurs autorisés pouvaient visiter un enfant hospitalisé à l'unité et cette permission ne pouvait être accordée qu'après entente avec la famille et le personnel de l'unité.

Bill sentit son cœur sombrer. Bien qu'il fût sonné, il continua à lire distraitement.

Il était défendu de franchir les portes si le visiteur avait une infection des voies respiratoires, faisait de la fièvre, ou avait une douleur à la gorge. Il ne fallait pas non plus avoir d'herpès labial, des lésions cutanées, des boutons ou des rougeurs qui pourraient être d'origine infectieuse. Il ne fallait surtout pas entrer si l'intrus n'avait jamais eu la varicelle ou qu'il avait récemment été en contact avec une personne qui avait la varicelle ou un zona. Finalement, il fallait être âgé de plus de douze ans et il était interdit d'apporter fleurs, plantes ou nourriture à l'enfant.

Cette dernière phrase l'avait fait sursauter. Il fixa sa main refermée sur les tiges de ses fleurs épanouies et fut soudainement saisi d'une urgence d'agir. Craignant attirer l'attention, il enfonça immédiatement la gerbe dans la poubelle, installée directement en dessous de l'enseigne. Le couvercle bascula rapidement et rompit le silence par un vacarme strident. Embarrassé, Bill agrippa instantanément le couvercle à deux mains pour l'immobiliser.

Pour quelqu'un qui ne cherche pas à attirer d'attention, tu n'y vas pas de main morte!

Bill était perplexe. Il n'aurait pas cru qu'il aurait été si compliqué d'entrevoir sa future famille. Il avait imaginé un plancher ordinaire avec un corridor donnant accès à une série de chambres de chaque côté. Une aile d'hôpital où règne le chaos contrôlé d'un trafic constant de personnel, de patients et de parenté. Il avait prévu se donner un air d'habitué et désintéressé. Il se déplacerait, projetant un regard distrait vers les chambres, dans l'espérance d'observer à distance cette famille venue de très loin. Mais rien de cela ne serait possible.

Bill pesa ses choix. Il ne pouvait évidemment pas se rendre devant la chambre incognito. Faute d'un meilleur plan, il décida tout de même de faire quelque chose qu'il jugeait plutôt audacieux et se dirigea vers le salon des parents. Avec le roulement constant de nouveaux patients et de nouveaux parents dans cet établissement, il n'aurait quand même pas l'air suspect, seul dans le salon. De plus, avec ses vingt-sept ans, il aurait bien pu être parent d'un enfant hospitalisé.

Dans la cuisinette, l'air était imprégné de pain grillé et de café. Le journal du jour, qui avait été laissé par un proche pour l'usage des autres, était bien rangé sur l'une des trois tables rondes qui meublaient la pièce. Le comptoir était impeccable alors que, sur la cuisinière, un chaudron et une grande cuillère tachés de sauce tomate avaient été abandonnés par un parent qui avait probablement dû partir en toute urgence.

Bill fila au salon, amplement éclairé naturellement par un mur vitré qui le protégeait du décor glacial à l'extérieur. Quatre sofas avaient été placés pour le confort des bénéficiaires, qui devaient apprécier un peu de répit après leurs journées éprouvantes. Une porte, elle aussi vitrée, donnait accès à une terrasse enneigée, mais abondamment piétinée par des parents et du personnel qui, succombant à leur dépendance, se livraient au froid pour une touche de cigarette. Curieusement, Bill ne ressentait aucune envie de fumer. Un meuble mur-à-mur offrait, en guise de distraction, des revues, des livres, des casse-têtes et un très grand téléviseur.

Bill n'arrivait pas à supprimer la vive crainte qu'il éprouvait de se retrouver face à face avec son alter ego. Il n'y avait pourtant aucun risque apparent.

À moins que l'on tienne compte des films de science-fiction qui théorisent que deux mêmes corps, provenant de deux univers parallèles, s'anéantiraient mutuellement au moindre contact.

Le décor hivernal à l'extérieur et les quelques dessins aux images du temps des Fêtes qui avaient été laissés affichés ici et là sur les murs du salon lui ramenèrent à l'esprit le conte de Dickens *Chant de Noël*; peut-être craignait-il rencontrer l'esprit des Noëls à venir. À bien y penser, son futur contenait évidemment des infortunes dont il n'était plus tellement sûr de vouloir faire la connaissance.

Cherchant à maîtriser son trac, c'est sur le divan devant le téléviseur éteint que Bill se résolut finalement à s'asseoir. Fixant l'écran inanimé, il réfléchissait. Le plus simple aurait été de se rendre au poste des infirmières et demander à voir monsieur Plourde. Mais sous aucun prétexte n'aurait-il eu l'audace de procéder ainsi. Cette aventure était déjà suffisamment rocambolesque! Il avait besoin de se convaincre qu'il détenait au moins un certain contrôle sur les événements. Et c'est en recueillant le plus d'information au sujet de ce père venu de l'avenir qu'il y parviendrait. Il ne se dévoilerait qu'au moment opportun.

Il ne restait qu'une seule solution valable et c'était de se rapprocher le plus près possible des parents et de leur enfant, à leur insu, et de les épier.

Bill figea au grincement de la porte de la cuisinette. Quelqu'un était entré et se dirigeait vers le salon. C'est un infirmier en tenue d'hôpital qui apparut dans l'ouverture de la porte du salon. Affichant un sourire chaleureux en direction de Bill, il ouvrit la télévision, changea les canaux rapidement et haussa le volume à un niveau élevé, mais acceptable. Sans plus de cérémonie, l'infirmier s'assit sur le même divan que Bill.

Bill observa l'homme, qui semblait être dans les débuts de la trentaine. Il était grand et mince. Malgré sa barbe non rasée et ses cheveux broussailleux, qui témoignaient qu'il venait de compléter deux quarts de travail de suite, il avait l'air très énergique et bavard. C'est d'ailleurs lui qui amorça la conversation :

— Salut.

— Bonjour, bredouilla Bill.

— Vous avez un enfant hospitalisé au deux ?

Le deuxième étage, tel que Bill l'avait noté quelques minutes auparavant, était réservé aux enfants en traitement pour un cancer qui doivent être hospitalisés.

— Non. C'est le neveu de ma blonde qui est en bas. J'y suis allé un peu, mais je dois admettre que je ne supporte pas très bien la vue d'enfants malades.

L'infirmier hocha son approbation.

— C'est quoi, son nom ?

— Pardon ?, répondit Bill, distrait.

— C'est quoi, le nom du neveu de votre blonde ? J'ai travaillé au deux la nuit dernière. Je le connais sûrement, ce garçon, ajouta l'infirmier, en se retournant pour être face à Bill.

Bill sentit ses oreilles rougir.

— Euh. Mathieu ? Maxime ? Alexandre ? Ah ! je suis terrible avec les prénoms, c'est un miracle si j'arrive à me souvenir du mien. Moi, c'est Bill, dit-il en tendant la main vers l'infirmier, dans l'espoir de changer le sujet, qui le plaçait sur un terrain glissant.

— Salut, Bill, moi, c'est Jérôme. Je suis infirmier.

Soudainement, se retournant vers la télévision, Jérôme interjeta :

— Bon, enfin, les nouvelles du sport. J'ai hâte de savoir si le Canadien a gagné hier.

Bien que Bill n'était pas un amateur assidu de hockey, il se plaisait à suivre les résultats d'une seule équipe : celle du Canadien de Montréal. C'était son équipe et celle de son père avant lui. Et chaque fois qu'il regardait des extraits à la télévision, il se souvenait des samedis soirs où, vers l'âge de sept ou huit ans, il s'installait sur le divan avec son père. Bien confortablement installé dans le petit nid formé à l'arrière des jambes du paternel, il s'endormait, bien malgré lui, sous les éclairages tamisés et les voix des annonceurs légendaires de « La soirée du hockey ».

— Huit à trois ! Ouf ! Ils ont mangé toute une raclée !

Cherchant à faire un peu de conversation, Bill ajouta :

— Roy n'était pas en grande forme, hier soir[3] !

Lorsque Jérôme jeta un œil incrédule sur lui, Bill réalisa qu'il venait de faire une bévue.

— Tu ne regardes pas le hockey, n'est-ce pas ? ajouta finalement Jérôme.

— Non. Pas vraiment, mentit Bill, réalisant qu'il ne connaissait rien au hockey de l'an deux mille. Je cherchais seulement à faire un peu de conversation.

Jérôme sourit.

— Patrick Roy a été échangé en 1995.

Et, secouant la tête comme s'il n'arrivait pas encore à l'accepter, il ajouta :

— Huit ans plus tard, le Canadien ne s'en est pas encore complètement remis.

Jérôme avait l'air de ces gens extrovertis qui adorent faire de la conversation, ne serait-ce que pour s'entendre parler. Bill,

---

3. Joueur professionnel de hockey sur glace de la Ligue Nationale de Hockey (LNH), Patrick Roy est considéré comme l'un des meilleurs gardiens de but de tous les temps. Il a pris sa retraite en 2003.

qui s'en était aperçu et qui voulait à tout prix changer de sujet de conversation, se risqua :

— Ça doit être exigeant émotionnellement, de travailler dans un endroit comme celui-ci.

Bill avait bien jugé, car l'infirmier, la phrase à peine terminée, s'était précipité sur le téléviseur et l'avait éteint. Il était ensuite revenu s'asseoir sur le divan, cette fois s'installant confortablement, la jambe croisée et le bras bien appuyé sur le dossier. Il avait soudainement pris un air grave et sérieux.

— Ce n'est pas toujours facile. Surtout sur l'étage de la greffe, nous avons beaucoup de responsabilités et il n'y a aucune place à l'erreur. J'ignore si tu le savais, mais il faut plusieurs mois d'expérience au deuxième pour être autorisé à travailler à l'unité de greffe. Et puis même là, ce ne sont pas tous les candidats qui sont acceptés. Ce n'est pas pour me vanter, là, mais les médecins m'attribuent le plus souvent les cas vraiment compliqués. C'est vrai que je suis exclusivement assigné à l'unité depuis près de deux ans, sauf bien sûr pour la nuit dernière, où l'on m'a supplié de remplacer en bas, alors c'est un peu normal qu'on me délègue plus de responsabilités.

Jérôme était triomphant. Il semblait s'impressionner lui-même par ses qualifications. Telle une vedette, il passait constamment ses longs doigts dans ses cheveux noirs.

Bien qu'il fût vantard, il avait tout de même l'air très brillant et compétent. Bill sentait que, s'il poursuivait sa piste, l'infirmier viendrait à lui donner suffisamment d'information pour en venir à un plan afin d'entrer dans cette fichue d'unité.

— J'ai lu les affiches, il y a quelques minutes. Y a-t-il des gens qui se rendent par mégarde jusqu'aux chambres de l'unité de greffe ? interrogea innocemment Bill.

— Oui, cela arrive, mais c'est très, très rare. Les gens voient les avertissements répétés et se rendent compte que l'accès est interdit.

— Et si quelqu'un voulait aller visiter un patient, il pourrait quand même s'y rendre, non ?

— Non. C'est impossible, il serait intercepté au poste des infirmières, assura Jérôme.

— Et si le poste était vacant ? Ça peut arriver qu'il n'y ait personne au poste, que tout le monde soit occupé.

Jérôme souriait, fier de pouvoir à nouveau impressionner son interlocuteur.

— Oui, c'est vrai. Mais s'il n'y a personne au poste, c'est que les infirmiers ou les infirmières sont auprès du patient et le visiteur non annoncé serait immédiatement intercepté dès qu'il tenterait d'entrer dans la chambre. Tu vois, à l'unité, chaque infirmier ne s'occupe que d'un seul patient. Si l'infirmier n'est pas au poste, c'est qu'il est au chevet de l'enfant.

Bill ne le laissa pas paraître, mais il était fortement déçu. Il était de toute évidence impossible de s'approcher de son alter ego et de son fils. Ses chances s'estompaient. Il n'entendait pratiquement plus Jérôme qui poursuivait son discours.

— La seule visite permise est celle inscrite sur la liste des six personnes que les parents doivent dresser à l'avance. Et en plus, il faut avoir l'autorisation des médecins la journée avant, au cas où l'état de l'enfant ne permettrait pas de retrouvailles. Non, tu vois, c'est très compliqué, pour entrer dans les chambres de l'unité, l'accès est très restreint. Tout le personnel de l'hôpital, doit subir une formation avant d'entrer dans les chambres, même les bénévoles.

Un mot avait ramené Bill à la réalité.

— Bénévoles ?

— Oui, même les bénévoles, assura Jérôme.

— Non, je veux dire, c'est quoi un bénévole ?

— C'est quelqu'un qui s'offre bénévolement à passer du temps avec les enfants malades pour leur tenir compagnie et les divertir un peu. Parfois, ça permet aux parents de se reposer quelques heures, aller dîner au resto, faire une promenade, des petites choses comme ça qui leur font énormément de bien. Tu ne peux pas imaginer comme c'est dur pour les parents de vivre le martyre pendant des jours en ligne.

Jérôme regarda sa montre et sursauta.

— Je dois partir. Enchanté d'avoir fait ta connaissance, conclut-il magistralement.

— Oui. Merci pour la jasette, ce fut très intéressant.

Il était inutile de rester là et Bill le savait. Les chances de finalement se voir étaient minces. Voilà plus d'une heure qu'il était au salon et aucun parent n'était venu se pointer. De toute façon, c'était l'enfant qui l'intriguait plus que tout, maintenant. Il éprouvait une envie de plus en plus forte de le rencontrer et de le connaître. Mais pour ce faire, il devrait se rendre à la chambre. Jérôme lui avait révélé une façon de faire, mais il ignorait complètement comment il devrait s'y prendre. Peut-être trouverait-il dans le confort de son appartement.

Bill se leva pour retourner chez lui. Lorsqu'il franchit le seuil qui menait à la cuisinette, un frisson glacé lui parcourut le dos et il sentit les poils lui hérisser sur la nuque. Dans la petite fenêtre de la porte qui menait au corridor, son alter ego était là, la figure pratiquement collée à la fenêtre. Il balayait le salon du regard et, ce faisant, semblait regarder à travers un Bill immobile. Alors qu'il ne semblait pas avoir trouvé celui ou celle qu'il recherchait, le Bill du futur libéra l'entrée et disparut.

Bill hésita et finalement se dirigea vers la porte et, sans l'ouvrir, regarda à son tour par la fenêtre, juste à temps pour voir une silhouette disparaître dans le corridor courbé qui menait à l'unité de greffe.

S'il avait été incrédule au départ, il ne l'était plus mainte-nant. Car cette fois, à quelques mètres de lui, il avait bien vu. Sa physionomie, ses traits et surtout ses yeux : un amalgame parfait de ceux de sa mère et ceux de son père. Ses iris, où la mer de l'Acadie et la terre de la République s'étaient magnifiquement mélangées en un brayon marron. Il n'y avait plus de doute. Cet homme, c'était lui : Bill, pour quelques amis intimes, Richard pour les autres.

Chapitre 11

1er et 2 février 1991

Bill se tenait la tête à deux mains. Lise réchauffait les siennes sur les parois de sa tasse de thé fumante. Les deux étaient assis autour de la table de cuisine depuis plus de deux heures. Bill avait raconté tous les détails de sa visite à l'hôpital à sa complice, qui avait savouré chaque phrase comme s'il s'agissait du meilleur récit qu'elle n'eût jamais entendu. Et c'était probablement le cas.

Il était tout près de vingt heures lorsque Bill soupira son découragement.

— C'est foutu, dit-il finalement, avec un air déboussolé. C'est impossible d'aller plus loin. Je ne pourrai jamais me rendre à la chambre, il y a des avertissements partout ! Je suis curieux, j'avoue, mais je n'ai aucune envie de communiquer avec la famille. La seule solution qu'il me reste est de me présenter comme bénévole, mais, ça, c'est impossible.

Lise l'observait, silencieuse. Elle lui accordait un peu d'intimité durant ses réflexions à haute voix. Bill resta muet pendant un certain laps de temps, toutefois les agitations nerveuses de ses jambes révélaient une certaine angoisse qu'il ne réussissait pas à masquer.

— Je voudrais le voir, avoua-t-il finalement.

— Voir qui ? interrogea Lise, qui ne suivait plus le fil de ses pensées.

Bill hésita, visiblement mal à l'aise.

— Voir l'enfant. Son enfant… Mon enfant, bredouilla-t-il finalement.

Lise était touchée. Bill révélait un côté de sa personne qu'elle n'avait jamais connu. Un homme moins sûr de lui, vulnérable, mais combien sympathique et authentique ! Soudainement ses yeux s'écarquillèrent.

— J'ai trouvé la façon de te rendre à la chambre ! dit-elle triomphalement.

— Comment ? demanda un Bill dubitatif.

Doublement contente devant le scepticisme apparent de son ami, Lise dévoila son astuce :

— Tu n'as qu'à suivre tes propres recommandations et t'infiltrer comme bénévole, lança-t-elle fièrement.

— Bien, voyons donc, un bénévole ! C'est un hôpital pour enfants ! Ils ne donneront pas un badge à un étranger, un homme par-dessus le marché, et le laisser libre dans l'établissement ! Avec tous les cas de pédophilie qui font constamment l'actualité, ils doivent sûrement faire des recherches sur chaque candidat. Tout ça doit prendre au moins quelques jours et ça, ma belle, c'est du temps que je n'ai pas, conclut Bill.

Lise ne semblait pas pour autant ébranlée.

— Tout ça, mon beau Bill, j'y avais déjà pensé. Il faut donc plutôt te trouver un badge, un sarrau, et, le tour est joué ; il ne te restera qu'à bien jouer la comédie.

— Non, mais, Lise, tu es tombée sur la tête ou quoi ? Ce n'est pas un film de James Bond. C'est la *vraie* vie ! s'exclama Bill.

Lise n'avait toujours pas effacé son sourire agaçant.

— Demain, mon cher, la vraie vie, comme tu l'appelles, se transforme en pièce de théâtre, dit-elle d'une voix impérieuse, en se levant d'un bond et se dirigeant vers sa chambre.

Elle s'arrêta brusquement devant l'ouverture de sa porte et se retourna pour ajouter :

— Je te laisse répéter et te mettre dans la peau de ton personnage. Demain, tu es Dave, le bénévole. Prépare tes astuces, visualise tous tes faits et gestes, le rôle d'une vie commence dès demain matin. Pas d'auditions pour toi, mon Bill, tu as littéralement été choisi, mon pote, ajouta-t-elle avec un clin d'œil malicieux. Bon, eh bien, va ! Moi, j'ai du travail à faire, fit-elle, levant la tête en toute extravagance avant de claquer la porte.

Bill avait frappé pour tenter d'en savoir plus sur son plan génial, mais il s'était buté à un mur au féminin.

— Fais ce que je t'ai dit et ne me dérange plus, je n'ai pas beaucoup de temps, tu sais.

Sachant qu'il valait mieux capituler, Bill s'était rendu à sa chambre et s'était laissé choir sur son lit, les deux bras ouverts en croix.

Comment pense-t-elle parvenir à extirper un badge et un sarrau d'un bénévole ? C'est sûr, il n'y a aucun doute, elle vient de sauter une coche. Il manque un peu d'huile dans l'engrenage. Comment peut-elle convaincre qui que ce soit de prêter sa carte d'identité d'hôpital ? Jamais elle n'y parviendra.

Bill demeura couché ainsi pendant près d'une heure à évaluer tous les scénarios imaginables que sa colocataire pourrait utiliser pour arriver à ses fins. Bien qu'il demeurait convaincu qu'elle n'y parviendrait pas, il décida néanmoins de tenter l'expérience de visualiser tous les détails de ce qu'il ferait s'il obtenait un accès à ce passeport. Habitué à se scénariser des intrigues imaginaires, il ne prit guère de temps à concevoir toutes sortes de scénarios les plus improbables les uns que les autres. Tellement plongé dans cet espionnage virtuel, il n'entendit pas la porte se fermer. Lise venait de quitter l'appartement.

Bill ouvrit immédiatement les yeux dès qu'il entendit Lise frapper fermement sur sa porte, qu'il avait laissée toute grande ouverte. Elle fit son entrée avant même qu'il ait pu répondre. Bill ne comprit pas sur le coup pourquoi elle avait les cheveux ainsi en bataille et qu'elle ne portait que son éternel t-shirt noir délavé.

— Voilà, annonça-t-elle d'un air triomphant, en tenant à bout de bras un sarrau blanc. Tu me promets deux choses, poursuivit-elle. De un, tu ne me poses pas de questions. De deux, tu ne fais pas une folle de moi. Ce qui veut dire que tu joues le rôle de façon impeccable. Tu t'appelles Dave et tu es bénévole. Il ne faut absolument pas que tu éveilles de soupçons. Si quelqu'un te découvre, nous sommes tous foutus! Dave inclus.

— Qui est ce Dave? demanda Bill, qui s'apercevait pour la première fois qu'il était tout habillé sur un lit encore fait.

— Non, mais t'es sourd ou quoi? Deux petits règlements et tu ne peux même pas tenir.

Elle secoua la tête, désespérée.

Bill se leva du lit. Le soleil matinal illuminait radieusement la chambre. Il se passa une main sur le visage pour se réveiller un peu et tendit l'autre vers le sarrau. Lise le retira aussitôt, tendant le bras loin derrière elle.

— Tu dois promettre, protesta-t-elle.

— Merci, Lise, tu es formidable, dit Bill en souriant avant de l'embrasser sur la joue et de lui retirer le sarrau d'un coup sec. Tu sais bien que j'accepte tes conditions.

Satisfaite, Lise changea immédiatement d'humeur et prit aussitôt l'allure d'une adolescente dans un «pyjama party» qui n'en peut plus de retenir ses potins. Elle lui expliqua comment elle avait réussi l'exploit, ce qui ne fut pas sans impressionner Bill. Le plus étonnant était que l'homme avait cédé son accoutrement *volontiers,* sous promesse de le lui rendre dans quatre jours ; elle ne l'avait donc pas piqué.

Elle continua à lui révéler certains détails au sujet du bénévole. Dave Alpin était un collègue de cours à l'Université Concordia. C'était un charmant jeune homme calme et toujours attentionné. Il était un peu plus grand que Bill, mais de ses yeux bruns naissait un regard intense, qui n'était pas sans rappeler celui de son nouvel alter ego. Avec ses cheveux bruns courts, il était pratiquement un match parfait sur une photo d'à peine deux centimètres de haut.

Lise ignorait ce qui motivait Dave à donner généreusement ainsi de lui-même et à devenir du même coup une idole pour tous ceux qui avaient l'honneur de le connaître. Il avait un charisme fou, une assurance qui semblait inébranlable et surtout une bonté authentique et inaltérable. Dave était muni d'une énergie de toute vraisemblance inépuisable. En plus de ses études et de son travail à temps partiel dans une petite librairie de livres usagés et rares, il trouvait le temps de faire du bénévolat dans une maison refuge pour sans-abri et de distraire les enfants à l'hôpital Sainte-Justine.

— C'est pourquoi tu dois jouer le rôle à la perfection. Il ne faudrait surtout pas te faire prendre et ainsi ternir la réputation de ce gars extraordinaire, tu comprends ? supplia Lise.

Les yeux rivés sur l'icône de Dave et réalisant toute la responsabilité qui lui incombait, Bill hocha la tête. Satisfaite, Lise pointa la photo sur la carte.

— Regarde, dit-elle. Le pire, c'est qu'il te ressemble un peu. De toute façon, c'est pas bien grave : il n'y a personne qui les vérifie. Tu n'as qu'à bien jouer ton rôle et tout ira à merveille.

Elle était de toute évidence très fière d'elle. Bill aussi.

— Eh bien ! Bonne chance dans tes aventures ! Moi, je retourne me coucher. Je ne suis rentrée qu'à trois heures du matin et je suis épuisée. Tu me raconteras tout quand tu arriveras, fit-elle.

Elle pivota sur ses talons et disparut dans l'embouchure de la porte.

* * *

Debout devant les portes du centre de cancérologie Charles-Bruneau, Bill inspira profondément et laissa échapper une expi-ration nerveuse et saccadée. Il avait rangé son manteau et ses bottes dans un casier prévu pour les familles qui se rendaient à la clinique et avait enfilé ses espadrilles et le sarrau blanc de Dave. Son plan se déroulait comme prévu, sauf qu'il était déjà des milliers de fois plus nerveux qu'il l'avait imaginé. Alors qu'il traversait le premier ensemble de portes, il espérait que sa nervo-sité ne soit pas trop apparente.

C'est lorsqu'une autre série de portes l'emprisonnèrent à l'intérieur de l'ascenseur qu'il paniqua davantage. Il avait déjà vu et revu les prochaines étapes dans sa tête des dizaines de fois, mais là, comme parfois lors d'un examen universitaire important, saisie de panique, sa mémoire était devenue soudainement toute blanche comme la neige, dehors, maintenant pleinement visible par les fenêtres de la rotonde.

Comme s'il était soumis aux manœuvres d'un pilote automa-tique, Bill fut surpris de se voir se diriger vers l'unité de greffe d'un pas engagé.

— Attends une minute, prends ton temps, arrête un peu et révise ton plan, se souffla-t-il.

Écoute. Tu réussis bien sous pression, tu improvises facilement, c'est tout ou rien. Ne t'inquiète pas, tout ira bien. On y va !

Et vlan ! Il avait franchi la première série de portes de l'unité. Un corridor courbé en demi-cercle, au bout duquel était fixée une seconde série de portes, l'empêchait de voir ce qui l'attendait. Un membre du personnel, les yeux plongés dans un dossier, le croisa sans lui porter d'attention particulière, ce qui permit au nouveau bénévole de se détendre un peu.

Dès qu'il eut approché suffisamment pour voir à travers la petite fenêtre toute l'activité qui bourdonnait de l'autre côté, il fut de nouveau saisi de panique. Son alter ego intérieur, qui avait perçu le ralentissement de son pas, ajouta :

Tu es capable, mon Dave. Il est trop tard pour rebrousser chemin, tu es arrivé.

Comme s'il voyait la scène exécutée par un autre, Bill élança le bras vers l'avant et, vlan, la porte bascula et il pénétra de plein fouet dans l'enceinte de l'unité de greffe. Cependant, une fois à l'intérieur, à deux mètres du poste des infirmières, il figea. À droite, au moins dix personnes, assises autour de la table centrale devant des piles de dossiers et de rapports colorés, avaient toutes, sans exception, levé les yeux vers lui. Pendant ce qui avait semblé pour Bill une éternité, mais qui avait en effet duré à peine deux secondes, toute l'équipe avait épié le nouveau venu. Un silence glacial s'était étiré à perpétuité. Même cette voix intérieure intrépide, habituellement extrêmement trop bavarde, était restée muette.

— Je peux t'aider ? demanda une voix venue surprendre Bill à sa gauche.

Elle avait un sourire engageant et semblait très serviable. Toutefois, le fait de s'être ainsi interposée entre l'intrus et l'accès aux chambres n'était pas accidentel. Personne n'allait plus loin sans autorisation et ce jeune homme au badge réglementaire ne faisait pas exception.

Bien qu'il se sentait soulagé de constater que Jérôme ne se retrouvait pas parmi le personnel en poste, Bill était très nerveux. Ses mains et ses aisselles étaient maintenant complètement trempées. Toute la série de scénarios hypothétiques qu'il avait imaginés ne valait plus rien. Il devrait improviser. Il tenta de se réconforter à l'idée que jamais il n'avait été paralysé par la nervosité, qu'il avait une certaine aisance à s'exprimer devant une foule, mais cela ne réussit pas à le calmer pour autant.

Go!

— Bonjour, je suis Dave, étudiant à Concordia. Il semble qu'il y a plus de bénévoles qu'il y a de demandes aujourd'hui, alors je suis monté au cas où vous auriez besoin de quelqu'un, dit Bill, avec une assurance qui le surprit.

Nathalie le fixa dans les yeux, inspecta attentivement le badge.

— C'est la première fois que je te vois ici, Dave, dit-elle d'un air suspect.

— C'est ma première fois à l'unité, répondit honnêtement le bénévole avec assurance.

Bill sourit, mais avala difficilement.

La préposée sembla satisfaite.

— Si la directrice du centre des bénévoles t'a envoyé, c'est que tu réponds aux critères, je suppose. Écoulement nasal, varicelle, mal de gorge et le reste, tu as sûrement répondu au questionnaire.

Il ne s'agissait pas ici d'un raisonnement à haute voix, c'était plutôt une forme d'interrogation à laquelle elle attendait de toute évidence une réponse.

— J'ai même lu la pancarte devant l'entrée. Je te jure que je ne suis pas un risque pour tes patients, dit Bill, tentant un sourire charmeur.

Elle avait été, à vrai dire, un peu séduite par sa façon de désigner les enfants comme étant les siens. Nathalie l'épia une dernière fois.

— D'accord. Ne bouge pas.

Elle se retourna vers l'équipe médicale rassemblée autour de la table.

— Il y a quelqu'un qui a besoin d'un bénévole ce matin ?

— Non ! Surtout pas Jeffrey, le pauvre, il dort enfin et je le laisse dormir, dit une infirmière.

— Non, moi non plus, dit une autre, sans plus d'explications.

Un homme aux cheveux blanc se limita à faire non de la tête.

— Il y a peut-être Fannie. Les derniers jours ont été plutôt « rock'n roll », mais elle va enfin mieux, sa maman mériterait bien un peu de repos. Je lui offre, dit une infirmière, qui posa son stylo sur le dossier devant elle et qui disparut dans une antichambre au bout du corridor.

Rien n'allait comme prévu. Il n'avait pas prévu que la disposition de l'unité ferait en sorte que toute une armée serait constamment aux aguets.

Son cerveau roulait à des centaines, voire des milliers, de kilomètres à l'heure. Il en arriva à une analyse satisfaisante : il serait amplement plus facile d'observer la famille s'il était assigné à un autre enfant. Il pourrait observer, questionner et recueillir le plus de renseignements possible, bien dissimulé dans la chambre voisine. De toute façon, il se serait évanoui d'anxiété s'il avait fallu qu'il soit assigné à la chambre de ce Gabriel. Ce scénario, il ne l'avait jamais envisagé, pas même dans la sécurité de sa chambre, le soir précédent.

— Non merci, dit l'infirmière, qui venait de réapparaître dans le corridor. Elle attend la visite de son jeune frère et de son papa dans quelques minutes. Toute la famille sera réunie pour la première fois en six semaines !

Bill fut immédiatement soulagé. Bien qu'il ne transpirait pratiquement jamais, il sentait la sueur lui couler dans le dos et lui perler sur les tempes. La bouche aride, il n'avait maintenant plus qu'un but: s'évader de l'enfer qu'il s'était lui-même infligé.

Nathalie demeura pensive un instant. Juste au moment où Bill allait la remercier poliment et surtout lui annoncer promptement qu'il partait, elle prit un air militaire.

— Attends-moi ici, ordonna-t-elle.

Et elle disparut dans une antichambre. Bill leva les yeux vers la plaque au-dessus de la porte: 3V02.

3V02, 3V02… il me semble que ça me dit quelque chose, ça…

Il devint soudainement blême au point que son teint s'harmonisait maintenant parfaitement avec son sarrau. Ses jambes faillirent le lâcher. Bien sûr! Le 3V02, c'était la chambre de Gabriel, Gabriel Plourde.

La comédie a assez duré comme ça, on s'en va tout de suite! dit la voix qui avait l'habitude d'être téméraire.

Juste au moment où il allait se retourner et prendre ses jambes à son cou, un groupe de cinq personnes, que Bill assumait être des médecins, apparut derrière lui. Ils baragouinaient un enchaînement de jargon médical, qui, de par leur attitude, semblait être d'une importance capitale. Debout au milieu du corridor, Bill avait la certitude d'être rien de moins qu'un intrus encombrant. Avec l'arrivée de ce nouvel attroupement, il avait la nette impression qu'il n'aurait pas pu attirer plus de regards même s'il avait été nu comme un ver. En un instant, il avait planifié son évasion.

Je pivote vers la gauche, j'évite de regarder qui que ce soit dans les yeux, je me donne l'air de quelqu'un qui a oublié quelque chose et qui revient tout de suite et je décampe!

— Dave!

À trois. Un. Deux…

— DAVE!

Bill sursauta. Il venait de se souvenir que, Dave, c'était lui. Il tourna le regard et aperçut Nathalie qui lui faisait signe de la rejoindre. Le personnel à ses côtés, qui avait compris qu'elle s'adressait à lui et qu'il devrait s'avancer pour la rejoindre, avait instinctivement entamé son déplacement dans sa direction. Devant ce mur humain qui se refermait sur lui, par réflexe, Bill se surprit à rejoindre la préposée.

Avant même d'avoir pu réaliser ce qu'il se passait, il se retrouva tassé à l'intérieur de l'antichambre.

— Tiens, mets ce masque, ordonna Nathalie.

Et pendant qu'elle lui enfilait la jaquette jaune, elle lui expliqua la façon réglementaire de se laver les mains. Sans pause, elle lui enseigna les grandes lignes de ce qu'il ne devait pas faire une fois à l'intérieur de la chambre. Tout se déroulait très vite et Bill n'arrivait pas à croire que, dans quelques instants, il serait plongé dans sa famille du futur. Au lieu de s'y préparer psycho-logiquement, il cherchait encore à voir comment il aurait bien pu tout annuler et s'évader sans trop porter d'attention sur sa personne. Il ne trouvait rien.

Un bref coup d'œil dans le miroir au-dessus du lavabo avait suffi pour lui redonner un peu d'assurance. Avec tout son accoutrement, il était méconnaissable. Peut-être réussirait-il à tenir le coup, pensa-t-il.

Il est trop tard pour reculer, maintenant. Que Dieu nous vienne en aide!

— Je lui ai dit que tu connaissais bien les jeux vidéo. Il adore le Nintendo, dit Nathalie, tout en inspectant une dernière fois son bénévole.

— J'ai déjà joué un peu, admit Bill. Super Mario 2, ajouta-t-il, pour soutenir la conversation.

Il regretta aussitôt l'ajout, se souvenant de l'incident avec Jérôme, l'infirmier, lorsqu'il avait fait des commentaires maladroits sur le hockey des années quatre-vingt-dix. Super Mario 2 était certainement un jeu populaire… en 1989! Nathalie le regarda d'abord d'un air incrédule, pour ensuite éclater de rire.

— Elle est bonne! Super Mario! Tu es pas mal drôle, toi, mon Dave, tu vas bien plaire à notre Gabriel.

Elle enfila une paire de gants, remonta son masque sur son visage et lança sans plus de cérémonie:

— On y va!

Nathalie ouvrit la porte d'une main et propulsa Bill dans la chambre de l'autre. Il ne fallait pas laisser la porte ouverte trop longtemps: question de protéger son malade. À l'intérieur, un homme et un enfant étaient affairés devant l'ordinateur, aucun ne remarqua le bénévole pétrifié au beau milieu de la chambre.

Bill n'arrivait pas à le croire. La réalité était devenue de loin plus invraisemblable que tous les films de science-fiction qu'il avait visionnés. À peine deux mètres devant se tenait, en chair et en os, un clone de lui-même. Mis à part la coupe de cheveux, les tempes grisonnantes et la peau un peu plus ridée, l'homme qui se tenait debout devant lui, c'était lui.

Ça n'a pas de bon sens!

Richard embrassa son fils, lui promit de revenir dans tout au plus deux heures. Ensuite il se retourna brusquement pour observer attentivement le bénévole. Comme toujours, il se donnait le droit d'approuver le choix du candidat, un inconnu, avant de le laisser seul avec son fils.

Bill, conscient qu'on l'inspectait, ne put soutenir ce regard, bien qu'il l'avait vu des milliers de fois dans le miroir. Trop nerveux pour dire quoi que ce soit, il préféra se faire discret et prétendit observer le décor de la chambre.

Il faudrait lui parler. J'ai fait le saut d'une époque à une autre pour le rencontrer. Mais que pourrais-je lui dire ? Bonjour, c'est moi, c'est nous. Je suis venu comme ça aujourd'hui de ton passé pour te jaser un peu de notre avenir.

Richard s'approcha jusqu'à ce que seulement quelques centimètres séparent les deux hommes. Il s'arrêta et fixa le bénévole droit dans les yeux. Bill savait que, par son comportement, l'homme devant lui allait non seulement lui adresser la parole, mais qu'il ne bougerait pas d'un poil avant qu'il fasse contact visuel avec lui. À ce point-ci, Bill n'avait qu'un but : se trouver enfin seul avec l'enfant et récupérer un peu. Son estomac se contractait violemment, il craignait maintenant devoir bifurquer vers la toilette et vomir toute son anxiété. Convaincu qu'il n'y avait désormais qu'une seule façon de sortir de cette impasse, Bill osa finalement et plongea son regard dans celui de l'homme. Leurs yeux demeurèrent accrochés ainsi pendant ce que Bill jugea être d'interminables secondes.

— Bonjour, Dave. Si quelque chose ne va pas, tu sonnes l'infirmière immédiatement, d'accord ? dit enfin le père avec autorité.

Bill, encore cloué sur place, hocha la tête en approbation.

Satisfait, le père disparut dans l'antichambre. Dès que la préposée eut averti le bénévole qu'elle viendrait fréquemment vérifier si tout allait bien et qu'il ne devait pas hésiter pour sonner si son patient avait besoin de quoi que ce soit, elle caressa le petit Gabriel et disparut à son tour.

Bill ferma les yeux et prit une grande respiration. Encore un peu nauséeux, il ouvrit les paupières et se dirigea vers la chaise libre à côté du garçon, ravi de permettre à ses jambes, qui voulaient toujours capituler, de reprendre un peu de vigueur.

Quelques secondes avaient suffi pour qu'il se sente mieux. Le pire était passé, c'est du moins ce qu'il espérait.

Il n'en revenait pas. À vrai dire, il avait douté de toute cette histoire jusqu'à ce qu'il plonge dans le regard de cet homme qui venait de partir. Même si un masque couvrait la majorité de leurs visages, les yeux avaient suffi. Cet homme, c'était lui. Il n'y avait plus aucun doute dans son esprit. Il avait franchi la limite du temps et il se trouvait en ce moment les deux pieds plongés dans son futur. Bill tourna la tête en direction de l'enfant. Aussi incroyable que cela put paraître, le garçon devant lui serait un jour le sien. À moins qu'il en vienne à décider autrement.

Bien assis sur la berceuse, enveloppé d'une couverture en polar et manette à la main, Gabriel jouait à un jeu vidéo. Encore un peu timide, il n'avait pas osé s'adresser à son nouveau bénévole.

Comme ces personnes sans scrupule et impolies qui, sans égard à un comportement social convenable, regardent fixement tous les faits et gestes d'un étranger, Bill espionna l'enfant des pieds à la tête. La veille, dans la pénombre de sa chambre, il avait secrètement imaginé que le garçon lui ressemblerait ou tout au moins qu'il lui rappellerait cet enfant qu'il était sur les photos de famille. C'était loin d'être le cas. Il n'avait pas plus les traits de sa petite amie, Jocelyne. La seule vraisemblance qu'il lui trouvait était celle d'une image homogène de ces enfants malades et chauves qu'il voyait dans les téléthons. Sa figure enflée par les corticostéroïdes et ses tempes creusées par les broches de ses lunettes devenues trop petites lui donnaient la physionomie d'un trisomique. De plus, le trou béant, laissé par la perte de ses deux incisives, n'aidait pas à lui donner meilleure allure. Ce garçon ne ressemblait aucunement à ce bel enfant qu'il s'était imaginé. Déçu, toute l'anticipation de se rencontrer et de voir l'enfant qui serait un jour le sien avait disparu. Il se sentait alors condamné à divertir un inconnu, un enfant par-dessus le marché, pendant deux longues heures.

Il faut dire que Bill n'avait jamais été à l'aise en présence d'enfants. Malgré toutes ses tentatives, il ne réussissait jamais à se rendre intéressant. D'abord, étant de sexe masculin, on ne lui avait jamais proposé d'en assurer la garde. C'était, à cette époque, une affaire de filles. À l'adolescence, les bambins étaient une nuisance qu'il évitait à tout prix. N'eût été de la naissance de ses frères alors qu'il était un jeune adulte, il serait peut-être demeuré maladroit devant ces petits humains.

Bien qu'il savait que l'homme qui venait de partir était lui, il n'arrivait pas à croire que cet enfant était le sien. Il avait prévu être ébahi, ému aux larmes, dès qu'il entreverrait le garçon. Rien. Cet enfant était peut-être celui de l'homme, mais il n'était pas le sien.

— Tu veux jouer avec moi? demanda une petite voix envoûtante.

Bill sursauta. Il ne s'attendait pas à une voix aussi charmante de ce garçon défiguré.

— Euh. Oui, bien sûr, répondit le bénévole.

— Nathalie m'a dit que tu étais un expert, enchaîna Gabriel.

— Euh. Ouais. Eh bien, je dois t'avouer que je ne suis pas très bon. Je ne voulais pas mal paraître devant une jolie fille, avoua Bill, en faisant un clin d'œil nerveux au garçon, pas trop sûr qu'il en comprendrait le sens.

Gabriel avait souri. Il semblait heureux d'être digne des confidences d'un adulte.

L'enfant offrit une manette à son invité et lui expliqua comment il faudrait procéder dans le jeu qu'ils joueraient dans la minute. Bill scruta la manette, perplexe devant tous ces nombreux boutons et leviers. Il n'arrivait plus à suivre toutes les instructions du jeune. Gabriel, ayant compris que son nouvel ami était perdu, avait ajouté :

— Tu vas voir, ce n'est pas compliqué. Je vais jouer le premier, tu n'auras qu'à observer.

Un petit hérisson bleu à grosses espadrilles rouges apparut à l'écran. Gabriel actionna une séquence de boutons et le porc-épic miniature se mit à dévaler une glissade tortueuse, captant sur son chemin une série d'anneaux dorés.

Facile, pensa Bill.

Lorsqu'il eut terminé habilement sa descente, ce fut au tour de Bill.

— Tu pèses « A » pour sauter et tu contrôles avec le manche gris, rappela Gabriel.

Confiant, le bénévole entama la descente de son personnage. À peine trois secondes plus tard, le hérisson, rouge celui-ci, s'éjecta de la glissade et dut être héliporté à nouveau sur la piste. Gabriel avait souri. Une fois revenu sur la bonne voie et après quelques manœuvres périlleuses, Bill arriva enfin à contrôler grossièrement sa pelote d'épingles. Toutefois, malgré ses tentatives répétées, il ne réussissait pas à éviter les bombes rondes et noires qui minaient le trajet. À chaque explosion, les anneaux, récupérés de peine et de misère, fusaient partout. Et chaque fois, Gabriel éclatait d'un rire généreux. Si bien qu'à la fin du trajet, il riait à chaudes larmes, se serrant le ventre à deux mains pour contenir la douleur d'un rire trop abondant.

Forcé de reconnaître son inaptitude, Bill rigolait lui aussi. Lorsque la ligne d'arrivée fut enfin visible, Bill fut au moins réconforté de pouvoir finir avec les maigres six anneaux qu'il lui restait. Une fausse manœuvre à droite et il enfourcha encore une autre bombe et franchit, une seconde plus tard, la ligne d'arrivée les mains vides. C'était le comble. Plié en deux, Gabriel laissa échapper sa manette et, tentant de reprendre son souffle, s'étouffa avec sa salive. Il toussa violemment. Bill fut saisi de panique lorsque le visage de l'enfant tourna du rouge au bleu. Gabriel n'arrivait plus à reprendre son souffle. Un vacarme provenant de l'antichambre s'ajoutait à la cacophonie d'une pompe qui s'était mise à sonner.

Soudainement, Nathalie fit irruption dans la chambre et se précipita devant le malade, qui prenait enfin contrôle de sa quinte. Après quelques tentatives infructueuses, il réussit enfin à maintenir son sérieux et retenir son souffle jusqu'à ce que les spasmes disparaissent. Enfin en contrôle, il éclata de rire à nouveau, pointant du doigt le bénévole qui, maintenant, riait lui aussi. La préposée hocha la tête, mimant un désespoir envers ces deux enfants, et quitta la chambre en souriant.

— Tu peux jouer, je vais te regarder, dit Bill, en cédant sa manette.

Gabriel n'en demandait pas autant. Il adorait lorsque quelqu'un s'intéressait à lui et à ses prouesses aux jeux vidéo.

Bill comprit très tôt que les moments de répit n'étaient jamais de longue durée, à l'unité de greffe. À tout instant un membre du personnel arrivait dans la chambre. Tantôt pour laver le plancher et les comptoirs, tantôt pour prendre les signes vitaux de l'enfant, tantôt pour ajouter un nouveau médicament aux poteaux déjà suffisamment chargés. À d'autres moments, c'était au tour de la néphrologue d'analyser les données recueillies et évaluer le dosage des médicaments pour contrôler la tension artérielle. Ce spécialiste, aussitôt parti, était remplacé par un autre, l'infectiologue, qui venait ausculter l'enfant qui avait eu un pic de fièvre et dont il cherchait méticuleusement l'étiologie. Et ce, sans compter les huit fois où l'infirmière avait dû venir s'affairer aux pompes, dont les alarmes se déclenchaient sans raison apparente. Comme si cela ne suffisait pas, la préposée revenait fréquemment surveiller son malade. Une fois, elle en avait profité pour procéder à un changement de literie, tout en s'informant des compétences du nouveau bénévole dans les jeux vidéo.

Gabriel avait souri et répondu que l'homme n'avait pas mal réussi pour une première tentative.

— Il réussira mieux la prochaine fois, avait-il ajouté, pour réconforter son bénévole.

Impressionné par l'attention de l'enfant, Bill n'était pas moins étourdi devant le va-et-vient constant lorsqu'une nouvelle infirmière s'introduisit, seringue à la main.

— Bonjour, Gabriel, dit-elle d'une voix chantante. C'est l'heure de ton Neupogène.

— C'est moi qui le fais, insista aussitôt le garçon. Vous allez souvent trop vite et ça fait mal.

— D'accord, champion, avait ajouté l'infirmière en inspectant la seringue, s'assurant ainsi qu'elle ne contenait aucune bulle d'air.

Bill, ne comprenant rien à leur jargon, observa la bouche béante. Gabriel rangea d'abord sa manette et recula ses fesses pour s'asseoir plus droit. L'infirmière inspecta le pansement papillon installé sur sa cuisse. Satisfaite, elle frotta celui-ci d'un tampon imbibé d'alcool, inséra doucement l'aiguille dans l'orifice et céda la seringue à l'enfant. Le garçon plaça minutieusement les pouces sur l'anneau de retenue, et, les index sur le poussoir et sans plus de cérémonie, il poussa lentement, s'assurant de faire une pause à chaque marque noire sur le cylindre. Lorsqu'il ressentait la douleur s'irradier dans son muscle, il arrêtait quelques secondes et se massait la cuisse avec la paume de sa petite main. Il reprit la tâche sans se plaindre jusqu'à ce que le piston soit complètement vide. Il retira alors l'aiguille du réceptacle et, fièrement, présenta la seringue à l'infirmière, qui le félicita énergiquement.

Bill était époustouflé. Pratiquement toute la population avait une crainte viscérale innée à l'égard des injections, et cet enfant, sans même broncher, venait de se piquer lui-même.

Ce n'est pas normal, ça, pensa Bill. Il y a quelque chose d'absurde quand un enfant fait un geste pareil avec autant d'aisance.

— Qu'est-ce qu'on fait maintenant? demanda le garçon à son bénévole.

— C'est toi qui décides. Nous pouvons faire comme tu avais dit avant que la parade de médecin, d'infirmière, de préposés et de je ne sais quoi d'autre fasse la file dans la chambre. Je peux simplement te regarder jouer au Nintendo.

Gabriel pouffa encore d'un rire savoureux, comme seul un enfant en est capable. Un rire qui miroite toute la pureté, l'innocence et la candeur de l'enfance. Ces qualités que l'on masque dès l'adolescence au point, une fois adulte, de n'être plus conscient qu'elles existent toujours, ensevelies sous des rangs de rectitudes.

Le jeune patient identifia le jeu de son choix et amorça une partie. Bill fixait le téléviseur, complètement perdu. Il n'arrivait pas à suivre le rythme de l'action. Les gestes des personnages manœuvrés par le garçon semblaient complètement aléatoires et pourtant ils réussissaient sans erreur aucune à franchir toutes les étapes menant au « monde » suivant.

— Pourquoi es-tu entré par cette porte alors qu'il y en a trois autres? demanda Bill.

— La première, j'y suis déjà allé. Dans la pièce, il y avait un coffre contenant la carte qu'il me fallait pour terminer ce niveau. Pour entrer dans la troisième pièce, il faut le boomerang qui se trouve dans la chambre derrière la deuxième porte. Mais avant, je dois combattre cet ennemi-ci, expliqua l'enfant, avant d'assener à un personnage monstrueux de nombreux coups d'épée. Le monstre n'eut aucune chance.

Bill était complètement médusé. Cet enfant n'est rien de moins qu'un prodige, conclut-il. Au grand plaisir du garçon, le bénévole l'admira manipuler brillamment sa manette pendant de longues minutes sans se lasser du spectacle. Une fois, alors qu'il cherchait à observer les réactions faciales de l'enfant, dont le personnage se trouvait dans une situation particulièrement précaire, Bill se surprit à remarquer une certaine ressemblance avec une ancienne photo de lui à l'âge de six ans. Il ne réussissait pas à saisir si c'était ses yeux bruns au regard profond, la forme de sa bouche ou de son nez ou un mélange de certains traits, mais il y avait ce quelque chose auquel il accrochait.

Il plissa les yeux devant l'impossibilité de ressaisir la ressemblance qu'il avait notée. Trop tard; comme une image montrée trop brièvement, il n'arrivait plus à la voir. Il abandonna et continua à regarder l'écran devant lui, mais quelque chose venait de changer dans son attitude. Comme si, d'un simple clin d'œil, l'enfant l'avait apprivoisé un peu, comme s'il avait enfin ressenti qu'un lien les unissait.

C'est la préposée qui mit fin à sa contemplation en faisant irruption dans la chambre.

— Bonjour, mon beau Gabriel. Tes parents arrivent, je viens de les voir se diriger vers le salon des parents. Ils seront ici d'une minute à l'autre.

— Ah non! s'exclama l'enfant, qui trouvait que le temps avait passé beaucoup trop vite.

Bill se releva brusquement comme s'il avait été piqué. Il jeta un regard en direction de l'horloge. Il souhaitait à tout prix s'évader avant que les parents arrivent. Bien qu'il semblait maintenant à l'aise avec l'enfant, il ne se sentait pas prêt, pour autant, à faire de nouveau face aux parents.

— 11 h 38 déjà! Bon, eh bien, il faut que j'y aille de toute façon, Gabriel. J'ai des travaux à compléter cet après-midi.

— Tu peux revenir demain? supplia Gabriel, en se donnant une mine d'enfant défavorisé.

Bill consulta Nathalie du regard.

— Ça dépend de toi, Dave. S'il va bien et que les parents sont d'accord, je n'ai pas d'objection. Ce serait mieux en après-midi, je crois. Les parents ont parlé d'aller faire des achats, demain.

— C'est pour mon Gamecube, interrompit l'enfant fière-ment. J'étais censé en avoir un après mes traitements, mais mes parents ont dit qu'ils iraient demain après le dîner.

Nathalie s'assit près de son patient, lui caressa le dos douce-ment et ajouta :

— Tu es pas mal chanceux, Gabriel.

Elle leva le menton en direction de Bill.

— Alors, Dave, tu reviens demain vers deux heures ?

— D'accord. Je serai ici à deux heures pile. À demain, Gabriel.

— À demain, répondit l'enfant, qui savourait les caresses de son amie.

Dans l'antichambre, Bill retira son masque. Heureux de prendre enfin une bouffée d'air frais, il respira profondément. Il jeta ensuite sa jaquette jaune dans le bac à lessive et quitta l'unité rapidement. Sa crainte de rencontrer les parents s'avéra non fondée, ils devaient être dans le salon, dont Bill avait franchi la porte d'entrée à toute vitesse. Afin de s'échapper incognito, il gagna le rez-de-chaussée par les escaliers de la rotonde. Bien qu'il se sentait des milliers de fois moins nerveux qu'à son arrivée, il devait constamment contrôler sa pulsion de prendre ses jambes à son cou. Il avait hâte de sortir de cet établissement qui, plus il approchait de la sortie, semblait se refermer sur lui.

Le vent froid qui lui frappa le visage eut un effet tonifiant immédiat. Il était enfin libéré.

Il entama le retour d'un pas survolté. L'adrénaline semblant s'être fait sécréter à retardement, son cœur pompait bien au-delà de l'effort physique qu'il déployait.

Quelle aventure ! se dit-il, en se remémorant les points saillants.

Tu réalises que tu t'es engagé à retourner demain ? affirma cette voix intérieure qui n'était jamais loin.

C'était bien vrai, il s'était compromis à y retourner le lendemain. Tant pis. Le tout s'était déroulé relativement rondement. Toute cette expérience avait suscité beaucoup plus de peur qu'elle en avait mérité et un retour ne serait pas si pire que ça.

L'air frais de février alimentait sa réflexion. Il avait eu une chance peu commune de faire le saut dans le futur et de faire la rencontre de cet enfant qui était supposé être son propre fils en devenir. Avec un peu de recul, il était à vrai dire un peu déçu de cette rencontre. Il avait prévu être sonné d'un coup de foudre à sa première vue, mais il en avait été tout autrement. Cet enfant n'en était qu'un parmi tant d'autres et, mis à part une empathie normale, il ne ressentait plus d'attachement particulier envers lui.

Toutefois, il y avait eu ce bref instant où, à travers ses traits brouillés par l'effet secondaire des médicaments, il avait observé la ressemblance avec un jeune garçon du même âge qu'il avait vu de nombreuses fois sur une photo prise il y avait vingt ans. C'était une photo du jeune Bill, au regard piteux, intimidé par la session de photographie, mais sur laquelle tout le monde semblait se pâmer dès la première vue. « Qu'il est beau ! », disaient les tantes ! Bill n'y voyait qu'un enfant triste qui n'avait pas du tout eu envie de se faire photographier dans une humeur pareille. Paradoxalement, c'est cette photo qui lui était venue en mémoire lorsqu'il avait vu ce jeune malade. Peut-être parce que lui aussi aurait préféré être à des kilomètres de cette cellule que constituait sa chambre.

Bill traversa le chemin de la Côte-des-Neiges. Toujours fier d'avoir osé aller jusqu'au bout de ses ambitions, il contempla ce qu'il ferait le lendemain.

À chaque pas, son audace augmentait. À bien y penser, demain, il oserait même parler au père. Il y avait tant de questions qu'il pourrait lui poser sur son avenir. Était-il encore optométriste ou avait-il laissé cette profession pour le travail ambitieux dont il rêvait? À quelle étape étaient rendus tous ses mégaprojets qu'il se plaisait à imaginer? Avait-il voulu de cet enfant ou était-il un boulon qui pesait contre ses objectifs de carrière? Était-il vraiment heureux en amour ou était-ce un accommodement de circonstance? Et qui donc était la mère de cet enfant? Cette dernière question pesait soudainement plus que toutes les autres. Pour des raisons qui s'éclairciraient demain soir alors qu'elle serait en visite, il avait ses raisons de croire qu'il ne s'agissait pas de sa conjointe actuelle, Jocelyne.

Chapitre 12

Bill quitta l'appartement, la neige grinçant sous ses pas. Dans quelques minutes, il confronterait ce *lui* venu de l'avenir et exigerait des réponses à toutes ses questions. Il avait passé une bonne partie de la nuit à préparer sa stratégie. Il se sentait maintenant en mesure de contrôler sa nervosité et d'obtenir les explications souhaitées.

Il était même un peu étonné d'éprouver une certaine hâte de revoir l'enfant avec lequel il s'était déjà lié d'une certaine amitié.

Attention. Tu deviens responsable pour toujours de ce que tu as apprivoisé, c'est Saint-Exupéry qui l'a dit.

— Chut! dit-il, et la voix obéit.

La maladie de l'enfant n'avait pas été si pire qu'il l'avait imaginée. Mises à part les conditions bien loin d'idéales dans lesquelles il se retrouvait, l'enfant ne semblait tout de même pas si mal en point que ça. D'une certaine façon, il vivait une vie de pacha, avec ses jeux vidéo illimités, les repas servis à son chevet, une attention irréprochable de la part de toute l'équipe médicale et des bénévoles, en plus du fait qu'il recevait l'attention exclusive et prisée de ses deux parents.

Bien que ce jeu de rôle le rendait encore nerveux, il manifestait énormément plus d'assurance en se déplaçant dans l'hôpital et n'avait plus l'air suspect du tout. Son cœur se mit à manifester de nouveau sa crainte lorsqu'il franchit les dernières portes menant à l'unité de greffe. Il redoutait encore de se retrouver, au détour d'une porte, face à Jérôme, mais fut soulagé de ne le voir nulle part. L'équipe médicale avait dû se souvenir de lui, car, après un bref regard en sa direction, personne ne lui porta d'attention particulière.

Je me calme. Tout va bien.

Nathalie apparut dans la pièce, avec le même regard sceptique que le jour précédent.

— Salut, Dave, dit-elle sobrement. On ne pourra pas te reprocher de ne pas être ponctuel, ajouta-t-elle en pointant sa montre. Tu n'as qu'à aller dans l'antichambre, je te rejoins dans deux minutes. Attends-moi et surtout n'entre pas avant que je t'aie parlé.

Elle l'inspecta pendant quelques trop longues secondes et disparut ensuite dans une salle d'appareillages médicaux.

Bill sentit sa salive s'évaporer.

Qu'est-ce qui ne va pas? Elle sait quelque chose.

Il entra dans l'antichambre et entreprit tout de même de se laver les mains minutieusement tel que la préposée lui avait montré la veille. Il fut bientôt étonné par le silence qu'il y avait dans la pièce. Aucun son ne semblait provenir de la chambre. Pour mieux entendre, il retira ses mains de sous le robinet automatique qui s'arrêta immédiatement. Silence. Il tendit l'oreille en direction de la porte d'entrée. Rien.

C'est étrange.

Il sursauta brusquement lorsque Nathalie pénétra dans l'antichambre.

— Nerveux, ce matin, mon Dave? dit-elle en plissant les yeux de manière inquisitive.

— Non. Euh, un peu, corrigea-t-il. C'est qu'il n'y a aucun bruit dans la chambre. Il y a quelqu'un là-dedans?

— Oui, bien sûr. On ne quitte pas l'unité comme ça, dit-elle en claquant les doigts. Gabriel a eu une très mauvaise nuit suivie d'une matinée horrible.

Elle prit un air sévère.

— J'ai téléphoné au centre de bénévoles pour qu'ils te transmettent le message de ne pas venir aujourd'hui.

Bill sentit que ses jambes allaient céder.

— C'est bien Dave Alpin, ton nom? demanda-t-elle, prenant soin de bien articuler.

Je suis fait à l'os!

Il pouvait sentir le sang lui drainer le visage.

— Oui, bien sûr, dit-il en forçant un sourire. Pourquoi me demandes-tu ça?

— Figure-toi que le centre de bénévoles n'avait pas de registre indiquant que tu serais là aujourd'hui.

Bill chercha frénétiquement. Il trouva.

— Normal. Je n'avais pas prévu être ici aujourd'hui. Je me suis offert hier pour aider un peu, ensuite, j'ai quitté l'hôpital directement et j'ai oublié de le mentionner au bureau en bas.

Nathalie resta pensive.

— Ils n'ont pas de registre de ta visite d'hier non plus, dit-elle enfin.

Non, mais je vais m'évanouir si elle continue.

211

Bill hocha les épaules, se retourna et agrippa quelques papiers pour s'essuyer les mains, espérant que ce geste banal le revigorerait un peu.

— C'est probablement une erreur dans les registres. Du moins, je l'espère. Car je suis pas mal certain d'être venu ici hier et d'avoir passé quelques heures avec un garçon du nom de Gabriel. Si le relevé n'arrive pas à le confirmer, vaudrait mieux s'informer auprès de l'enfant pour savoir si j'étais bel et bien avec lui, conclut-il, en affichant, non sans effort, son plus beau sourire charmeur.

Nathalie éclata de rire.

— Non, mais tu croirais que de gérer une simple liste de bénévoles serait d'une extrême facilité… faut croire que c'est très compliqué, dit-elle, en exagérant sa réaction.

Bill se mit à rire lui aussi, soulagé d'avoir pu se sortir de cette fâcheuse situation.

— J'ai bien pensé que c'était une erreur de leur part. On pourra justement régler tout ça tantôt, la coordonnatrice des bénévoles doit passer au poste cet après-midi avec ses listes. Comme tu le sais, c'est une directrice rigoureuse, qui mène le département d'une main de fer avec des gants de velours. Elle prend très au sérieux tout écart dans les procédures. Elle tient à tout prix à ce que « ses » enfants, comme elle les appelle, soient en sécurité avec les bénévoles. Tu sais, des charlatans et des prédateurs, il y en a partout. Je plains le pauvre qui oserait s'infiltrer ici, au mieux, c'est la prison c'est sûr.

Bill riait, même s'il avait nettement plus envie de pleurer. Il avait plus que jamais envie de s'enfuir.

Trop tard pour rebrousser chemin. Je dois tenter le tout pour le tout et au moins lui parler.

Il regagnait peu à peu sa confiance. Malgré le fait qu'il était encore sonné par cette dernière nouvelle qu'une contrôleuse invétérée le pourchassait, il se préparait mentalement à affronter ce Richard auquel il avait tant de questions à poser. Ensuite, il trouverait bien une façon de s'esquiver avant l'arrivée de la dictatrice.

La préposée lui tendit un masque et une jaquette.

— Gabriel dort. Il a vomi toute la nuit et sa diarrhée a recommencé. Quelques mucosites sont réapparues et lui font un mal atroce dans les deux extrémités, si tu comprends ce que je veux dire, et les médicaments ne semblent pas arriver à calmer sa douleur. Comme si cela ne suffisait pas, sa pression sanguine ne répond plus aux médicaments. Les médecins ont ordonné une panoplie de cultures et de tests afin de prononcer un diagnostic et de trouver un traitement. Il a finalement réussi à s'endormir vers sept heures ce matin.

Les traits de la préposée mettaient en évidence toute l'inquiétude qu'elle éprouvait envers «son» patient.

— Ce n'est pas une mauvaise chose, finalement, que je n'ai pas réussi à te joindre. Les parents sont vidés. La petite sortie qu'ils avaient prévue leur fera du bien. Ils doivent aller acheter un cadeau que Gabriel attend avec impatience. Peut-être cela lui redonnera-t-il un peu de vigueur. Je les ai donc convaincus de sortir quelques heures. Toi, tu resteras au pied du lit et tu l'observeras méticuleusement. S'il se réveille, si quoi que ce soit ne tourne pas rond, tu sonnes! Compris!

— Oui, bien sûr, affirma Bill.

Je sais que c'est très mal placé dans les circonstances, son fils est très malade et tout, mais je dois lui parler. Je ne peux rater une occasion pareille. Un, deux, trois… j'y vais!

Bill allongea le bras pour pousser la porte qui, par surprise, s'ouvrit d'elle-même. Il fit de nouveau ce qui lui était devenu commun depuis quelques jours, il figea. Devant, avec ses cheveux beaucoup plus courts, le visage voilé par un masque, il la reconnut immédiatement. Ces yeux! Comment ne pas reconnaître ces prunelles toujours aussi radieuses pour lesquelles il avait succombé, il y avait à peine quelques mois.

C'était donc *elle*, la mère, pensa Bill, de nouveau mystifié. Il n'arrivait pas à le croire. Le plus déconcertant était que la jeune Jocelyne était en ce même instant dans son automobile, sur l'autoroute vingt en direction de Montréal. Dans quelques heures, elle arriverait chez lui. Et pour des raisons qu'il tenait secrètes, il était persuadé que la mère en aurait été une autre.

Bill scruta la chambre à la recherche de son alter ego, il n'était pas là. La femme devant lui l'observait méticuleusement sans dire un mot. Soudainement, elle plissa les yeux.

— Il me semble que tes yeux me disent quelque chose, affirma-t-elle. On s'est déjà rencontrés?

— Euh, non, mentit Bill. J'ai rencontré votre conjoint hier, mais vous n'y étiez pas.

Le malaise de Bill croissait sous le regard de plus en plus probant de cette femme. Il avait une peur bleue qu'elle le reconnaisse. Il n'avait vraiment pas envie de s'expliquer, surtout pas à elle. Plus que jamais, c'est de Richard qu'il voulait des éclaircissements.

Jocelyne haussa les épaules avant de contourner le bénévole.

— Tes traits me rappellent quelqu'un, mais je n'arrive pas à mettre le doigt dessus. Bof, c'est pas bien grave... Dave, c'est Dave, n'est-ce pas?

De peur qu'à la longue elle vienne à reconnaître sa voix, Bill se limita à lui faire signe que oui. Elle le fixa de nouveau profondément dans les yeux.

— Avec la nuit qu'il vient de passer, je n'ai pas vraiment envie de le laisser, mais il dort et le pauvre attend sa console de jeux avec impatience depuis des semaines. Nous serons de retour dans deux heures au maximum.

Elle s'adressa ensuite à la préposée:

— Nathalie, tu as notre numéro de cellulaire, s'il nous demande, tu m'appelles immédiatement, d'accord?

La préposée promit de lui téléphoner si quelque chose ne tournait pas rond. Hésitante, mais rassurée, la mère quitta l'antichambre et disparut dans le corridor courbé.

Bill repéra la chaise berçante et s'y laissa choir. Bien installé, il observa l'enfant au visage très blême qui dormait sous d'épais rangs de couvertures. Les pompes bourdonnaient et clignotaient continuellement. Toute la vie qui, la veille, débordait de ce garçon, ne semblait maintenant tenir qu'à un mince fil fragile. Le couvre-lit ne s'élevait que faiblement à chacune de ses respirations amorties et irrégulières. Bill s'en voulait d'avoir minimisé la dureté de la vie en hôpital, il se savait désormais très ignorant de cette pénible réalité.

Observant l'enfant qui dormait à quelques mètres de lui, il ne réussissait plus à voir la ressemblance qu'il avait notée le jour précédent. Ce garçon lui rappelait tous les autres qu'il avait vus dans les corridors de cet hôpital, rien de plus, rien de moins. Bill lança un grand soupir.

— Y a-t-il quelqu'un qui puisse me dire ce que je fous ici? murmura Bill. L'enfant, à moitié mort, dort profondément, j'ignore complètement si je pourrai parler à ce Richard avant que mon bourreau du centre des bénévoles arrive et Jocelyne, pour l'amour du ciel, pourquoi elle?

Faute de savoir quoi faire de mieux, Bill se mit à se bercer. Ce va-et-vient rassurant lui permit de se calmer un peu et de réfléchir sur ce qu'il devait faire face à ces nouveaux développements imprévus.

* * *

Richard achevait enfin de gratter le pare-brise de la fourgonnette, ensevelie sous une épaisse couche de neige, lorsque Jocelyne arriva. Ils s'installèrent dans le véhicule, évitant à tout prix de jeter un coup d'œil vers les banquettes arrière inhabituellement vides. Bien que toujours mal à l'aise de s'éloigner ainsi de leur fils malade, Richard embraya l'auto en direction du magasin à grande surface où il avait prévu récupérer la console de jeu.

— Je m'excuse si j'ai pris un peu trop de temps, dit Jocelyne. J'ai rencontré la mère de Fannie et elle m'a fait part des dernières nouvelles.

— Justement, comment va la petite ?

— Pas très bien, ajouta Jocelyne, en secouant la tête en signe de désespoir. Elle est au jour vingt-huit et toujours pas un seul globule blanc à l'horizon. Pire encore, elle a commencé à uriner du sang ce matin. Rajoute à cela le fait qu'elle n'a aucun système immunitaire pour se défendre si une infection urinaire banale surgissait… C'est atroce ! Semblerait que la petite fut horrifiée lorsqu'elle a vu tout ce sang dans la cuvette…

Le couple resta silencieux pendant quelques minutes, chacun perdu dans ses propres réflexions. Bien qu'ils évitaient de trop s'approcher des autres parents de peur de devenir émotionnellement attachés au sort des autres, un certain rapprochement était inévitable lorsque l'on côtoyait ces inconnus de façon quotidienne. Peu à peu, on apprenait à connaître la condition de leur enfant et, forcément, on en venait à s'informer de leur état à chaque rencontre. Chaque fois, on espérait de bonnes nouvelles, puisque les mauvaises faisaient craindre le pire pour son propre enfant.

L'automobile s'immobilisa à un feu de circulation. Jocelyne observa quelques piétons qui, de loin, ne semblaient pas éprouver le moindre souci.

— Je réalise plus que jamais qu'on ne doit pas juger. Celui-ci, dit-elle en mettant le doigt sur la fenêtre comme pour toucher le piéton qui attendait le feu vert, il a l'air bien ordinaire comme ça, mais, qui sait, il est peut-être rongé par des milliers de peurs, de craintes et d'épreuves. Peut-être garde-t-il un lourd secret qui l'érode un peu plus chaque jour.

Richard courba les épaules : le pic venait de lui assener un coup.

***

Plus le temps passait, plus Bill se sentait inutile et de trop. Une succession des membres du corps médical venait à intervalle ausculter l'enfant, qui semblait assommé. Parfois, il ouvrait à peine les yeux et marmonnait quelques objections et se rendormait aussitôt. C'était un grave contraste avec la journée précédente.

La situation s'aggravait chaque quart d'heure, la pression sanguine poursuivait sa montée fulgurante et la fièvre s'était maintenant mise de la partie. Bien que Bill ne l'ait pas cru possible, l'enfant avait blêmi davantage. Seuls deux minuscules cercles rouges sur ses joues causés par le pic de température lui donnaient un peu de couleur. Il avait de plus en plus l'air d'un fantôme.

Ce n'est qu'une heure après l'arrivée du bénévole que Gabriel montra soudainement un peu de vigueur. Bill se promenait lentement autour de la chambre pour passer le temps, inspectant au passage les affiches et les dessins sur les murs, lorsque tout à coup l'enfant hurla.

— Je vais vomir, dit-il en pleurant.

Pris de panique, Bill trouva enfin le bassin en acier inoxydable et le plaça sous le menton de l'enfant juste à temps pour recueillir le premier jet de liquide jaunâtre et gluant. L'enfant se convulsa douloureusement à quelques reprises, vomissant à peine un mince filet de bave. Un brouhaha s'échappa de l'antichambre quelques secondes à peine après que Bill eut poussé le bouton avertisseur.

Entre deux derniers spasmes de son estomac, Gabriel s'écria qu'il devait aller à la toilette.

— Vite! pleura l'enfant.

Impuissant, Bill observa à distance l'infirmière consoler l'enfant alors que ce dernier hurlait de douleur à chaque contraction de ses entrailles. Toute cette scène était insupportable.

— Pauvre enfant, chuchota-t-il. Si je pouvais faire quelque chose pour t'épargner ce calvaire, je le ferais volontiers, sans la moindre hésitation.

Une fois la crise terminée, Gabriel eut peine à se rendre à son lit, ses jambes tremblant violemment sous le poids de son corps menu. Il n'avait ni la force, ni le goût de jouer à un jeu vidéo, ce qui, dans son cas, n'était pas sans être inquiétant. Nathalie le borda et resta près de lui tout en lui caressant le dos tendrement.

— Écoute, dit-elle à Bill. Je crois qu'il est inutile pour toi de rester. Il doit se reposer. Tu peux y aller.

Soulagé, Bill accepta immédiatement. Il voulait à tout prix s'éloigner de cet endroit maudit.

— Non! marmonna l'enfant. Je veux qu'il reste! Il fit un effort pour se redresser sur son lit, mais n'y arriva pas.

— C'est correct, Gabriel, répondit la préposée, je vais rester avec toi jusqu'à ce que tes parents reviennent.

L'enfant hésita, mais accepta.

— Tu vas revenir demain, Dave? demanda le garçon.

— Non, pas demain, j'ai... j'ai des cours à l'université, esquiva Bill.

— Alors, tu reviendras après-demain? insista l'enfant.

— J'essaierai de revenir dès que je pourrai, mentit Bill, pour ne pas décevoir l'enfant. Bonne chance, champion. J'ai bien aimé faire ta connaissance, tu es un jeune homme très courageux.

Gabriel ouvrit les bras.

— Une colle! supplia-t-il.

Gêné, Bill hésita longtemps avant de s'approcher de ces bras tendus. Maladroitement, il entoura l'enfant et ne l'approcha que légèrement de sa poitrine. Le garçon s'agrippa aussitôt au cou de son bénévole et le serra fermement. Bill sentit la douceur de son crâne duveteux sur sa joue et de sa peau bouillante contre la sienne. Ne se sentant pas digne de cette affection, Bill se recula poliment. Gabriel, quant à lui, semblait rassasié.

— À bientôt, lança faiblement l'enfant, en se nichant près de la préposée.

— Adieu, Gabriel, répondit Bill avant de disparaître dans l'antichambre. Il n'avait pas eu le courage de contempler l'enfant une dernière fois.

* * *

Richard et Jocelyne avaient bifurqué dans des directions opposées, dans le magasin. L'un s'était dirigé vers le rayon de l'électronique récupérer la console de jeux vidéo tant attendue par leur fils alors que l'autre était partie à la recherche de livres et de jouets pour faire parvenir un présent à leur fille Isabelle, qui habitait constamment leurs pensées.

Chacun voulant retourner dès que possible au chevet de leur fils, ils avaient pris peu de temps pour se réunir devant les caisses avant.

— Regarde le beau lapin que j'ai trouvé pour Isabelle, dit Jocelyne, en présentant l'adorable peluche à son mari.

Pendant que la file de quelques clients avançait lentement vers la caisse, elle lui montra les autres articles qu'elle avait trouvés. Même s'il lui arrivait souvent de douter de ses choix lorsque venait le temps de faire l'achat d'un cadeau pour un être cher, cette fois elle était persuadée que sa sélection était parfaite. Elle inspecta une dernière fois le lapin de peluche pour éliminer toute possibilité d'imperfection et plongea enfin son regard dans les yeux de celui-ci. Une multitude de regrets et de questionnements l'envahirent aussitôt. Auraient-ils pu faire les choses autrement ? Sa fille était-elle heureuse malgré tout ? Cette séparation viendrait-elle lui causer des torts qu'elle prendrait une vie à réparer ?

Voilà déjà plus de deux semaines qu'elle n'avait vue sa fille et qu'elle ne lui avait parlé. Au milieu du tumulte causé par l'annonce de la rechute de son fils, aucune décision ne semblait la bonne. Chaque jugement était remis en cause. Nul ne l'était d'ailleurs plus que celui de ne pas téléphoner à Isabelle depuis leur arrivée à Montréal. Cette décision n'avait pas été réfléchie, mais s'était plutôt imposée subtilement d'elle-même. D'après les conversations avec sa mère, la petite semblait bien s'adapter à son séjour forcé chez ses grands-parents. Ils faisaient tout pour maintenir la petite heureuse et surtout distraite. Lorsqu'elle demandait sa mère, sa mamie lui expliquait que son frère n'était pas encore guéri et qu'elle arriverait dès qu'il irait mieux. Bien sûr, elle se faisait un devoir de l'assurer que ses parents et son frère s'ennuyaient d'elle et l'aimaient beaucoup.

Comme l'enfant semblait se porter plutôt bien, les parents avaient cru bon d'éviter de lui parler directement par téléphone, du moins jusqu'à ce qu'elle semble moins bien supporter l'éloignement. C'est ainsi qu'un ou deux jours s'étaient transformés en une et deux semaines. Plus le temps s'étirait, plus la mère se sentait coupable d'abandonner son enfant, plus elle doutait que sa décision soit la bonne. Aujourd'hui, après plus de trois semaines sans avoir parlé à sa fille, c'en était trop. Elle lui téléphonerait dès ce soir, coûte que coûte. Même si cela risquait de briser le cœur de la petite, au moins elle saurait qu'elle n'avait pas sombré dans l'oubli.

Le boîtier de vitesse rétrograda dans l'abrupte pente du chemin de la Côte-des-Neiges devant l'Hôpital général de Montréal, où quelques jours auparavant leur fils avait reçu ses doses de radiothérapie. Le couple était resté silencieux durant les dernières minutes. Un silence confortable et mutuellement bénéfique. La présence de l'autre suffisait.

— Je me demande si Gabriel dort toujours et s'il va mieux, dit enfin la mère.

— Je me demandais justement la même chose, répondit Richard.

Après une hésitation évidente, elle ajouta :

— As-tu su à propos du petit Jules ?

Richard ne répondit pas et se contenta de hocher la tête. Hier, un autre enfant de l'unité de greffe avait rendu l'âme. Le deuxième en autant de semaines. Ces événements tragiques n'étaient évidemment pas sans inquiéter les parents, surtout quand la condition de leur fils piquait du nez. Richard savait aussi que Mathieu, le fils d'Anne, qu'ils avaient rencontré à leur arrivée, ne prenait pas de mieux, à l'unité des soins intensifs. Il était encore branché sur un respirateur et recevait toujours des médicaments afin de le maintenir amorphe pendant que ses poumons tentaient de se remettre de l'infection qui les accablait. Mais cela, il avait choisi de ne pas le partager avec sa conjointe.

Il y avait aussi une autre chose qu'il n'avait pas dévoilée à la femme de sa vie, un secret qu'il cachait depuis des années et le pic, qui venait de lui assener un autre coup, en était témoin. Le suspens avait suffisamment duré, il se devait de lui avouer la vérité une fois pour toutes, coûte que coûte. Il y avait de ça quelques années, qui semblaient maintenant une vie, un jeune homme avait vu ce que l'avenir lui réservait. Et bien que ce destin sordide impliquait la femme innocente assise à ses côtés, il avait, sans le lui dire, choisi de faire naître un fils qui, il le savait, aurait à vivre un calvaire.

Il n'en pouvait plus de garder ce secret. Elle, plus que tout autre, méritait de connaître la vérité. Elle avait été une conjointe et une mère exemplaires, jamais ne lui avait-elle caché quoi que ce soit. Et lorsque leur fils était tombé malade, elle s'était présentée au front comme la plus brave des soldats et avait encaissé les coups avec force et courage.

Comment réagirait-elle lorsqu'elle apprendrait que son mari avait pu lui cacher une information à ce point prépondérante? Qu'il l'avait laissée ainsi, dans l'ombre de cette décision capitale? Comment cet homme, qui avait promis devant Dieu de lui être fidèle, avait-il pu lui mentir ainsi? Comment avait-il pu oser jouer à être Dieu? Arriverait-elle à lui pardonner un jour? Et même si elle y parvenait, comment pourrait-elle lui accorder de nouveau cette confiance sans laquelle un couple est voué à l'échec? Son mariage survivrait-il à un coup si terrible? Il n'en savait rien. Mais s'il y avait espoir que leur lien dure au lendemain de cette révélation, il fallait qu'il lui dise tout. Dans les prochaines heures, il se réfugierait dans un endroit isolé, loin des oreilles indiscrètes, et lui avouerait son secret, et le pic pourrait s'envoler une fois pour toutes, emportant peut-être avec lui l'engagement d'une vie. Le secret avait été tenu trop longtemps, elle méritait à présent la vérité, même si cela devait entraîner la perte de son mariage et de l'autre innocente victime: sa famille.

Chapitre 13

Entre les poutres imposantes du pont Champlain, au-dessus des eaux glaciales du fleuve Saint-Laurent, Montréal se révélait devant elle. Le soleil doré de fin d'après-midi reflétait sur les fenêtres des gratte-ciel et les faisait scintiller comme des pierres précieuses. Bien qu'elle y fût venue à quelques reprises déjà, elle ressentait toujours cette excitation de la petite fille qui arrive dans la grande ville. Quelques sceptiques dans son entourage l'avaient crue incapable de se débrouiller seule ainsi et lui avait plutôt recommandé de prendre l'autobus et d'être accueillie – pour ne pas dire secourue – par son homme. Elle avait fait fi de leurs conseils condescendants et avait franchi quelque cinq cents kilomètres *seule* dans *son* automobile, et, dans quelques instants, *elle* s'attaquerait aux autoroutes étroites et sinueuses qui la mène-raient à l'homme qu'*elle* avait choisi. Il faut dire que Jocelyne faisait preuve d'une assurance enviable dans ces situations et de cela, elle en était fière.

C'était la première fois qu'elle se rendait à l'appartement de son copain depuis qu'ils s'étaient rencontrés, il y avait déjà six mois et treize jours. Les autres fois, c'était lui qui était retourné à Edmundston pendant la semaine de relâche d'automne et le congé du temps des Fêtes. Aujourd'hui, c'est elle qui, en vacances, lui rendait la politesse. Son travail, qu'elle aimait et pour lequel elle démontrait un talent remarquable, même si elle n'avait jamais reçu de formation formelle, consistait à assister un orthodontiste avec ses traitements de bagues et de broches. Et lorsque le docteur partait en vacances, c'était toute l'équipe qui se devait de faire de même. Le patron avait opté pour une semaine sous la chaleur des îles Caïmans ; elle aussi en profiterait pour passer une semaine au chaud, blottie contre son amoureux.

Elle avait complété le trajet, guidée que par sa mémoire. Au téléphone, Bill lui avait longuement détaillé les directives et avait exigé qu'elle prenne des notes. Pour qu'il ne s'inquiète pas, elle lui avait fait croire qu'elle écrivait tout, mais, dans les faits, elle s'était limitée à visualiser le parcours.

Elle demeura sur la voie de gauche à la sortie du pont Champlain et suivit les signalisations l'amenant à l'autoroute 15. Une fois dépassée la rue Sherbrooke, elle se rangea immédiatement sur la voie de droite et entreprit de prendre la prochaine bretelle en direction du chemin de la Reine-Marie.

Après quelques rues bien comptées, elle bifurqua en direction de l'Oratoire Saint-Joseph. Un virage à gauche sur la rue Victoria, suivi d'un autre sur le boulevard Édouard-Montpetit, et le tour était joué. Elle savourait la victoire.

Comme prédit par son amoureux, les espaces de stationnement étaient inexistants devant le 4967. Tel qu'il lui avait dicté, elle tourna sur l'avenue Westbury et y trouva amplement d'endroits où garer sa voiture.

Elle ouvrit la portière arrière et saisit sa valise. À la fois excitée et nerveuse, elle entreprit la courte marche qui la conduisit devant l'édifice où logeait l'homme qu'elle était impatiente de retrouver. Dans le portique, elle sonna le sept. La serrure bourdonna après quelques secondes sans qu'on lui adresse la parole. Peut-être que l'interphone ne fonctionne pas, pensa-t-elle, en ouvrant rapidement la porte afin de ne pas rater l'occasion.

À chaque marche qu'elle grimpait, son cœur battait de plus en plus fort. Et lorsque la porte de l'appartement s'ouvrit, révélant son prince charmant, elle laissa tomber sa valise et se jeta dans ses bras. Elle souda ses lèvres aux siennes et, les yeux fermés, s'enivra de la douceur de son baiser et de l'odeur de sa peau.

Une fois à l'intérieur, elle ne pouvait s'empêcher de le fixer, admirant les traits de son visage et son regard profond. Elle avait beau chercher, elle ne lui trouvait aucun défaut. Chaque imperfection – l'angle de son nez, ses cheveux ébouriffés et sa barbe non rasée, pour ne nommer que celles-là – lui donnait plutôt du caractère et le rendait encore plus séduisant.

Il lui fit d'abord visiter l'appartement et lui présenta Lise, qu'elle connaissait déjà.

— Je m'en vais souper au centre-ville avec des amis, annonça la colocataire en s'enroulant une écharpe noire autour du cou et prenant soin de fouetter les franges derrière elle du revers de la main, telle une vedette. Je vous laisse l'appartement. Ne faites pas trop de bruit, je ne veux pas revenir ce soir avec un avis d'éviction de collé sur la porte, ajouta-t-elle, avant de pouffer d'un rire malicieux.

La visite s'était terminée à la chambre de Bill. Ce dernier en avait profité pour exhiber l'ampleur de ses travaux scolaires, que prouvait la hauteur des piles de manuels entassés sur la table de travail. Jocelyne, qui s'était assise sur le lit, lui avait lancé un sourire espiègle tout en caressant la douillette. Elle lui avait confié que le voyage l'avait fatiguée et qu'elle avait grande hâte de se coucher et de *dormir* un peu. Bill lui avait retourné un sourire complice, ça, elle l'avait bien vu. Mais qu'il ait dû fournir un effort, ça, elle ne s'en était pas aperçue.

— Si tu n'as pas d'objections, j'ai tout prévu pour ce soir, lança Bill, feignant un peu d'enthousiasme. D'abord, nous irons souper dans un petit restaurant grec tout près et ensuite, tradition oblige lorsque l'on accueille des vacanciers, nous irons visiter un attrait touristique de Montréal, en l'occurrence l'Oratoire Saint-Joseph du Mont-Royal.

Il avait expliqué que le restaurant et l'Oratoire étaient tout près. Ils pourraient tout faire à pied et ainsi prendre un peu d'air et passer une petite soirée tranquille. Ils arriveraient tôt, avait-il promis, et elle aurait enfin l'occasion de *dormir*.

Sur l'avenue Westbury, sous l'arche créée par les branches d'énormes érables, Jocelyne enlaça ses doigts entre ceux de son amoureux. Elle ressentait une liberté tonifiante de se promener ainsi avec l'homme de sa vie, un petit couple anonyme dans une gigantesque métropole. Elle jubilait. De tous les innombrables endroits dignes de visite dans cette ville, Bill avait choisi un emplacement religieux. Est-ce qu'il y avait anguille sous roche ? Oserait-il déjà la demander en mariage ? C'est bien trop vite, se raisonnait-elle. Mais le simple fait d'y penser l'excitait plus encore. Elle accepterait, c'est sûr ! T'es folle, s'accusa-t-elle, avant de s'arrêter subitement et de donner un ordre à son homme.

— Embrasse-moi !

Bill hésita, mais acquiesça.

Jocelyne serra son homme très fort et, enivrée par l'amour et le décor hivernal, s'exclama, en rigolant comme une adolescente :

— Nous sommes dans une carte de Noël !

Bill sourit poliment.

Paros était un petit restaurant grec convivial situé sur le chemin de la Reine-Marie, près de la bouche de métro Snowdon. Bill l'avait découvert inopinément alors que, se remettant enfin d'une violente gastroentérite, n'ayant absolument rien consommé depuis près de deux jours, il s'était surpris d'avoir soudainement le goût d'une épaisse sauce tzatziki qu'il n'avait consommée qu'une fois auparavant et qui l'avait alors laissé plutôt indifférent.

Il s'était rendu à ce resto, qu'il avait croisé de nombreuses fois sans jamais y mettre le pied, et avait commandé une assiettecombo de deux brochettes souvlakis servies sur un pain pita frais, avec un gros cornichon à l'aneth et une généreuse portion de cette sauce onctueuse. Il avait gobé le tout en quelques minutes, comme un Neandertal affamé. Dès lors, Paros était devenu sa découverte, son petit restaurant sympathique prisé.

Sauf pour les trois personnes, en pleine discussion amicale, assises à une table au fond, le restaurant était complètement vide. Bien qu'avertie, Jocelyne fut un peu surprise lorsque le couple franchit la porte d'entrée. Des scènes de la Grèce antique maladroitement peintes dans de fausses fenêtres simulées par des encadrements fixés aux murs, des luminaires déteints, des ameublements usés reposant sur un tapis dont la couleur originale ne pouvait être identifiée qu'entre les souillures formaient un décor qui avait dû être attrayant vingt ans plus tôt, mais qui avait maintenant l'air plutôt caduc. Jocelyne comprit alors pourquoi Bill lui avait recommandé d'aller à la salle de bain *avant* de sortir. Si le restaurant avait cette allure, elle n'avait pas envie de voir l'état des toilettes.

Ils furent aussitôt accueillis chaleureusement par le cuisinier-propriétaire au sourire large et franc, dont le front perlait sous la chaleur des plaques chauffantes. Il releva l'index, se retourna vers les gens assis à la seule table occupée et articula une phrase courte dans une langue étrangère puis revint à ses nouveaux clients.

— Hello! Minute, minute, dit-il d'un fort accent en gesticulant en direction de l'hôtesse.

Une femme, aux formes généreuses enveloppées dans une jolie chemise à motifs fleuris et une jupe bleu marine un peu trop serrée, se releva brusquement de sa chaise, quitta la tablée et se dirigea vers eux avec un ample sourire de gratitude. Sans quitter le couple des yeux, elle s'empara de deux menus et leur proposa de la suivre. Elle s'arrêta devant une petite table à l'avant du restaurant, devant une large fenêtre offrant une vue sur le va-et-vient du chemin de la Reine-Marie.

— Vous allez être bien ici. Je vais m'assurer que personne ne s'installe près de vous, dit la serveuse, en offrant un clin d'œil complice à Jocelyne.

Cette dernière inspectait toujours cet endroit qu'elle n'aurait pas choisi de prime abord. Devant le cuisinier, un comptoir vitré réfrigéré était chargé de plats bondés de tomates impeccables, de laitues et de concombres frais. D'énormes bols remplis de sauce tzatziki et des plateaux combles de brochettes marinées étaient coincés à chaque extrémité. Ils devaient être très occupés pour être stockés ainsi, conclut-elle.

Quelques minutes avaient suffi pour qu'elle soit imprégnée de cette atmosphère chaleureuse. L'air était rempli de magnifiques parfums épicés et le son des grillades, rôtissant sur le grill, se mariait magnifiquement avec la jolie musique ethnique.

— Finalement, je l'aime bien, ton restaurant, annonça Jocelyne en inondant son ami d'un regard amoureux.

— Je suis content que tu ne sois pas trop traumatisée, répondit Bill en souriant. Les gens ici sont tellement sympathiques que j'ai l'impression d'être chez de la parenté. Attends de goûter, tu seras renversée !

Elle avait inspecté le menu, qui offrait une variété de mets grecs, la plupart américanisés pour les palais québécois, et avait choisi son plat, le même que son amoureux : la traditionnelle assiette à deux brochettes souvlakis.

La serveuse arriva et prit la commande.

— C'est donc la même chose qu'à l'habitude, conclut la serveuse au teint foncé et au sourire contagieux avant de se retourner et de répéter, à haute voix, la commande au cuisinier.

— Je n'en reviens pas, déclara Bill. Je suis venu ici tout au plus trois fois et elle se souvient de moi !

Le cuisinier fit un clin d'œil à son épouse pour lui signifier qu'il avait compris et lui offrir, du même coup, un petit geste câlin.

En novembre 1966, un jeune couple avait traversé la moitié du globe pour s'installer au Canada, espérant connaître une vie meilleure et échapper aux nombreuses turbulences politiques et sociales qui s'accentuaient dans leur pays d'origine. Ils avaient apporté des valeurs qui les représentaient bien : l'honnêteté, l'authenticité, le respect et la gratitude. Sur ces quatre principes, ils avaient bâti un commerce qui avait fait plus que de leur permettre de gagner leur vie ; il leur avait permis de rencontrer des gens qui s'étaient transformés, au fil du temps, en amis fidèles. Comme on devient parent de l'enfant que l'on adopte, ils étaient devenus citoyens à part entière de leur pays d'accueil, contribuant à leur façon à l'essor de ce dernier. Ils s'étaient ainsi forgé un chez-soi et, en douceur, étaient devenus ce que d'autres appelleraient des Canadiens d'origine grecque, un mariage riche de deux cultures vivantes.

Un va-et-vient constant de clients qui venaient, à pas de course, récupérer leurs commandes pour emporter, animait le petit établissement. Le chef cuisinait allègrement, pinces à la main, saluant chacun comme s'il s'agissait d'un ami de longue date. Son épouse accueillait tous ces clients avec une amabilité peu commune. Et malgré la charge de travail, le chef ne ratait aucune occasion pour séduire son épouse en lui échangeant un regard étincelant et coquin. Elle répliquait, feignant l'insulte et l'exaspération, mais sa joie était apparente. Même après toutes ces années et toutes ces épreuves, elle l'aimait encore plus que jamais.

À une table devant la fenêtre avant, un couple discutait de tout et de rien. Ils étaient jeunes et semblaient avoir toute une vie devant eux.

— J'ai une question pour toi, proposa Bill, avec un peu d'hésitation.

— Vas-y! avança Jocelyne, osant espérer qu'elle porterait sur leur avenir.

— Est-ce que tu crois au destin?

Plusieurs tournures défilaient dans sa tête. Que nous étions destinés à nous rencontrer? Que tu es destiné à me demander en mariage dans quelques minutes devant le cœur du frère André? Que je suis destinée à être la mère de tes enfants? Elle frémissait.

— Tu peux être un peu plus spécifique? demanda-t-elle avec retenue.

Bill fixa la fourchette qu'il faisait tournoyer entre ses doigts. Il s'en voulait d'avoir fait basculer la discussion dans cette direction. Il ne voulait absolument pas révéler quoi que ce soit de l'aventure qu'il avait vécue, mais il se sentait dirigé par une volonté incontrôlable. La question avait été lancée. Il devrait composer avec celle-ci.

— Est-ce que tu crois que notre vie est déjà tracée? Qu'elle est écrite dans un grand livre divin et que nous ne faisons que suivre le scénario à la lettre?

Jocelyne fut saisie quelque peu par les intonations de Bill. Avait-elle noté une certaine froideur dans le timbre de sa voix? Non, c'était certainement son imagination.

Elle faisait montre d'une curiosité avivée lorsque les discussions convergeaient vers ces sujets énigmatiques. Elle aimait bien ces débats philosophiques qui l'emmenaient parfois sur des terrains inconnus.

Elle avait pris le temps de réfléchir à la question.

— Je crois que oui, en partie. Je pense que, lorsque nous naissons, la date de notre mort nous est déjà attribuée, mais que, pour le reste, nous sommes libres de nos choix tout au long de notre vie.

Bill réfléchit un instant avant d'ajouter :

— Il me semble que ça ne marche pas trop, ton affaire. Si tu es censé vivre jusqu'à quatre-vingts ans, mais que tu abuses de tout et que tu fais des choix qui minent ta santé, tu ne te rendras probablement pas à l'anniversaire inscrit dans le grand livre divin.

— D'accord, mais, si tu es censé mourir à quatre-vingts ans, c'est que tu feras probablement des choix de vie qui t'auront permis de te rendre à cet âge-là.

— Justement, alors tu auras suivi chapitre par chapitre le grand roman de ta vie. Tu auras suivi ta destinée.

— Oui, c'est vrai, dit-elle en souriant doucement. Je n'aime pas ce concept où nous ne serions que des marionnettes jouant à la lettre une pièce de théâtre écrite au moment de la création.

— Donc tu ne crois pas au destin, conclut Bill.

— Hmm. Alors, après mûre réflexion, annonça-t-elle triomphalement, en riant, je ne crois plus au destin. Je crois par contre que nous sommes guidés par une ou des entités qui nous veulent du bien, appelle-les Dieu, nos anges gardiens, peu importe.

Visiblement inspirée, elle poursuivit :

— Et je crois que cette entité nous envoie constamment des indices afin de nous guider et de nous aider à faire des choix judicieux. Parfois, il faut être attentif, car ces présages sont subtils alors que, d'autres fois, ils sont très évidents.

— C'est bien, balbutia Bill, surpris.

Il ne pouvait s'empêcher de croire que ce message provenait de l'au-delà et que, de plus, il lui était destiné.

Satisfaite, elle éleva son verre de cola à la hauteur de ses yeux, pour faire signe qu'elle avait terminé et que la balle était maintenant dans son camp.

Bill retourna son regard en direction de sa fourchette. Il semblait plus que jamais très loin, perdu dans ses pensées.

— Et toi, Bill. Tu en penses quoi, du destin?

Il y eut un long silence contemplatif avant qu'il réplique enfin.

Bill avait de toute évidence ruminé ce sujet depuis longtemps. Ses années universitaires lui avaient offert de nombreux éléments de réponse. Il lui expliqua qu'au dix-neuvième siècle, nombreux étaient ceux de la communauté scientifique qui croyaient au déterminisme. On pensait qu'avec des calculs savants, on viendrait à prévoir l'avenir. Il y avait un destin qui était incontournable et, avec le temps, on viendrait à percer ses secrets.

— Bien que le concept du destin m'avait bien servi pour expliquer certains événements de ma vie, j'avoue qu'à certains moments je me suis retrouvé dans une impasse. Tu as bien cerné la problématique, tantôt. Nous ne pouvons pas à la fois suivre une destinée et avoir la liberté de nos choix.

Il poursuivit en lui relatant que c'était dans un cours de physique moderne, qu'il avait suivi à l'Université de Moncton, qu'un professeur lui avait enseigné les principes de la mécanique quantique. C'est-à-dire les lois qui régissent les particules subatomiques, tels les électrons et les photons. Plusieurs expériences scientifiques à répercussions philosophiques avaient prouvé qu'à ce niveau, il était impossible de prédire l'avenir. Einstein était incrédule. Il avait lancé une phrase qui deviendrait célèbre: « *God does not play dice* », Dieu ne joue pas aux dés.

Toutefois, plusieurs études subséquentes en étaient arrivées aux mêmes conclusions: il semblerait qu'Einstein avait tort.

— Peut-être que ces découvertes sont venues ébranler la foi de certains, mais pour moi ce fut une révélation. La science prouvait le concept du libre arbitre. L'univers, dans les infimes petits éléments qui la composent, suivait une évolution imprévisible. J'en suis venu au constat que nous ne sommes pas des pantins sous un contrôle divin. Nous sommes des êtres complètement libres de nos choix, mais, par ricochet, victimes de ceux-ci.

Jocelyne était impressionnée par son analyse. Elle avait bien saisi l'explication, mais son esprit avait aussitôt divagué.

Comme il est beau lorsqu'il devient intense, pensa-t-elle. Son regard devenait profond et mystérieux et semblait cacher des secrets qu'elle prendrait volontiers une vie à découvrir.

— Tu peux me révéler ce qui t'amène tout à coup à parler du destin ? questionna-t-elle.

— Bof, je ne sais pas, mentit Bill. Parfois je me pose des questions. Par exemple : si nous étions informés de ce que l'avenir nous réserve, est-ce que nous choisirions de vivre notre vie différemment ?

— Puisque, comme nous venons de conclure, le destin n'existe pas, rien ne vaut se casser la tête avec des suppositions comme celle-là.

— Je comprends. Mais, supposons que tu sais ce que l'avenir te réserve et que ce n'est pas très gai. Tu pourrais donc faire des choix aujourd'hui et ainsi éviter ces malheurs… Le ferais-tu ? interrogea Bill.

— Bien sûr, affirma Jocelyne.

— C'est bien ce que je pensais ! s'exclama Bill. Je suis parfaitement d'accord avec toi.

Satisfait, Bill n'ajouta pas un mot de plus. Sa conjointe, pour sa part, était maintenant plutôt confuse. La conversation sur ce thème semblait terminée, pourtant elle ne comprenait toujours pas ce qui avait amené Bill à parler de ce concept du destin. Cette discussion en pièce détachée semblait suivre une suite logique ; toutefois, dans son ensemble, elle n'avait pas de sens. D'où pouvait bien venir la motivation de son amant et pourquoi semblait-il de plus en plus distant ?

Bill régla l'addition et laissa un généreux pourboire. À leur sortie du restaurant, le couple propriétaire leur adressa des remerciements chaleureux et les pria de revenir bientôt, ce que les deux clients promirent.

L'air frais leur chatouillait le nez lorsqu'ils entamèrent l'ascension du chemin de la Reine-Marie jusqu'à l'Oratoire. Encore sous l'incertitude de l'humeur de son homme, Jocelyne évita de s'imposer et se garda de se blottir contre lui. Elle espérait bien qu'il le remarque et qu'il fasse le premier geste de rapprochement, mais elle resta sur sa faim. Bien qu'il animait volontiers la conversation, Bill ne fit aucune tentative de lui enlacer le bras, ni même de lui prendre la main. Ce qu'elle ne fut pas sans trouver louche.

L'imposante silhouette de l'Oratoire Saint-Joseph était maintenant perceptible. C'était le fruit de la détermination et de la foi inébranlable du frère André. Coiffée de son gigantesque dôme, le plus grand au monde après celui de la basilique Saint-Pierre de Rome, cette structure s'érigeait fièrement sur le mont Royal. Depuis la première minuscule chapelle construite en 1904 jusqu'à l'Oratoire inaugurée en 1955, des millions de pèlerins étaient venus interpeller les grâces de saint Joseph ou lui rendre hommage pour faveurs obtenues. Le couple, qui s'était arrêté devant la statue du père de Jésus, se rangeait dans cette première catégorie. Chacun avait une invocation complètement différente de l'autre. L'un souhaitait que sa relation aboutisse à un long et heureux mariage qui inclurait, sans équivoque, la présence de quelques enfants, alors que l'autre voulait en être épargné. Restait à savoir quelle invocation serait exaucée.

Sentant que cela était attendu de lui, Bill enlaça enfin ses doigts entre ceux de sa conjointe, qui relâcha du coup un soupir de soulagement. Ils entamèrent une à une les deux cent quatre-vingt-trois marches qui les amèneraient au niveau de la basilique.

— J'ignore si c'est vrai, mais il paraît que Madonna aurait déjà grimpé une à une ces marches sur les genoux, dit Jocelyne, haletant sous l'effort exigé.

— Je n'ai jamais entendu ça. Je doute que ce soit vrai, ajouta Bill, un peu sec. Il me semble que les médias en auraient fait tout un plat.

— Je n'ai pas dit que c'était vrai, se défendit-elle, sur un ton blessé.

Bill s'en voulait de l'avoir vexée, mais ne s'en excusa pas pour autant.

Une fois à l'intérieur, ils se dirigèrent vers la crypte-église, désignée ainsi à cause de sa voûte supportée par des arcs surbaissés et sa position au pied de la basilique. Sur plusieurs bancs lustrés en bois de couleur acajou, des croyants priaient, la tête baissée devant une magnifique sculpture de marbre représentant saint Joseph avec, dans ses bras, l'enfant Jésus. De nombreux rayons d'or irradiaient de ces deux personnages et brillaient sous les éclairages du sanctuaire. Une énergie mystique semblait remplir la pièce. Malgré leur foi parfois chancelante, Bill et Jocelyne trempèrent le doigt dans le bénitier et se signèrent. Ils demeurèrent debout et silencieux à l'arrière, contemplant les nombreux décors religieux et les verrières impressionnantes. Ils se tenaient à nouveau par la main, chacun ignorant qui en avait été l'instigateur.

— Viens, chuchota Bill, qui était attiré par une forte odeur de cire chaude.

Ils traversèrent l'arrière de l'église et pénétrèrent dans la chapelle votive. Tous deux furent aussitôt saisis par l'imposante chaleur qui se dégageait de la pièce. La salle était doucement éclairée par des milliers de chandelles multicolores rangées dans d'énormes présentoirs. Pour chaque petite flamme qui vacillait, il y avait d'accroché le brin d'espoir que l'allumeur lui avait confié.

— Il y a dix mille lampions dans cette pièce, dit Bill, qui feuilletait le petit guide qu'il avait pris à l'entrée. C'est incroyable !

Il observait la scène la bouche entrouverte. Jocelyne lui secoua la main légèrement.

— Regarde ici, dit-elle en pointant en direction de centaines de cannes, de béquilles et d'autres objets divers suspendus entre les piliers de la chapelle. C'est impressionnant !

D'une bonté légendaire, le frère André avait accueilli quotidiennement, de son vivant, de nombreux malades et gens souffrants qu'il avait incités à prier saint Joseph. En peu de temps, plusieurs avaient témoigné que des faveurs divines leur avaient été accordées. Nombre d'entre eux avaient laissé derrière les dispositifs qui soutenaient leur handicap. Les ex-voto, tel qu'ils étaient appelés, empilés jusqu'au plafond élevé, témoignaient de la puissance et du mystère de la foi.

Bill était lui-même impressionné. Difficile de rester indifférent devant un étalement aussi impressionnant ! Malgré cette exhibition imputée, par les guéris, à leur intercession auprès de saint Joseph, Bill ne pouvait s'empêcher d'être empreint de scepticisme et de frustration. Comment pouvait bien opérer la Providence ? se demandait-il. Pourquoi tous ces gens, représentés par ces cannes et ces béquilles, avaient-ils été exaucés alors que les hôpitaux étaient bondés de malades laissés à leur sort ? Est-ce qu'il y avait des gens plus méritants que d'autres ? Y avait-il un quota divin de guérisons à respecter ? Bill ressentait à la fois une rage monter en lui et une honte d'oser questionner les intentions et les agissements de Dieu. Mais n'empêche qu'à quelques mètres de là, un enfant, son enfant, souffrait, comme des centaines d'autres, et aucun d'eux ne semblait disposé à arracher ses tubulures et venir les ajouter à ces objets divers suspendus dans cette chapelle.

D'où venait cette colère et pourquoi semblait-elle devenir incontrôlable ?

— J'aimerais que l'on allume un lampion ensemble, dit Jocelyne, un peu gênée. Tu veux ?

Bill balbutia un oui presque inaudible et le couple se dirigea vers une série de lampions rouges étalés devant encore une autre statue du saint Joseph qui les accueillait les bras ouverts. Jocelyne s'empara d'un petit bâtonnet de bois et demanda à son conjoint de mettre sa main sur la sienne, ce qu'il fit.

— Je ne suis pas très bonne pour faire des prières, je ne sais jamais quoi dire, chuchota-t-elle, tout à coup intimidée devant le geste qu'elle voulait poser.

Un peu agacé par ses tiraillements intérieurs, Bill se chargea de la situation.

— Seigneur, que ta volonté soit faite entre nous deux, dit-il tout simplement.

Jocelyne semblait très satisfaite de cette courte prière. De laisser libre cours à la volonté divine d'intervenir dans leur vie de couple ne pouvait qu'être bénéfique.

N'en pouvant plus de soutenir du regard les ex-voto, Bill proposa à sa conjointe de le suivre. Ils poursuivirent leur tournée, visitant, d'un pas lent, les différentes pièces de l'Oratoire. C'est en attaquant encore une autre série de marches les amenant à la basilique que Bill s'avança sur un terrain qu'il savait glissant.

— Si tu avais la chance de voir ton avenir et de savoir que tu aurais un jour un fils qui serait atteint d'un cancer, qu'il souffrirait et qu'en plus sa vie serait menacée, est-ce que tu choisirais de l'avoir ou non?

Étonnée que cette thématique revienne encore en avant-plan, Jocelyne réfléchit et répondit simplement:

— Je ne sais pas.

Visiblement irrité et incapable de contrôler tous les remous qui s'agitaient en lui, Bill ajouta:

— Comment ça, tu ne sais pas! Tu me disais tantôt, au souper, que, si tu savais que l'avenir te réservait des événements difficiles, tu ferais des choix pour les éviter.

— Oui, j'ai dit ça, mais là ce n'est pas pareil.

— Voyons donc! En quoi est-ce différent?

— Tantôt tu m'en parlais au sens large. Là tu me parles de *mon* enfant. Je ne suis pas certaine de ce que je ferais! De toute façon, il ne s'agit que d'une question hypothétique, il ne faut pas en faire tout un plat, trancha-t-elle.

Les remous se transformaient en tempêtes dans l'esprit de Bill. Sachant très bien qu'elle n'y était pour rien dans ses tourments, il ne pouvait s'empêcher de s'en prendre à une cible si facile.

— Tu veux me dire que tu accepterais de mettre au monde un enfant qui aurait à subir l'enfer uniquement pour satisfaire tes besoins d'être mère?

Bill grimaça. Elle ne méritait pas une telle attaque. Jocelyne, dont l'intuition féminine lui avait sonné l'alarme depuis déjà quelques minutes, garda son calme et ne se laissa pas intimider outre mesure.

— Je dis simplement que j'ignore quelle serait ma décision dans un cas loufoque comme ça. Qui te dit que d'éviter de concevoir cet enfant et d'en avoir un autre ne serait pas pire encore? De toute façon, je ne comprends pas pourquoi tu t'emportes ainsi pour une fantaisie comme celle-là!

— Bien, moi, je ne l'aurai pas, cet enfant! cria-t-il, en regardant vers le plafond comme s'il s'adressait à Dieu lui-même.

–Tu veux dire « l'aurait pas, cet enfant », pas « l'aurai », corrigea-t-elle.

Sa rectification irrita Bill davantage.

— Tu comprends ce que je veux dire!

— Mais qu'est-ce qui se passe avec toi? lança Jocelyne, crispée.

— Je ne peux pas croire que tu accepterais d'avoir un enfant en sachant qu'il deviendrait un jour sérieusement malade! dit-il sur un ton agacé.

— Bill! C'est une question hypothétique, pourquoi t'emportes-tu ainsi?

Quelques visiteurs leur lançaient des regards réprobateurs. Il y eut quelques secondes de silence avant qu'il ajoute plus calmement, sans pour autant oser la regarder dans les yeux :

— Peut-être que je réalise, là, que je ne te connais pas aussi bien que je croyais, dit-il, avant de pivoter sur ses talons et d'aller se réfugier à l'extérieur devant le grand portique.

Il s'en voulait de la faire souffrir ainsi et de lui assener des coups qu'elle ne méritait pas. Avec toute cette aventure dans le temps, il avait perdu tous ses repères. Il était complètement égaré. Toutes ses idées préconçues de la vie s'étaient fracassées contre le mur du temps. Maintenant, il n'était plus sûr de rien.

Il entendit la porte s'ouvrir derrière lui. Elle s'approcha sans dire un mot. À cette hauteur, on jouissait d'une vue splendide sur le nord-ouest de l'île de Montréal. À droite, un œil averti aurait pu remarquer un certain hôpital pour enfants. La scène, qui aurait dû être romantique, ne l'était pas. Il y eut trois minutes de silence qui parurent une éternité. Jocelyne tourna le dos à cette magnifique vue et s'appuya sur la balustrade afin de faire face à cet homme qu'elle ne comprenait plus.

— Est-ce que tu m'aimes, Bill? demanda-t-elle simplement, la voix tremblante.

Le silence inopportun révélait la réponse.

— Je ne sais plus, dit enfin Bill.

Plus confus que jamais, il n'avait pas détourné son regard du toit de l'hôpital Sainte-Justine.

Il y eut un autre silence pénible. Jocelyne mit tendrement sa main sur la joue de cet homme qui n'était peut-être plus le sien et lui tourna doucement la tête en sa direction. Elle avait les yeux rouges et vitrés, les larmes inondaient ses joues et ruisselaient aux bords de ses jeunes lèvres frémissantes. Elle le fixa droit dans les yeux, son regard rempli de tout l'amour qu'elle éprouvait pour lui.

— Quand tu sauras, tu me le diras, d'accord?

Elle lui déposa un baiser rempli de tendresse sur la commissure des lèvres et, sans dire un mot de plus, elle accourut vers les portes de l'Oratoire et s'éclipsa à l'intérieur.

— Merde! cria Bill.

Il s'en voulait de s'en prendre à elle ainsi. Elle n'y était pour rien, dans tous ces tourments qu'il vivait depuis quelques jours. S'il ne lui avait rien dévoilé de son aventure, il le comprenait maintenant, c'était parce qu'il n'était plus convaincu de l'aimer vraiment. Cette relation, qui s'était amorcée beaucoup trop rapidement à la suite de sa rupture avec son ex, allait beaucoup trop vite pour que son cœur puisse suivre. Il avait grandement besoin de plus de temps et d'espace. De plus, que dire de cet enfant souffrant qu'il n'osait plus mettre au monde? De laisser libre cours à cette rupture faisait d'une pierre deux coups: il se libérait d'une relation qu'il ne se sentait pas prêt à vivre et évitait une épreuve ardue pour lui et un enfant innocent.

Convaincue d'avoir enfin rencontré l'homme de sa vie, Jocelyne avait plongé cœur et âme dans cette relation. Elle avait cru que Bill lui donnerait de beaux enfants et qu'il serait un père exemplaire. Chaque soir, elle avait prévu se nicher contre lui. Avec Bill, elle ne craindrait pas l'effet du temps sur son corps, il deviendrait son vieux et elle sa vieille. Ils s'aimeraient alors comme seul un couple amoureux invétéré peut le faire. Mais là, elle avait honte de s'être laissé emporter aveuglément. Elle s'en voulait même de l'aimer autant. Elle aurait dû doser son amour au sien. Toutefois, quand il s'agissait d'amour, elle n'exerçait aucune retenue, elle s'abandonnait sans réserve et là, elle en payait le prix.

À l'intérieur, elle dévala les escaliers à toute vitesse, bousculant certains touristes sur son passage. Elle avançait tant bien que mal à travers sa vision brouillée par ses larmes. Les tableaux et les sculptures religieuses jetaient un regard de pitié en sa direction. Elle ignorait où elle finirait, elle arrêterait de courir lorsque la douleur céderait un peu.

Bill était resté immobile de longues minutes à fixer l'hôpital au loin. À travers la confusion qui régnait dans son esprit, son amertume avait fait place à de la pitié pour celle qu'il ne haïssait pas pour autant. Il s'en voulait de son manque flagrant d'affabilité. Bien qu'il n'était plus convaincu de son amour pour elle, il n'avait pas voulu la blesser. Il relâcha la rampe en cuivre, pivota sur ses talons et partit à la recherche de son invitée. Il lui balbutierait des excuses et tenterait de sauver la semaine. Il pénétra dans l'Oratoire, scrutant la pièce et les bouts de corridors pour une jeune femme en détresse. Il ne la voyait nulle part.

— Elle doit être en bas, à la chapelle votive, conclut Bill.

Il dut revenir sur ses pas à plusieurs reprises, remontant jusqu'à la basilique, inspectant tous les recoins pour se rendre à l'évidence qu'elle avait dû quitter l'Oratoire et se rendre seule à l'appartement.

Il décida enfin de retourner chez lui, chaque pas alourdi par la déception et les remords. À chaque coin de rue, il scrutait l'horizon à sa recherche, mais, chaque fois, c'était en vain. Lorsqu'il arriva enfin devant l'appartement, il s'immobilisa brusquement.

— Ah non! lança-t-il, découragé.

Craintif, il s'avança jusqu'à l'avenue Westbury. Ses doutes furent aussitôt confirmés.

— Merde! Merde! MERDE! s'écria-t-il.

L'emplacement où Jocelyne avait garé son automobile était vide. Des traces récentes de pneus dans la neige fraîche témoignaient qu'elle venait tout juste de partir, à peine quelques heures après son arrivée.

Pourquoi ressentait-il ce malaise? Il avait souhaité en finir avec cette femme et son vœu lui avait été accordé. Il avait prévu se sentir libéré, être allégé de ce fardeau qui lui pesait lourdement sur les épaules, mais c'était tout autre et cela ne faisait qu'ajouter à sa frustration. Il s'en voulait qu'elle lui manque déjà, de faiblir devant son pauvre petit ego blessé.

— L'ego devra s'y faire, trancha Bill.

Il pivota brusquement et enclencha, d'un pas décidé, le retour vers son appartement. Il regrettait d'avoir blessé Jocelyne, mais, plus que tout, il en voulait à la divinité de lui avoir fait subir cette aventure prémonitoire qui le dégoûtait. Il n'avait maintenant qu'un souhait: que la nuit apaise ses tourments et lui offre un peu de sérénité.

La nuit était venue, mais elle avait été accompagnée d'insomnie. Les agitations émotionnelles s'étaient poursuivies. Des images de cet enfant malade, de lui en père de famille et de la mère, en l'occurrence Jocelyne, se succédaient dans sa tête. Il en fut ainsi pendant des heures, lorsque, tout à coup, il se releva brusquement dans son lit. Une interrogation venait de prendre toute la place.

Était-il le premier à vivre cette aventure ou est-ce que ce Richard, à l'hôpital Sainte-Justine, avait vécu la même douze ans plus tôt?

— Non! Impossible, raisonna Bill.

Et si c'était vrai? dit cette voix intérieure.

Comment aurait-il pu en venir à choisir un destin pareil ? Il l'aurait fait par lâcheté, se dit Bill. Il ne devait pas avoir eu la témérité d'agir comme il le fallait. Ce ne serait pas son cas.

Plus le temps passait, et plus cette hypothèse le tenaillait. Richard avait-il sciemment conçu cet enfant ou n'était-il qu'une pauvre victime naïve ? Il n'y avait qu'une seule manière de le savoir. Il faudrait lui parler.

Intervenir comportait des risques, Bill le savait. Mais là, après une nuit entière de présomptions, d'extrapolations et de permutations diverses, plus aucune théorie ne semblait être la bonne. Fatigué d'hésiter, il avait décidé. Il jouerait le tout pour le tout. Dans quelques heures, coûte que coûte, il affronterait le seul qui pourrait enfin lui élucider tout cet épais mystère. Et il ne le quitterait pas d'une semelle avant que cet homme du futur lui fasse toute la lumière sur cette aventure maudite.

Chapitre 14

4 février 2003

Devant la promesse d'être enfin libéré, le pic était calme. Il n'y avait plus aucune issue. Le secret avait suffisamment duré. Pour que Gabriel puisse renaître d'une vie nouvelle, il fallait que son entourage soit complètement exorcisé de ses démons du passé. Richard avait accepté de se mettre à nu. Il s'accrochait à l'espoir que l'amour qu'il avait pour la femme de sa vie soit suffisant pour que son mariage résiste au choc que serait le dévoilement de son lourd secret. Mais il savait que rien n'était certain. Dans des moments d'épreuve extrême, telle celle qu'ils subissaient en ce moment dans cet hôpital de Montréal, il était impossible de prédire la réaction qu'aurait sa conjointe devant une tricherie pareille. Il avait joué à être Dieu, sans consulter celle qui en serait la plus affectée directement : la mère de ses enfants. Il en acceptait l'entière responsabilité. Il en assumerait toutes les conséquences. Et bien qu'il l'aimait en ce jour des centaines de fois plus qu'au jour de son mariage, il se soumettrait à sa sentence, sans broncher, quitte à perdre à jamais cet amour qui avait vu naître ses enfants.

Il était huit heures lorsque Richard jeta un dernier regard sur la petite chambre du Manoir qui leur avait servi de refuge depuis déjà près de trois semaines. Ce matin, il avait choisi de rester au lit plus longtemps qu'à l'habitude. Secrètement, il avait supplié la divinité de lui faire un signe approuvant le dévoilement du secret. Il n'en avait pas eu. Jocelyne était déjà partie rejoindre leur fils. Il était maintenant temps qu'il fasse de même.

Richard remarqua le chandail de laine, soigneusement placé au pied du lit et parfaitement plié, que Jocelyne avait elle-même confectionné le premier hiver où ils avaient emménagé ensemble. Il se préparait pour ses examens nationaux d'optométrie, dans la chambre d'ami, aménagée en salle d'étude, et elle tricotait devant le téléviseur. Un projet de longue haleine qu'elle avait plusieurs fois menacé d'abandonner. Elle avait toutefois persisté et le résultat avait été digne des revues spécialisées. Richard visualisa aussitôt une succession de scènes mémorables : toutes les fois où elle avait tempêté devant Timyne, qui s'amusait sans relâche à faire rouler la boule de laine sur toute la longueur du salon, toutes les fois où elle avait dû recompter ses mailles, car elle s'était laissé distraire par une émission de télévision quelconque et aussi les quelques fois où le chandail, en évolution, s'était fait écraser sous les passions amoureuses spontanées du jeune couple. C'est sur cette dernière scène que Richard ébaucha un mince sourire nostalgique et effleura lentement le chandail du bout des doigts.

— Elle mérite la vérité, dit-il à haute voix, avant de se retourner pour quitter la chambre.

Le ciel était d'un gris impénétrable. Comme c'est souvent le cas en plein hiver, un front chaud du sud apportait avec lui une lourde pluie qui, en s'abattant sur un Montréal congelé, se figeait aussitôt en verglas. La glace peignait dans la ville des toiles féeriques. Mais parfois, dans les contes de fées, l'un des protagonistes, selon toute vraisemblance attentionné et inoffensif, se révèle sous son vrai jour et laisse enfin paraître sa véritable personnalité accablante et destructrice. Sous le poids de la glace, d'énormes branches d'érables matures cédaient et s'écrasaient au sol. Il y avait des limites à ce que des arbres sains pouvaient supporter. Richard n'appréciait pas la symbolique que la météo lui lançait. Il accéléra le pas vers l'hôpital et, tel un trapéziste, il lutta, tant bien que mal, afin de maintenir l'équilibre sur le trottoir luisant.

Jocelyne était assise au chevet de leur fils et le caressait doucement lorsque Richard entra dans la chambre. Gabriel dormait.

— Il s'est endormi il y a quelques minutes à peine. Il n'a pas très bien dormi la nuit dernière, chuchota la mère.

Elle pointa vers l'avant-bras du garçon.

— Tu vois la petite tache plus foncée ici ? Il est possible que ce soit le début d'une GVH, une réaction de rejet de son corps par le nouveau sang. Les médecins ont ordonné un bilan hépatique afin de confirmer si c'est bien le cas. Ils nous aviseront des résultats cet après-midi. Imagine-toi que le docteur Bordeaux m'a dit de ne pas m'inquiéter — elle écarquilla les yeux pour mettre toute l'insistance sur la fin de sa phrase — tout de suite ! Il faudra donc attendre un peu avant de s'inquiéter, termina-t-elle, d'un ton sarcastique, échappant du même coup un petit rire nerveux.

Il l'aimait. Elle le complétait. Elle était forte quand il fléchissait. Elle était rassurante quand il aurait laissé place à la panique. Et quand c'était elle qui avait besoin de réconfort, elle faisait de lui un homme quand elle fondait en larmes, la tête bien appuyée sur sa poitrine.

Le pic assena un coup final.

Richard s'approcha du lit et fixa silencieusement ce garçon, son petit homme. Cet ange qui lui était parvenu du ciel. En un bref instant, son regard méditatif focalisa au-delà de ce crâne chauve, au-delà de sa mince peau fine et duveteuse, lorsqu'imprévisiblement toutes les formes sublimes du visage de son fils devinrent floues et s'entremêlèrent à une lumière à la fois pure et subtile. Pour un moment éphémère, Richard se sentit en présence d'une vision d'abord incompréhensible, et, tout à coup, une seule explication valable lui vint à l'idée. Richard cligna et tout avait disparu. Seule l'image claire de son fils restait.

Le signe avait été donné. Le ciel avait approuvé. Ému, Richard déposa aussitôt la main sur celle de son épouse qui caressait toujours leur fils.

— Jocelyne, j'ai quelque chose d'important à te dire. Je ne sais pas trop par où commencer, balbutia-t-il. Le commencement je suppose, ajouta-t-il, fixant un point quelconque sur le plancher. Ça va être long! Es-tu confortable? fit-il d'un ton comique, mais regrettant aussitôt de se servir de son charme humoristique dans un moment pareil.

— Richard... interrompit-elle d'une voix hésitante. Moi aussi j'ai quelque chose à te dire.

Il lui serra la main fermement.

— Non. Attends. Tu ne comprends pas. J'ai quelque chose de capital à t'annoncer. C'est grave. Je t'ai caché une vérité qui a eu des répercussions profondes sur nos vies, mais surtout sur la tienne. Je t'ai tenue dans l'obscurité pendant toutes ces années. J'espère que tu arriveras un jour à me pardonner. Mais je t'aime trop pour te maintenir dans l'ignorance. Je te prie d'être patiente et d'écouter une histoire invraisemblable, digne des meilleurs films d'Hollywood.

Il eut graduellement le courage de ramener son regard vers elle jusqu'à ce que leurs yeux se rencontrent.

Ce dont il n'avait pas la moindre idée était qu'elle aussi portait un secret tout aussi lourd. Une honte qu'elle ne lui avait jamais dévoilée. Elle avait péché contre leur amour, et, le voyant ainsi prêt à se mettre à nu, elle comprit que c'était le temps ou jamais de lui dire enfin. Sans en être complètement sûre, elle croyait en son pardon et ainsi à une vie nouvelle, cette fois sans mensonges, sans secrets.

Richard observa sa femme. Quelque chose avait changé dans son regard. Les jolies rides au coin de ses grands yeux bleus s'étaient adoucies. Ses pupilles brillaient comme le soleil sur la mer. Sous son masque, il devinait que les coins de sa bouche avaient doucement remonté pour former un doux sourire. Elle irradiait d'amour.

Sa réaction ne concordait pas avec les paroles qu'il venait de lui adresser et Richard fut aussitôt surpris d'être à ce point agacé par ce manque de cohérence.

— Non, mais tu m'entends ou quoi? J'ai fait pire que te tromper et tu me regardes avec autant d'amour qu'au jour de notre mariage.

Jocelyne retira sa main de sous celle de son conjoint et la plaça aussitôt au-dessus de cette dernière. Ne pouvant plus soutenir son regard, elle abaissa les yeux un moment pour refaire ses forces et, après quelques longues secondes de silence, elle ajouta:

— Mon mari, mon amour, tais-toi, dit-elle tendrement. C'est plutôt moi qui dois t'avouer un secret.

— Mais de quoi tu parles? interjeta Richard, qui ne comprenait plus rien.

Bien qu'il l'avait toujours crue fidèle, la seule chose terrible qui lui venait à l'esprit était qu'elle l'aurait trompé. Et puisque la plupart du temps l'adultère se commet avec un ami proche, Richard passa rapidement un à un tous ses copains masculins. Il n'eut guère le temps de se rendre loin dans son répertoire que Jocelyne le ramena à l'ordre.

— Bien, voyons! Tu sais bien que je ne t'ai jamais trompé. C'est toi que j'aime. Tu es mon mari, celui que j'épouserais encore aujourd'hui.

Elle avait toujours cette éternelle étincelle dans les yeux.

Ayant finalement eu le courage de tout avouer, Richard n'allait pas baisser les bras aussi facilement.

— Jocelyne, j'ai énormément besoin de partager quelque chose avec toi. Tu te souviens de notre altercation à l'Oratoire Saint-Joseph au début de notre relation?

— Bill, tais-toi et laisse-moi parler ! interrompit-elle, sa voix n'affichant pas pour autant le moindre signe d'agressivité.

Jamais elle ne l'avait appelée Bill, depuis cette altercation sur le balcon de l'Oratoire Saint-Joseph. Qu'elle choisisse de l'utiliser, douze ans plus tard, eut aussitôt l'effet désiré : Richard figea et la fixa d'un air perplexe.

Elle retira doucement sa main. Elle avait décidé qu'il valait mieux ne pas s'imposer ainsi et lui accorder un peu de distance.

Richard la suivait du regard, intrigué. Depuis qu'elle avait retiré sa main, et même si elle était demeurée au même endroit sur le lit, il aurait dit qu'un gouffre les séparait. Un vide s'était sournoisement installé et Richard savait que les secrets qu'ils se dévoileraient dans les prochaines minutes altéreraient pour toujours le cours d'une relation qui était devenue le centre de sa vie. Seul leur fils endormi entre eux offrait un espoir que le bateau résiste à la tempête.

Jocelyne toussota avant de débiter son histoire.

— Tout a commencé à l'Oratoire. Je n'arrivais pas à comprendre pourquoi tu t'emportais ainsi sur une question hypothétique aussi farfelue. Je ne te reconnaissais plus. Lorsque je t'ai demandé si tu m'aimais et que tu n'as pas su dire oui, j'avais conclu que tout ce discours au sujet de mettre au monde ou non un enfant qui deviendrait un jour malade n'était que de la poudre aux yeux, la vérité étant que tu ne m'aimais plus. J'ai même cru que tu étais finalement tombé amoureux de Lise et que tu n'avais pas le courage de rompre notre relation.

Il avait beau essayer de deviner où elle voulait en venir, Richard en était incapable.

— Moi, j'étais follement amoureuse de toi, mais ça n'aurait rien donné d'insister. J'ai fait la seule chose que j'ai pu et je t'ai suggéré de ne m'appeler seulement lorsque tu serais convaincu de ton amour pour moi. Et je suis partie, les jambes à mon cou.

Comme une hystérique, j'ai dévalé les innombrables marches de l'Oratoire en pleurant comme une enfant. La vue brouillée, j'ai bousculé quelques pèlerins sur mon passage. Personne n'osait répliquer, j'avais tellement l'air décontenancée. Au pied des escaliers extérieurs, j'ai hélé un taxi. Le chauffeur n'a pas questionné lorsque je lui ai donné ton adresse si près de là, il s'est limité à me fixer dans le rétroviseur, n'osant pas dire un mot. Moi, je pleurais bruyamment, j'étais convaincue d'avoir perdu à jamais l'homme de ma vie.

Elle l'informa qu'une fois à l'appartement, elle avait été envahie de rage. Elle avait aussitôt affronté la pauvre Lise, qui était bien perplexe de la voir arriver seule ainsi. Elle lui avait menti, lui disant qu'elle avait découvert leur mascarade et qu'elle savait qu'ils étaient amoureux ! Toutefois, Lise avait vite compris qu'elle lui tendait un piège et semblait déchiffrer autre chose que Jocelyne ne saisissait pas. « Tu ne comprends pas, ce n'est pas ce que tu penses ! » avait-elle tenté de la convaincre.

— Mais lorsque j'ai insisté pour qu'elle m'explique, elle a refusé. « Je ne peux pas briser ma promesse, Jocelyne. C'est Bill qui doit t'expliquer. C'est trop énorme et, de toute façon, ça ne me regarde pas. » Lise semblait tellement sincère que je ne savais plus quoi penser. Tout ce que je savais, c'est que tu n'étais plus certain de m'aimer et cela était suffisant pour que je déguerpisse.

Elle poursuivit sans laisser la chance à son mari d'intervenir, lui détaillant la suite des événements. Elle avait embarqué dans sa vieille Ford, tâté la banquette arrière pour agripper la boîte de mouchoirs, qu'elle avait placée sur le siège du passager, et avait pleuré jusqu'à Edmundston. Elle n'avait fait qu'un arrêt, à Drummondville, pour faire le plein et acheter deux autres boîtes de Kleenex, la première étant déjà vide à Saint-Hyacinthe. Elle se souvenait encore du pauvre préposé adolescent, le visage parsemé d'acné purulente, qui, en la voyant cernée jusqu'au menton, lui avait offert, très maladroitement, une écoute attentive.

Richard ouvrit la bouche, mais aucun son ne sortit.

— Laisse-moi finir, éclata immédiatement Jocelyne, qui se ravisa aussitôt, surprise de sa réaction exagérée, en ajoutant le plus doucement du monde : Je t'en prie, laisse-moi terminer.

Richard concéda.

— Les deux mois suivants n'avaient été ni plus ni moins qu'infernaux. Chaque jour, je fixais le téléphone dans l'espoir que tu m'appelles. Je t'imaginais seul dans ton appartement à t'ennuyer, à réaliser ton amour pour moi et à finalement prendre le téléphone et composer mon numéro. Je visualisais tes doigts agiles appuyer sur les touches une à une, composant le code qui te donnerait un accès inconditionnel à mon cœur. Je fixais ensuite mon téléphone, je frémissais d'impatience. Rien. La lueur de mon espoir s'étouffait un peu plus chaque fois que la sonnerie restait muette. Je vivais engourdie d'un espoir que tout mon entourage jugeait futile.

Ensuite, elle lui rappela qu'il était revenu en ville au mois d'avril. Alors qu'elle avait finalement réussi à l'ignorer, ce damné téléphone avait sonné. Une fois qu'elle s'était finalement faite à l'idée qu'elle devait tourner la page sur leur amour, le son envoûtant de sa voix l'avait fait crouler.

Quelques sorties avaient suffi à les réconcilier. Peu de temps après, il lui avait dit les mots sur lesquels elle s'était accrochée à jamais : « Je t'aime ». Jamais, par la suite, elle ne lui avait parlé de cet incident à l'Oratoire, où il lui avait demandé son opinion sur une absurde question hypothétique sur laquelle ils n'avaient aucun contrôle.

Il avait terminé ses études quelques mois plus tard et jamais n'avait-elle osé aller le retrouver à Montréal, de peur de réanimer un débat auquel elle ne comprenait ni queue ni tête.

Richard remuait sur place. Le discours de son épouse semblait n'aller nulle part. Il avait le goût de l'interrompre, de lui dire d'accoucher enfin, mais choisit plutôt de prendre son mal en patience et d'écouter jusqu'à la fin.

— Tu te souviens de ta petite cérémonie improvisée, alors que tu m'as demandé d'emménager avec toi? La bouteille de vin rouge, malheureusement imbuvable, la chandelle et la petite musique romantique…

Elle sourit, son regard emporté par ce souvenir.

— Dès lors, ton appartement est devenu *notre* appartement. Tes affaires et mes affaires sont devenues *nos* affaires…, sauf pour la petite boîte en bois fermée à clef et rangée dans le fond du placard de la chambre. Ça, c'était *ta* boîte.

Comme s'il avait été piqué par une guêpe, Richard bondit soudainement. Elle venait de toucher une corde sensible. Jocelyne tenta d'avaler, mais sa bouche était maintenant très sèche. Peut-être l'eau s'était-elle dirigée ailleurs, car ses yeux s'emplirent aussitôt.

— Je ne t'ai jamais posé de question sur le contenu de cette boîte, je respectais ton intimité et ton droit à ton jardin secret. Sincèrement, je n'avais aucun intérêt pour son contenu, ce qui est en soi étonnant, car j'avais toujours été plutôt encline à des comportements jaloux avec les autres garçons de ma vie.

Ensuite, elle lui rappela qu'elle avait passé des années à lui demander des centaines de fois de l'épouser. Elle le faisait toujours en blaguant, car elle voulait qu'il se sente libre de refuser. Bien qu'elle souhaitait désespérément chaque fois qu'il accepte, elle ne voulait pas lui imposer de pression indue. Elle savait que, si elle avait insisté, il aurait refusé. Elle le sentait comme un chat sauvage qui se laisse approcher, mais difficilement apprivoiser.

Et après quatre années de vie commune, lors d'une chaude soirée du mois d'août, et alors qu'elle s'était résignée à ne jamais se marier, il l'avait regardée droit dans les yeux et lui avait dit tout simplement un seul mot: «oui».

— J'étais folle de joie et surtout follement amoureuse de toi.

Jocelyne essuya les larmes qui lui tombaient sur les joues et qui imprimaient des stries foncées sur son masque. Gabriel dormait toujours comme un ange.

Richard ne broncha pas. Impossible, pensa-t-il, elle n'aurait pas pu l'ouvrir, elle n'avait pas la clef et la serrure n'avait jamais offert aucun indice qu'elle avait été forcée.

— Étrangement, à partir du jour où tu m'as dit oui, je suis devenue obsédée par cette boîte. Quel secret pouvait-elle bien cacher ? Chaque fois que j'essayais de deviner son contenu, je tentais aussitôt de me convaincre que cela ne me concernait pas et que c'était correct ainsi. Mais chaque fois que je me retrouvais seule à l'appartement, j'ouvrais le placard et déposais la boîte sur le lit, puis je la fixais pendant des heures à m'imaginer ce qu'elle pouvait bien contenir.

Il en fut ainsi jusqu'à l'automne. Quelques mois avant leur mariage, alors qu'il était à Moncton pour assister à des conférences liées à son travail, elle avait décidé de faire un important ménage dans la salle d'ordinateur.

Jocelyne fixait maintenant le bout de ses chaussures. Richard, le regard hagard, s'écroula sur la chaise opportunément placée derrière lui. Son épouse reprit d'une voix cassée :

— C'est quand j'ai déplacé l'écran pour épousseter que j'ai senti du bout des doigts quelque chose de collé sous la base.

Il y eut un silence interrompu occasionnellement que par le bip des pompes. Les deux protagonistes étaient suspendus dans le temps.

— Quand j'ai vu la clef, fit Jocelyne, j'ai tout de suite compris. J'ai d'abord confirmé mon hypothèse en l'insérant doucement dans la serrure. J'ai fait un quart de tour et cette dernière a cédé sans la moindre objection. Sans même soulever le couvercle, je l'ai aussitôt reverrouillée.

Elle avait ensuite passé deux jours à se convaincre de ne pas s'abaisser à fouiller dans les affaires de son amant et à se marteler que de faire autrement équivaudrait à signer le divorce avant même le certificat de mariage.

Quand les pentures avaient grincé leur mécontentement, elle n'avait pas su s'arrêter.

Jocelyne pleurait maintenant à chaudes larmes. Son corps se secouait vigoureusement. Richard dégagea le cahier à spirale de sous ses fesses, le déposa sur ses genoux et le fixa sans dire un mot, effleurant le couvercle du bout des doigts.

— Je fus très surprise de n'y trouver que quelques feuilles lignées, un peu chiffonnées, perforées d'un côté et encore décorées par de minuscules lambeaux de papiers. Aucun bijou offert par une ancienne flamme, pas de lettre sur papier fin imbibé de parfum. Seulement des feuilles arrachées sans cérémonie d'un cahier à spirale comme celui que tu tiens. Reposant au fond de la boîte, il y avait aussi un petit carton grand comme un paquet d'allumettes et une autre clef, d'un appartement ou d'une maison quelconque.

Mais plus elle avait fixé ces pages, plus elle n'y avait vu qu'un manque de confiance impardonnable de la part de son conjoint. Quel secret était à ce point intime qu'il refusait ainsi de le partager avec elle, sa future épouse?

— J'en ai encore honte à ce jour de ne pas avoir eu la force de l'ignorer. Tout est alors devenu confus dans ma tête. Je suis devenue complètement engourdie, emportée dans un tourbillon de curiosité, de méfiance et de doute, je t'ai triché. Je l'ai lu.

Lorsqu'elle en avait eu terminé la lecture, elle s'était d'abord interrogée à savoir pourquoi il gardait un document pareil fermé à clef. Elle connaissait déjà son côté artistique et sa volonté d'un jour écrire un roman, alors elle avait tout de suite déduit qu'il s'agissait d'un chapitre inédit, qu'il n'avait jamais osé partager de peur qu'elle fasse un commentaire quelconque qui brimerait sa confiance.

— Jamais au grand jamais ai-je même un instant soupçonné que cette histoire invraisemblable aurait pu avoir ne serait-ce qu'un soupçon de vérité. Et alors que je déposais les pages dans le coffret, j'ai de nouveau aperçu le petit carton au fond de celle-ci.

Jocelyne tourna le regard vers son fils, qui venait de prendre une grande respiration et de la relâcher en un grand soupir libérateur. Elle passa les doigts sur son crâne, le caressa et effleura ses joues du revers de la main.

— Quand j'ai retourné ce carton et que j'ai aperçu ce garçon de cinq ou six ans, une succession d'images ont défilé dans ma tête : notre dispute à l'Oratoire, Lise, qui refusait de s'expliquer, ces épisodes où tu devenais songeur et semblais inatteignable, et finalement cette boîte fermée à clef dans le haut du placard.

Elle poursuivit en lui relatant en détail comment tout avait été très vite et rien n'avait eu de sens jusqu'à ce qu'elle regarde la photo plus attentivement. Quel ne fut pas sa surprise de constater, tout ébahie, qu'il avait les yeux, le nez et la bouche de son futur mari ! C'était lui, mais enfant. Bien qu'il n'avait pas même un de ses traits, sans preuve aucune, elle savait qu'il était le sien, le leur. Tout est alors devenu limpide. Elle avait compris.

De façon insidieuse, une colère l'avait envahie. Elle lui en voulait intensément de ne lui avoir rien dit. *Elle* aurait parlé, *elle* aurait partagé une aventure pareille avec le partenaire de sa vie. Jamais *elle* n'aurait gardé l'autre dans l'ignorance. Et, justement, *elle* l'aborderait sans équivoque la minute où ce sans-cœur franchirait le cadre de porte. C'était la brique *et* le fanal qui l'attendaient.

Lorsque Richard était arrivé le lendemain en début de soirée, le temps avait joué un tour à sa dulcinée. Le feu de sa colère n'était plus qu'un faible tison. Quand, à contrecœur, elle s'était approchée de ses bras ouverts, elle n'avait pas su éviter l'attraction magnétique qui l'avait collée fermement à la poitrine de son homme. Et pendant qu'elle manifestait le courage de lever le menton pour le regarder droit dans les yeux, ses lèvres s'étaient impulsivement soudées aux siennes et ses paupières s'étaient closes. À l'instant où elle s'était finalement libérée de la mire de Cupidon, la gêne avait pris la relève et elle avait conclu qu'il valait mieux remettre la confrontation au lendemain. Toutefois, le jour suivant avait été parsemé d'imprévus et de moments inopportuns et elle avait dû se résoudre à attendre une occasion plus propice. Les jours s'étaient alors transformés en semaines et les semaines en mois. Chaque fois qu'elle croyait enfin arrivé le bon moment pour aborder ce sujet délicat, elle hésitait, et chaque occasion ratée rendait la suivante plus gauche et le secret s'étirait.

Finalement, puisqu'elle avait conclu qu'il ne lui en parlerait jamais et qu'elle non plus n'avait pas eu le courage de le faire, elle avait décidé de se taire à son tour. Mais jamais il ne passait un seul jour sans qu'elle revoie l'image du garçon sur la photo. Chaque jour, il prenait de plus en plus de place dans ses pensées. Parfois, il prenait vie dans ses rêves. D'autres fois, quelques minutes après s'être couchée, juste dans les derniers instants avant le sommeil, elle l'entendait pouffer de rire, ce qui la faisait sursauter brusquement, et, pendant les quelques secondes nécessaires pour regagner ses esprits, elle le cherchait d'un regard hagard.

Plus le temps s'étirait, plus elle en devenait obsédée. Elle trépignait d'impatience à porter cet enfant dans son ventre. C'est lui qu'elle désirait, et aucun autre. Finalement, elle garda le silence et, déterminée, elle prit le destin entre *ses* mains.

La lettre cachée dans la boîte de bois rangée dans le placard le lui avait confirmé : Gabriel avait été conçu dans les jours suivant leur mariage. Celle-ci ne devait pas mentir, car, selon ses calculs, elle ovulerait cette semaine-là.

Le deux février mille neuf cent quatre-vingt-seize, sous le carillon des cloches du pignon de l'église Notre-Dame-des-Sept-Douleurs, comme elle l'avait toujours rêvé, elle épousa, sans la moindre hésitation, l'homme qu'elle adorait. Devant parents, amis et Dieu, la tête haute, elle jura de l'aimer pour le meilleur comme pour le pire.

Le soir, après une réception animée, le couple s'était installé dans la suite nuptiale d'une petite auberge rustique en plein centre-ville d'Edmundston. Le décor était magnifique et surtout très romantique. Après quelques étreintes et quelques baisers amoureux, elle s'était éclipsée dans la salle de bain pour se préparer pour leur première nuit conjugale. Pendant le bain de mousse, seul le fils qu'elle avait vu sur la photo habitait ses pensées. Et lorsqu'elle avait enfilé sa lingerie fine, elle avait frémi d'impatience à l'idée que bientôt cet être prendrait vie dans son ventre. Enfin prête à sortir, juste avant d'ouvrir la porte, elle avait été surprise d'être ainsi assaillie d'une grande nervosité qui fit trembler tout son corps. Saisie par le doute, elle tomba sur les genoux et, bien qu'elle disait toujours ne pas savoir comment, elle avait prié.

Elle était ensuite retournée dans la chambre retrouver son mari, qu'elle aimait déjà plus qu'à l'heure de son mariage.

— Je ne regrette rien, dit-elle d'une voix assurée, caressant sans relâche son fils qui dormait toujours.

Richard était figé sur sa chaise. Non seulement savait-elle son secret depuis pratiquement le tout début, mais, envers et contre tous, elle avait pris la même décision que lui: mettre cet enfant au monde. Richard soupira et le bruit n'était pas sans s'apparenter au son des battements d'ailes d'un pic enfin libéré. Maintenant, il n'y avait plus de secrets, plus de voiles. Il n'y avait qu'une famille, qu'un nouveau départ.

Jocelyne le sortit de sa réflexion.

— Richard, aujourd'hui notre avenir se joue encore. Je crois que tu dois parler à Bill en personne. Ta lettre est bien, mais elle est aussi dangereuse, car nous ignorons quelle interprétation il en fera et surtout quelle décision il prendra. Vas-y! Va le retrouver. Parle-lui, fais-lui comprendre que tout notre avenir bascule entre ses mains.

Richard restait immobile, comme s'il n'avait pas encore réussi à synthétiser toute l'information qui lui avait été transmise.

— Vas-y tout de suite, supplia Jocelyne, nous ne savons pas quand le portail se refermera et plus jamais tu n'auras l'occasion de le convaincre.

Devant lui, il y avait l'épouse et le fils qui, avec sa fille Isabelle, étaient les personnes qu'il chérissait le plus au monde : sa famille, celle qu'il avait convoitée toute sa vie. Il ne pourrait plus exister sans elle et elle sans lui. Ils étaient tous éternellement interreliés.

Richard bondit de sa chaise.

— Tu as raison, je veux lui parler ! Je pars tout de suite, ajouta-t-il d'un air déterminé. Prends soin de Gabriel, je reviens le plus rapidement possible.

Richard ouvrit le cahier à spirale bleu qu'il tenait, en déchira quelques pages choisies, les plia et les fourra dans sa poche. D'un bond, il se précipita hors de la chambre, espérant qu'il puisse tout expliquer à un lui possiblement trop jeune pour comprendre. Jocelyne, qui s'était dirigée devant la porte, l'observait par la fenêtre. Elle vit son mari disparaître dans le corridor, enfilant son manteau dans sa course.

Dans le lit, derrière elle, la tension artérielle s'obstinait discrètement à ne pas se soumettre aux effets des nombreux médicaments et augmentait dans ce petit corps innocent à des niveaux inquiétants. Et comme si le malheur n'arrivait jamais seul, quelques zones pigmentées sur sa peau s'agrandissaient progressivement, bien cachées sous les épaisses couvertures.

Chapitre 15

4 février 1991 et 2003

Bill fit sa toilette et s'habilla rapidement. Il n'y avait plus un instant à perdre. Décidé, il voulait à tout prix rencontrer l'homme qu'il deviendrait. Bien qu'il ignorait encore comment il lui dirait exactement, il était sûr que, face à face, les mots viendraient. Le destin lui avait offert un clin d'œil sur un avenir – il en était maintenant convaincu – qu'il ne choisirait pas.

N'ayant pas réussi à fermer l'œil de la nuit, il avait eu amplement le temps de ruminer et d'en arriver à une conclusion certaine. Des enfants, il en aurait peut-être, mais pas celui-là. Bien sûr, ce Gabriel était un magnifique petit guerrier attachant, mais ce jeune enfant n'était pas le sien. Il était celui d'un survenant appartenant à une autre époque, à une autre dimension. Pour lui, ce jeune ne deviendrait rapidement qu'un simple souvenir, une mémoire que l'on chérit, mais sans plus. L'image qu'il s'en faisait s'effacerait avec le temps et ne deviendrait qu'un croquis déteint.

Bill, qui avait fait part de ses réflexions à son amie, se dirigea dans la cuisine pour lui dire au revoir. Assise à la petite table devant une tasse de café fumant, les cheveux en bataille, vêtue uniquement de son éternel t-shirt noir délavé, elle l'interrogea dès qu'il apparut dans le chambranle de la porte.

— Et si ton refus de mettre cet enfant au monde anéantissait du même coup l'existence de cette famille que tu as appris à connaître?

Elle faisait de toute évidence des efforts herculéens pour ne pas se laisser emporter.

— Je refuse de me mettre cette pression sur les épaules. Je vivrai *ma* vie. Je ferai les choix que je crois justes. Si la Providence a voulu me faire voir l'avenir, elle devra se contenter d'accepter ce que j'en ferai. Cet enfant et sa famille souffrent. J'ai la possibilité de tout effacer et je le ferai.

La rage dans les yeux, Bill poursuivit:

— À vrai dire, je n'étais pas amoureux de Jocelyne. J'étais sur le rebond d'une autre relation et elle n'était qu'un baume sur mes souffrances. Je vois dans cette aventure à travers le temps la plus belle leçon de ma vie. Il faut vivre sa vie pleinement et se débarrasser des personnes et des obstacles qui nous ralentissent ou qui nous empêchent carrément d'avancer. De faire autrement ne peut nous attirer rien d'autre que de la malchance.

Lise était manifestement ébranlée par les propos de son ami. Elle aurait espéré qu'il y voit plutôt une occasion unique d'apprendre de la vie, de comprendre un message qui, elle en était convaincue, devait signifier qu'il ne fallait pas tout lâcher ainsi.

— Tu te rends compte de ce que tu dis? s'exclama-t-elle. Peut-être que l'avenir que tu as vu n'est-il qu'une possibilité parmi tant d'autres. Peut-être as-tu plutôt l'occasion d'éviter cette maladie et d'ainsi sauver une vie. Peut-être s'agit-il plutôt d'un avertissement pour te faire comprendre que chaque décision que tu prends durant ton existence est capitale et a des répercussions qui durent non seulement pendant toute une vie, mais peuvent également affecter celle d'une multitude de personnes à travers le temps.

Bill fumait.

— Ne compte pas sur moi pour être le Christ de l'an deux mille. Ce n'est pas à moi que revient la responsabilité d'être le sauveur. Je refuse de boire de cette coupe!

Sous le regard décontenancé de son amie, il mit abruptement fin à la discussion en lui rappelant qu'il partait pour l'hôpital à l'instant. Il allait finalement oser rencontrer ce Richard et lui répéterait essentiellement ce qu'il venait de dire.

Lise n'allait pas baisser les bras si facilement. Elle le contourna et se braqua entre lui et la porte de sortie.

— Mais qu'est-ce qui te prend? Tu as la chance d'une vie de voir dans ton avenir. Attends un peu, rumine, digère cette information. Tente plutôt de donner un sens à ce que la divinité a bien voulu te faire connaître! s'exclama Lise, troublée.

— Au lieu de s'amuser à me faire voyager dans le temps, pourquoi n'en profite-t-elle pas pour guérir tous les enfants dans cet hôpital? S'Il est tout puissant, pourquoi ce silence, cette inaction? Moi, j'ai compris mon rôle. Grâce à moi, cet enfant n'aura jamais de souffrance, jamais de douleur, jamais de pleurs et jamais de peurs.

— C'est un meurtre! s'écria Lise en pleurant.

— On ne peut pas tuer ce qui n'a pas encore existé, répliqua Bill du tac au tac.

Sur ce, il poussa Lise hors de sa trajectoire et sortit de l'appartement en claquant la porte.

✳ ✳ ✳

Dès qu'il eut franchi le seuil des portes d'entrée, Richard avait ressenti cet étourdissement intense et bref lui signalant qu'il venait de voyager dans le temps. Il avait toujours été fasciné quand cela se produisait. Le panorama changeait parfois subtilement, parfois remarquablement. À certains moments, des piétons, des parents avec des poussettes, des taxis et même des autobus entiers disparaissaient ou apparaissaient en un clin d'œil. La côte Sainte-Catherine n'était évidemment pas la même en 2003 qu'en 1991. D'ailleurs, il n'y avait plus aucune trace de la pluie verglaçante qu'il avait combattue il y avait à peine une heure.

Encore en forme de son jogging régulier d'avant la greffe, Richard avait littéralement couru depuis la sortie de l'hôpital. Maintenant qu'il avait atteint la rue Édouard-Montpetit, il guettait le trottoir devant lui, recherchant ce Bill qu'il espérait intercepter. La pente de la rue lui permettait de voir pratiquement jusqu'à l'avenue Victoria, deux pâtés de maisons plus loin. Dans tout au plus trois minutes, il serait arrivé à l'appartement. La scène à laquelle il assistait – le décor de cette rue résidentielle, ensevelie sous la neige, mélangé à l'odeur de bagels et à celle de la fumée de bois d'érable qui flottaient dans l'air – le ramenait à l'époque universitaire. Ce parcours, il l'avait fait d'innombrables fois, au point de s'être senti parfaitement chez lui dans cette grande métropole aux millions d'habitants.

* * *

Bill s'élançait sur Édouard-Montpetit à grandes enjambées. Arrivé aux feux de circulation, à l'intersection de l'avenue Victoria, il dut freiner ses ardeurs, obéissant au feu rouge. Il piétina sur place, impatient de poursuivre sa cadence. De l'autre côté de la rue, un homme dans la trentaine fermait les yeux pour mieux apprécier toutes les variétés d'odeurs qui flottaient dans l'air.

* * *

Encore un peu perdu dans la nostalgie, Richard jeta un regard mélancolique en direction du chemin Reine-Marie, d'où provenaient tous ces délicieux parfums. Le feu jaune dans cette direction le ramena immédiatement à l'ordre. Il n'y avait pas une minute à perdre. Alors qu'il fixait les feux devant lui, sachant qu'ils changeraient au vert dans une fraction de seconde, il ne remarqua pas la silhouette du jeune homme droit devant, à seulement quelques mètres de lui, qui s'agitait nerveusement. Ayant constaté, du coin du regard, que les automobiles s'immobilisaient, Richard emboîta la traverse avant même que le feu tourne au vert.

* * *

Bill n'en pouvait plus d'attendre. Finalement, le feu tourna au vert. Il fit un pas vers l'avant. Un homme de l'autre côté avait déjà fait de même. Bill se ravisa. Peut-être serait-il plus court de bifurquer tout de suite vers l'ouest, songea-t-il. Sans préavis, il pivota sur la pointe des pieds et regagna le trottoir, qu'il amorça en courant.

* * *

À peine trois minutes plus tard, lorsque Richard arriva devant le bâtiment identifié par le 4967 Édouard-Montpetit, son cœur battait à tout rompre.

Ne t'inquiète pas, tentait-il de se rassurer. *Tout ira bien. On s'assoit à la cuisine et on parle, c'est simple, je lui explique tout. Il comprendra, j'en suis sûr.*

Richard entra dans le hall et esquissa un sourire lorsqu'il vit, en toutes lettres, «Bill & Lise» sur la boîte postale numéro sept.

— Que de bons souvenirs! murmura-t-il.

Ne sachant pas trop ce qu'il dirait à la personne à l'autre bout s'il pesait sur le bouton de l'interphone, Richard avait déjà prévu le coup. Il tâta le fond de sa poche. Ses doigts s'immobilisèrent sur l'objet convoité. À la fin de ses études, une fois déménagé à Edmundston, il avait découvert, dans une petite caisse de monnaie, la clef de son appartement à Montréal. Ne sachant pas trop quoi en faire, mais n'osant pas en disposer, il l'avait alors rangée dans le bac fourre-tout, au fond du tiroir de cuisine.

Quelques années plus tard, à la suite de maintes réflexions prémonitoires, cette clef avait abouti dans la petite boîte de bois dans le placard. Il y a trois semaines, Richard l'avait récupérée afin de lui confier la tâche qu'elle exécuterait à l'instant.

Comme dans le bon vieux temps, la clef glissa facilement dans la serrure. Un quart de tour vers la gauche et le mécanisme obéit aussitôt. Dès qu'il ouvrit la porte, une brise transporta une odeur reconnaissable qui le replongea dans un passé pas si lointain.

Fidèle à lui-même, Tim avait astiqué de façon impeccable un plancher qui reflétait parfaitement des néons allumés en permanence. Lorsque, sous l'effet du mécanisme à piston, la porte se referma derrière lui, Richard fut soudainement saisi de peur. Avait-il pris la bonne décision? Devait-il vraiment confronter ce jeune homme ou devait-il plutôt l'abandonner à son sort? Était-il bien d'intervenir? Et bien qu'il ne comprenait pas véritablement comment cela pourrait être problématique, y avait-il un danger physique à établir un contact avec lui-même?

— J'ai trop visionné d'émissions de *Star Trek*, murmura-t-il en tentant de se détendre un peu.

Mais son questionnement n'avait pas cessé. Qu'adviendrait-il s'il révélait le moindre fragment d'information qui influencerait ne serait-ce qu'une simple décision de son lui antérieur? Modifierait-il à jamais le cours de sa vie, celle de sa famille, celle de l'humanité?

— Tant pis, tenta-t-il de se convaincre, si la Providence l'avait voulu autrement, tout ceci n'aurait pas été possible.

Richard grimpa les marches une à une, et à chacune son cœur accélérait un peu plus. Arrivé au deuxième étage, il s'avança prudemment jusqu'à la porte qui portait le chiffre sept en laiton. Il avala maladroitement, hésita. Finalement, il frappa trois coups, qu'il jugea aussitôt trop précipités.

D'une oreille attentive, il écouta pour déceler tout mouvement dans l'appartement. Rien. Il attendit quelques secondes supplémentaires, qui semblèrent une éternité. Rien. Il cogna de nouveau. Il s'en souvenait : les portes étaient minces, les planchers intérieurs en bois franc résonnant, et les décorations plutôt éparses ; ainsi, tous les bruits, même les plus subtils, étaient facilement repérables. C'est pourquoi il avait rapidement conclu qu'il n'y avait personne à l'intérieur. Il devait avoir manqué son alter ego de justesse.

Il tendit l'oreille vers la porte une dernière fois, à la recherche du moindre son ; il n'y en eut aucun.

— Il n'y a personne, alors, on utilise le plan B, se dit-il, en fouillant dans sa poche pour retirer la clef.

Richard l'inséra et la serrure répondit sans hésitation. Il ouvrit et se glissa à l'intérieur. Tout était pareil. Il retrouvait cet appartement dans exactement le même état qu'il l'avait laissé douze années plus tôt. Dans sa chambre, immédiatement devant, son lit était fait. Sur sa table de chevet achetée au marché aux puces, qu'il avait peinte d'un noir luisant, reposait un livre d'une trilogie de Robert Ludlum dont il avait raffolé. Les bibliothèques étaient bondées de manuels de cours de toutes sortes et sa table de travail rangée était ornée d'une vieille lampe qui avait éclairé ses dix années universitaires.

— Que de bons souvenirs ! murmura-t-il.

Il tourna le regard vers la droite et vit le salon vraisemblablement meublé avec un strict budget d'étudiant. Les murs étaient exempts de tout cadre. La collection modeste de disques de vinyle était rangée dans de vieux bacs en plastique massifs « empruntés » dans les cours arrière de petites laiteries régionales. Le vieux téléviseur usagé reposait sur une vieille table, ses cadrans rotatifs endommagés faisant foi de son âge. La table de salon, tout à fait moderne durant les années soixante, était repeinte du même noir émail que les bureaux de sa chambre et mettait rapidement en évidence la moindre poussière accumulée.

— On était bien, mais est-ce qu'on l'appréciait vraiment ? se questionna Richard.

— Bill ? fit une voix reconnaissable venant de la chambre de celle avec qui il avait partagé l'appartement pendant quatre années mémorables.

Saisi de panique, Richard faillit prendre ses jambes à son cou, mais il resta figé sur place.

— Oui ? se surprit-il à répondre.

— Tu as changé d'idée. Tu es revenu !

Richard avait envie de s'enfuir, mais le désir de revoir celle qui avait été sa complice dans cette aventure intemporelle semblait plus fort.

— Bill, viens me parler, s'il te plaît.

Faisant fi des dizaines de raisons à la seconde qui déferlaient sans cesse dans sa tête lui justifiant son départ immédiat, Richard s'avança lentement vers l'embouchure de la porte entrouverte. Il allongea le cou pour voir son amie, enfouie sous sa douillette, bien installée dans son lit qui consistait, au fond, en un simple matelas posé directement sur le plancher. Lise, les cheveux magnifique-ment ébouriffés, était couchée sur le dos, les yeux couverts d'un ridicule cache-yeux en tissu noir. Toute la chambre était dans un désordre magnifique. Un ouragan n'aurait pu faire mieux. Le plancher était imperceptible sous les épaisses accumulations de cassettes, livres, vêtements, magnétophone, téléphone, trousses de maquillage, séchoir et brosses à cheveux pour ne nommer que ceux-là. Richard ne put faire autrement que de laisser paraître un sourire amusé.

— Tu m'as manqué, ajouta-t-il, après une certaine hésitation.

— Bon enfin, le Bill que je connais ! Je vois que tu es revenu un peu à tes sens pour me faire des farces d'une telle platitude, dit Lise en enlevant le cache-yeux.

Lorsqu'elle l'aperçut, les yeux plissés sous l'effet de la lumière soudaine, elle demeura sans expression aucune. Comme si elle ne réussissait pas à trouver un sens à la scène qu'elle voyait.

— Bonjour, Lise, fit Richard, évidemment très ému de la revoir.

Les traits du visage de son amie s'animèrent finalement.

— Bill! Richard! mon Dieu, c'est toi, c'est vous deux!

Richard se contenta d'abord de rire.

— Je voulais simplement te dire merci, Lise. Merci d'avoir cru. Sans toi, rien de ceci n'aurait été possible.

Elle sourit, un peu gênée du compliment.

— Comment va ton fils, Bill? hésita Lise.

— Bien. Dans les circonstances, il va plutôt bien. Nous ne sommes pourtant pas, mais vraiment pas sortis du bois, lui répondit-il, les yeux remplis de larmes.

— Jocelyne, elle s'en tire bien elle aussi?

— Oui. Tu t'en doutes bien, ce n'est pas facile, surtout pour son cœur de mère, mais elle est forte.

— Bill me disait que tu as une fille aussi.

Richard hocha pensivement la tête et ajouta :

— Elle est tellement exceptionnelle… Nous avons dû la laisser avec ses grands-parents, elle nous manque énormém…

Il s'arrêta, sa gorge ne lui permettant plus d'ajouter une seule syllabe. Il avala quelques fois et réussit finalement à ajouter, en souriant :

— Assez parlé de moi. Et toi, comment vas-tu?

Les traits adoucis de son amie se transformèrent instantanément.

— Tu me niaises ou quoi? Tu le sais probablement plus que moi comment je vais. C'est plutôt à moi de te demander comment je vais et comment j'irai.

Il aurait eu envie de lui dire qu'un jour, elle se serait finalement libérée de ses démons. Que sa vie prendrait enfin un meilleur tracé. Qu'elle deviendrait, au bout du compte, amoureuse d'un homme irréprochable et attentionné qui l'aimerait éperdument à son tour. Il aurait même pu lui annoncer qu'elle échangerait un jour ses longues bottes en cuir noir pour des cuissardes de pêcheur et qu'elle se passionnerait à taquiner le saumon pendant des journées entières. Mais pour lui dire cela, il aurait fallu aussi lui dire qu'elle aurait alors quarante ans, et qu'une houle incessante et parfois impitoyable serait venue auparavant perturber son trajet. Il aurait fallu ajouter qu'elle succomberait au charme d'un sublime jeune Sud-Américain qui, après quelques mois de vie commune passionnée, lèverait un jour la main sur elle. Elle trouverait alors le courage d'alerter les policiers qui, au terme de longues procédures, le rapatrieraient sous des adieux déchirants, mais inévitables.

Quelques années plus tard, sûre de savoir enfin mieux choisir les hommes de sa vie, elle rencontrerait celui qu'elle croirait le bon. Elle aurait tort. Avec lui elle vivrait des moments d'extase, convaincue qu'elle aurait finalement retrouvé plus qu'un amant, son âme sœur. Ensemble, ils planifieraient leur foyer, leurs voyages, et même les prénoms que porteraient leurs enfants. Jusqu'au jour où, sans avertissement, son prince charmant, qui n'avait jamais réussi à s'abandonner dans une relation, pris de panique, la quitterait pour une autre.

Lise se doutait qu'il ne lui dévoilerait rien sur son avenir. Et, de plus en plus convaincue qu'elle traînait une dette karmique faramineuse, elle n'osait pas savoir ce qu'il lui réservait, de toute façon. Regrettant d'avoir mis son ami dans une position délicate, elle enchaîna :

— Tu t'es raté de justesse, tu viens de partir il y a tout au plus huit minutes.

Richard lui relata qu'il en avait déduit autant lorsque personne n'avait répondu à la porte, quelques minutes plus tôt.

Il lui expliqua qu'il aurait ardemment voulu rencontrer ce Bill, lui parler et lui faire comprendre les conséquences qui résulteraient de ses choix, mais la divinité l'avait, de toute évidence, voulu autrement.

— Je croyais naïvement que notre destin se répéterait, qu'il serait encore ici à cette heure précise, comme je l'étais en 1991, mais le fait qu'il n'y soit pas confirme que Bill, comme moi douze ans passés, est un homme libre. Libre de faire ses choix et libre de tracer son propre avenir. Les décisions qu'il prendra auront des répercussions sur sa vie et peut-être même sur la mienne et celle de ma famille.

— Tu ferais donc mieux de partir le rejoindre au plus vite, l'avertit Lise. Il est furieux. Je ne le reconnais plus !

Elle hésita, comme si cela lui causait énormément de douleur rien qu'à le dire :

— Il ne veut pas cet enfant, Bill, il ne veut pas *ton* enfant. Il refuse de mettre au monde un être qui devra un jour vivre un calvaire. Tu dois lui parler et vite !

Richard l'écouta pensivement et ajouta pour la rassurer :

— Tu as raison. Mais ne t'inquiète pas, je m'en occupe. J'ose croire que tout ira bien.

Lise sembla se détendre un peu. Elle arborait même déjà ce sourire espiègle qu'elle maîtrisait à merveille.

— Tu n'aurais pas par hasard la combinaison gagnante de la loterie 6/49 de ce samedi ?

Richard éclata de rire.

— Oui, je pourrais facilement te trouver ça sur Internet.

— Internet, c'est quoi, ça ?

— Laisse faire, Lise. Écoute, tu sais que je ne veux pas influencer le cours de ta vie.

— Alors, mon Bill, toi que la Providence a choisi, laisse-moi au moins avec une leçon de sagesse.

Richard rigola un peu.

— Je ne suis pas digne de te faire la morale, Lise. Permets-moi, toutefois, de te partager que je crois que notre vie est tracée selon l'ensemble des décisions que nous prenons quotidiennement, les grandes importantes comme les petites qui semblent insigni-fiantes. Notre destin, nous le construisons chaque seconde. Donc, si je n'ai qu'une recommandation à te faire, c'est de prêter une attention soutenue à ta vie au quotidien, et aussi de bien t'occuper de ton corps, qui sera le seul véhicule que tu auras lors de ton passage sur cette terre. C'est cliché, j'avoue, mais c'est vrai.

Lise semblait satisfaite.

— Il faut que je parte, Lise, je dois tenter de le rejoindre, de me rejoindre, ouf, c'est compliqué parfois.

Visiblement ému, il ajouta :

— Je suis content de t'avoir revue, merci d'être là pour moi.

Richard ouvrit grand les bras.

— Viens que je te serre.

Comme si elle faisait fi du schisme qui les séparait et de l'occasion unique dont elle était témoin, elle répliqua comme la belle et adorable fille sauvage qu'elle était parfois.

— Es-tu fou, toi, tabarnac, je suis toute nue là-dessous, moi !

Richard éclata de rire et sauta spontanément la rejoindre sur le matelas. À quatre pattes, il se rendit jusqu'à elle et l'entoura de ses bras. Se glissant le nez le long de sa nuque à travers ses cheveux bouclés, il l'embrassa sur le cou tendrement avant de lui chuchoter à l'oreille :

— Je t'aime, Lise. Prends bien soin de toi.

Chose rare dans son cas, Lise resta muette sous l'effet de l'émotion. Elle le repoussa doucement et lui flanqua un baiser sur le front. Les larmes tachaient sa taie d'oreiller.

— Va t-en, là, 'stie. Si tu le manques, ce sera ma faute.

Richard se releva. Sa bouche s'ouvrit, mais aucun son ne sortit. Il la salua en levant la main et en écarquillant légèrement les doigts, se retourna aussitôt et s'éclipsa.

Après quelques secondes, Lise entendit la porte se refermer et le bruit de la serrure qui verrouillait à jamais cette aventure incroyable.

Richard dévala les marches dans un vacarme résonnant. Il devrait faire vite s'il souhaitait arriver avant Bill. Il repoussa la porte extérieure avec énergie et, en deux enjambées, atteignit le trottoir.

— Wow ! Je n'en crois pas mes yeux ! Quelle chance ! dit-il lorsqu'il aperçut le taxi de l'autre côté de la rue.

Une dame âgée, qui avait encore la tête plongée dans l'auto, s'efforçait tant bien que mal de maintenir l'équilibre sur la chaussée glissante tout en retirant ses sacs d'épicerie. Le chauffeur lui jetait un regard ennuyé sans pour autant bouger d'un centimètre pour lui venir en aide. Richard se précipita vers le taxi, offrit rapidement son aide à la dame, qui refusa poliment, étant donné qu'elle avait finalement réussi à tout ramasser ; il ne restait qu'à fermer la portière. Le jeune homme, visiblement pressé, la salua et disparut sur la banquette arrière. La porte se referma aussitôt. Le chauffeur, qui avait repris un peu d'entrain devant cette chance inusitée, mit le compteur en marche et la voiture fila, dans un tourbillon de fumée d'échappement en direction nord sur l'avenue Westbury, le long du parc Mackensie-King.

∗∗∗

Bill venait de dépasser l'Hôpital général juif de Montréal, il serait à Sainte-Justine dans au plus huit minutes.

Sa tête tambourinait douloureusement. Trop d'information y tournoyait. Le manque de références concrètes rendait tout raisonnement rationnel impossible. Il n'en voulait pas de cette vie qu'il avait entrevue par petits bouts et une occasion exceptionnelle lui permettait maintenant d'en choisir une autre. Il était à la fois reconnaissant envers la divinité de lui avoir permis de choisir, mais lui en voulait avec véhémence de lui jeter cette responsabilité sur le dos.

Dans quelques minutes, il espérait y voir plus clair. Il mettrait un terme à ce chapitre inédit de sa vie. Comme un auteur insatisfait de son travail, il le morcellerait pour ensuite en jeter une partie aux poubelles. Il en écrirait un autre bout. Le problème, il le savait, était que cette vie à venir, au moins celle-là, il la connaissait. La nouvelle qu'il choisirait, il n'en connaissait rien.

Qui choisit prend pire! fit une petite voix à travers la cacophonie dans son cerveau.

— J'ai du mal à croire qu'elle sera pire que ce que j'ai vu, reprit Bill à haute voix. Ce qui lui attira des regards suspects de la part des piétons sur le chemin Côte-des-Neiges.

Il marchait avec un entrain que ses jambes n'arrivaient presque pas à suivre. Malgré le froid sibérien, la sueur perlait sous son bonnet de laine. La cadence et la nervosité imposaient à son cœur de battre la chamade. L'agressivité qu'il avait éprouvée quelques minutes auparavant s'était immobilisée dans un cerveau gélatinisé. À défaut d'être en mesure de raisonner, il demeurait dans un néant hypnotique. Il était inattentif aux quelques piétons qui le croisaient et ne remarqua pas non plus le taxi qui faillit le renverser au coin de l'avenue Decelles avant de disparaître devant l'hôpital.

Bill reprit finalement un peu ses esprits lorsqu'il arriva devant le Manoir Ronald McDonald. Bien qu'il n'y avait rien, dans ce décor, qui sortait de l'ordinaire, le jeune homme avait nettement l'impression que quelque chose clochait, mais il n'arrivait pas à mettre le doigt dessus. Cette intrigue le ramenait de plus en plus à la réalité et aiguisait ses réflexes.

— Mais qu'est-ce qui ne va pas? se chuchota-t-il.

Incapable de répondre à son interrogation, il conclut que son imagination lui jouait probablement des tours. Peu importe, pensa-t-il. Il avait une tâche à accomplir et il l'assumerait à l'instant. Les portes tournantes l'avalèrent et il aboutit dans le hall d'entrée de l'hôpital.

Il connaissait maintenant bien le tracé pour se rendre jusqu'au garçon. Tel un pilote automatique, il se dirigea vers l'unité de greffe en replongeant aussi vite dans sa bulle. Avait-il pris la bonne décision de s'affronter ainsi? Bien qu'il était convaincu qu'il n'aurait pas cet enfant, pas plus qu'il épouserait un jour Jocelyne, cela ne faisait pourtant pas de lui un monstre. Il avait conclu qu'il fallait à tout prix éviter une confrontation devant l'enfant. Il cognerait doucement à la porte, exigerait de parler au père en privé et annoncerait à ce vieux Richard que son temps était compté, son heure était venue. Sa décision était irrévocable!

Bill longeait le corridor, il arrivait. Plus que deux jeux de portes le séparaient de l'unité de greffe. Une petite voix intérieure et intrusive se fit entendre.

Honnêtement, pourquoi veux-tu lui parler? Si tu es si sûr de vouloir effacer ces vies, pourquoi ne le fais-tu simplement pas? Pas besoin de venir leur dire en personne et tourner ainsi le couteau dans la plaie. À moins que...

Bill freina sa marche et attendit. Son regard vacillait sur des points aléatoires au plafond comme si la voix venait d'un haut-parleur quelconque. Il avait ce côté comédien qui prenait possession de lui parfois. Visiblement agacé, se foutant des nombreux passants qui circulaient dans le corridor, il répondit à haute voix:

— À moins que quoi?

La réponse ne vint pas tout de suite. D'ailleurs, elle prit suffisamment de temps pour que Bill ait encore cette nette impression que quelque chose lui échappait. Un détail probablement évident lui sautait aux yeux, mais lui n'y voyait rien. La voix reprit :

À moins que tu veuilles te faire convaincre autrement.

— M'a t'en faire, moi, des « me faire convaincre autrement ».

Bill reprit sa marche, plus déterminé que jamais. À deux mains, il poussa violemment la porte au bout du corridor qui, sans mécanisme d'arrêt, se serait écrasée contre le mur. Il était enfin arrivé. Il bifurqua, fit un dernier virage à droite et s'immobilisa brusquement.

D'abord, il demeura perplexe. Droit devant, où auparavant il y avait un corridor menant au centre de cancérologie Charles-Bruneau, il n'y avait maintenant plus de corridors, plus de portes, rien, sauf un mur de béton transpercé de deux fenêtres.

Comme un automate, Bill s'avança vers l'une d'elles, plaça sa main ouverte sur la vitre et resta ainsi quelques secondes, incapable de faire autrement que de fixer le verre.

Le vacarme venant de l'extérieur attira son attention. Dehors, d'énormes grues s'affairaient à hisser de grandes poutres de métal, que les ouvriers soudaient sur les étages supérieurs. Des millions d'étincelles de métal rouge vif brillaient avant de s'éteindre dans leur chute vers le sol.

C'était donc cela ! réalisait-il. Il jeta un regard derrière lui. Il ne reconnaissait pas cette nouvelle couleur de peinture qui couvrait les murs du corridor. Le plancher, les tuiles au plafond, tout était plus neuf. C'était donc ça qui avait attiré son attention. À bien y penser, il n'avait pas non plus eu ce court étourdissement violent qui marquait toujours son passage au travers du mur du temps.

Il leva les yeux vers les travaux devant lui et hocha la tête, incrédule. Une énorme pancarte imprimée de grosses lettres voyantes annonçait la nouvelle: « Centre de cancérologie Charles-Bruneau – Pavillon Vidéotron – Ouverture janvier 1995 ». Suivait ensuite la liste des ministères gouvernementaux et d'une entreprise bienveillante impliquée dans le financement du projet.

Déçu, mais surtout résigné, Bill continua de fixer à travers la fenêtre pendant quelques minutes avant de se retourner et de déambuler vers la sortie. Il était convaincu qu'il ne servait à rien d'insister, ni même de ressayer un autre jour. Jamais, depuis le début de cette aventure, ne s'était-il buté à un portail clos. La divinité avait décidé. Le spectacle était terminé. Les rideaux étaient tombés. Il n'y aurait pas de rappel.

Lorsque l'air frais de l'extérieur lui pinça les joues, Bill ferma les yeux et prit une grande respiration qu'il relâcha lentement, tentant, en vain, de laisser s'échapper une partie de sa colère, qui reprenait de sa force. Il en voulait avec véhémence à quiconque avait décidé de s'amuser ainsi à ses dépens. Insulté de s'être fait pour ainsi dire claquer la porte au nez, il laissa échapper quelques blasphèmes et retourna vers son appartement. Mais à chaque enjambée sa haine s'effaçait un peu.

Dix minutes plus tard, toute cette agressivité avait cédé la place à un profond désarroi. Les yeux rivés au sol et le dos courbé, il poursuivit son chemin tel un homme abattu qui porte sur ses épaules le poids de toute une vie. Il tenta d'attribuer un sens à cette aventure, mais, malgré tout ses efforts, son cerveau, épuisé, refusait de coopérer. Alors qu'il avait l'esprit complètement exténué, ses jambes, à son insu, firent un détour et l'amenèrent jusqu'au chemin de la Reine-Marie. Lorsque Bill reprit un peu de ses esprits, l'Oratoire Saint-Joseph s'érigeait solidement devant lui. Il leva les yeux et fixa la croix juchée au sommet du dôme extérieur. Il prit la parole d'un ton amer:

— Que veux-Tu? Que veux-Tu de moi?

Bien qu'il ne s'attendait pas à une réponse, il tendit l'oreille à une voix intérieure qui resta muette.

— C'est chien, me laisser seul avec ça! Je ne comprends plus rien de ce cirque. Tu me fais voir un avenir épouvantable et ensuite Tu me mets en situation de pouvoir l'éviter. Alors, je suppose que je devrais Te remercier. Ben merci, d'abord! Un petit conseil en passant. La prochaine fois que Tu foutras un pauvre mortel dans une aventure pareille, fais donc le petit effort de lui laisser des notes de cours pour qu'il puisse, au moins, en comprendre la leçon.

Bill tourna le dos à la croix et reprit sa route vers l'appartement. Pour la première fois de la journée, il remarqua le soleil radieux qui illuminait Montréal depuis l'aube.

Comme à l'habitude, le chemin de la Reine-Marie bourdonnait d'activités. L'air était imprégné de délicieux parfums de boulangeries entremêlés, un peu plus loin, d'irrésistibles grillades de porc de son restaurant grec préféré. Bill reprenait de plus en plus de vigueur. Bien que ce jeune garçon dont il avait fait la rencontre lui manquait déjà parfois, il se sentait tout de même libéré et enfin fixé dans son époque. Libéré d'un amour qu'il ne partageait pas. Libéré d'un enfant terriblement malade qu'il n'aurait pas. Libéré d'un avenir qu'il ne choisirait pas. Mais, malgré tout, un soupçon de culpabilité le harcelait encore.

— Ça va passer, se convainquit-il.

Il avait raison. Chaque pas amenait une nouvelle légèreté et renforçait sa conviction que sa décision était la bonne. Si bien que, lorsqu'il contourna la station de métro Snowdon, il était comblé de bonheur et de satisfaction.

Se déplaçant avec une cadence soutenue et enjouée, Bill sembla flotter sur toute la longueur de l'avenue Westbury. Quelques mètres après avoir bifurqué sur le boulevard Édouard-Montpetit, il disparut dans l'immeuble de son appartement. Énergisé, il grimpa les escaliers deux marches à la fois, complètement ignorant que dans quelques secondes à peine il serait à nouveau plongé dans l'incertitude et le tumulte.

Chapitre 16

4 février 2003

C'était un matin comme tous les autres depuis trois semaines. Dans sa mignonne petite tête échevelée de trois ans, le temps n'existait pas. Seul le moment présent comptait et, en cet instant précis, elle était une femme qui en avait beaucoup à faire. Depuis plusieurs minutes, elle lavait méticuleusement et inlassablement la vaisselle-jouet qu'elle avait utilisée la veille pour servir le souper à ses trois poupées gourmandes. Elle plongeait ses jolies mains jusqu'aux coudes dans l'eau excessivement savonneuse et trop abondante qu'elle avait elle-même versée dans l'évier. Tout en réprimandant ses enfants d'avoir sali autant de vaisselle pour un simple repas, elle déposait délicatement les bols, les assiettes, les tasses et les ustensiles sur un linge sec étendu sur le comptoir.

C'était ainsi tous les matins depuis qu'elle avait emménagé chez ses grands-parents. Chaque jour, ces derniers faisaient des pieds et des mains pour que son séjour se passe en douceur et qu'elle ne s'ennuie pas trop de sa famille qui avait dû la déserter.

Ils osaient croire que, s'ils réussissaient à garder la petite occupée constamment, elle ne viendrait pas à sentir que sa famille, emprisonnée dans un hôpital à Montréal, lui manquait. Et lorsque, enfin, l'heure du dodo venait, la grand-mère s'allongeait à ses côtés jusqu'à ce qu'elle s'endorme. Et si la petite devait se réveiller pendant la nuit, elle retournait immédiatement auprès d'elle.

Pour varier les activités, ils tentaient parfois de l'amener visiter des tantes et leurs petits-enfants, mais en vain. Dans cette petite maison, juchée sur un flanc de montagne, où elle pouvait observer toute la vallée en bas, elle était reine. Ses sujets, les jouets comme les vraies personnes, obéissaient à toutes ses moindres requêtes et cela suffisait pour la satisfaire.

Bien qu'elle avait rapidement compris l'étendue de son pouvoir, elle n'en abusait pas pour autant. Derrière ses yeux bleus vifs, un petit cerveau raisonnait comme un grand. Son frère était très malade dans un hôpital lointain et ses parents avaient dû l'accompagner. Elle était une grande fille qui devrait attendre patiemment et participer à supporter ses parents durant cette épreuve.

À vrai dire, elle raffolait de toute cette attention privilégiée qui lui était accordée. Elle s'ennuyait rarement. Entre ses sessions de coloriage, de bricolage, de jeux de rôle avec ses poupées, de visionnement de films de *son* choix, de danse sur *ses* musiques préférées, de lavage de vaisselle, de glisse en toboggan avec grand-père et de lecture avec grand-mère, elle n'avait pas souvent le temps de languir d'ennui. Du moins, elle en donnait l'apparence.

Toutefois, alors que les grands s'adonnaient à leurs besognes quotidiennes, toute seule, en silence, semblant être plongée dans l'imaginaire d'un énorme livre qu'elle adorait, ses pensées se dirigeaient vers son frère qui lui manquait tant et ses parents qu'elle n'avait pas vus depuis trop longtemps. Et puisque pour un enfant de cet âge le temps était un être abstrait et énigmatique, dans ses moments de solitude, elle aurait cru que sa famille lui manquait depuis une éternité. Elle devenait alors envahie d'un malaise qu'elle ne comprenait pas.

— J'ai mal au ventre, disait-elle parfois, alors que ses grands-parents soupçonnaient une indigestion.

La pauvre petite n'arrivait pas à donner un sens à sa vie complètement chambardée. Si elle avait été un peu plus vieille, elle aurait pu comprendre la déchirure que vivaient ses parents, elle aurait pu être rassurée de l'amour de son père et de sa mère, elle aurait pu même se révolter et leur en vouloir de la laisser seule ainsi, elle aurait pu injurier ce satané cancer et elle aurait pu crier et taper sur les murs afin de manifester toute son angoisse et sa frustration.

Mais à trois ans, elle ne pouvait rien de tout cela. Elle ne pouvait que subir cet amalgame d'émotions perturbantes qui l'habitaient parfois alors que, toute seule, recroquevillée derrière un livre, elle se sentait complètement abandonnée, orpheline d'une famille qu'elle avait connue dans un passé lointain.

C'est l'arrivée du facteur qui l'éloigna de ses tourments intérieurs, ce matin-là.

— À qui peut bien être destinée cette énorme boîte? s'interrogea vivement la grand-mère, qui était dans le coup.

Elle signa le bordereau pendant que la petite observait du dessus de son livre.

— Mais, c'est pour toi, Isabelle! s'écria la grand-mère. Cette grosse boîte, elle est pour toi, ma belle!

Les yeux d'Isabelle s'étaient écarquillés instantanément. Elle n'arrivait pas à le croire. Pour elle! Du courrier pour elle! pensa-t-elle, frémissante.

— C'est de maman, papa et Gabriel, annonça la mamie en lisant l'étiquette.

La petite était ravie. Elle sauta du divan et s'immobilisa devant la boîte, soudainement saisie d'une crainte viscérale et incomprise. Dans les recoins éloignés de son inconscient, sans le savoir, elle avait peur que cette boîte vienne racler cette plaie intérieure qui lui faisait parfois si mal et qu'au lieu de la rendre heureuse elle provoque plutôt l'inverse et la fasse s'ennuyer davantage.

— Tu veux que je t'aide? demanda la grand-mère.

Enfin, elle fit signe que oui. L'anticipation avait eu le dessus sur sa peur.

Sa mamie retira le ruban adhésif qui scellait la boîte, imprimée d'un grand logo d'une compagnie pharmaceutique. Faute d'avoir pu faire mieux dans les circonstances, Jocelyne avait ramassé une boîte vide laissée dans le corridor de l'unité de greffe et y avait déposé les quelques articles destinés à sa fille.

— Un lapin! s'exclama la petite dès qu'elle aperçut l'animal en peluche. Comme celui de Belèlle! ajouta-t-elle tout excitée, avant de le serrer avec force contre sa poitrine.

Elle plongea à deux mains dans la boîte et en retira un à un les cadeaux que sa famille lui avait fait parvenir: un épais livre de contes, le film de Blanche-Neige qu'elle admirait tant, quelques petits personnages-jouets pour ajouter à sa collection favorite, et, enfin, une enveloppe portant l'inscription toute simple: « Isabelle ».

C'est grand-maman qui ouvrit l'enveloppe et, après avoir présenté l'image de la face avant de la carte à la petite, procéda à lui lire maladroitement le texte avec son débit incertain habituel.

— Voici un petit cadeau juste pour toi, notre belle Isabelle. Nous nous ennuyons beaucoup de toi et nous avons très hâte de te revoir. Gabriel parle de toi chaque jour. Il a très hâte de pouvoir jouer avec toi. Si tout va bien, nous nous reverrons très bientôt. Nous t'aimons gros gros gros et nous t'envoyons de gros bizous! et c'est signé, Papa, Maman, Gabriel et Lapin.

Isabelle écouta attentivement, présenta ensuite un large sourire forcé et écarquilla exagérément les paupières. Elle l'avait sentie, quelque part au creux de son ventre, cette pointe de douleur saisissante. Incapable de donner un sens à toutes ses émotions, son corps avait réagi de la seule façon qu'il savait le faire. Le sourire avait cédé sa place à une grimace.

— J'ai mal au ventre, se plaignit-elle tout à coup.

La grand-mère, qui avait enfin compris la nature de ces fausses indigestions, prit l'enfant dans ses bras et se glissa dans la berceuse. Elle serra sa petite-fille qui l'agrippait de toutes ses forces et la berça tendrement en lui chantant, en boucle, un petit bout d'une chanson qu'elle avait improvisée quelques années auparavant alors qu'elle amusait ses nouveaux petits-enfants:

— Danse, bébé, danse, danse, danse, bébé danse, danse, danse.

Alors que le mal de ventre cédait enfin, la petite ne remarqua pas les larmes coulant sur les joues de sa grand-mère.

Chapitre 17

4 février 1991

C'*est* un Bill radieux qui se départit de ses accoutrements hivernaux. Il tendit l'oreille en direction de la chambre de sa colocataire, pressé de lui révéler la conclusion de son aventure. L'appartement baignait dans un silence complet. Lise devait s'être recouchée et elle devait dormir. Il pourrait patienter.

Il avait hâte de tout lui raconter sans omettre le moindre détail. Il anticipait toute son objection. Elle lui dirait de reconsidérer le tout, mais sa décision était prise et le fait qu'il se sente à ce point libéré confirmait que son choix était le bon.

Faute de pouvoir partager son bonheur, Bill opta pour s'allonger quelques minutes sur son lit. L'insomnie des dernières nuits semblait l'avoir rattrapé, la fatigue se manifestait. Il entra dans sa chambre et les aperçut aussitôt. Sur son oreiller, quelques feuilles pliées avaient été déposées. Encore toutes garnies de lambeaux de papier, il était bien évident que ces pages contenaient un message dont l'importance compensait pour la présentation peu soignée. Instinctivement, il se doutait que ni Lise, ni Jocelyne n'en étaient l'auteure. Par processus d'élimination, il ne pouvait y avoir qu'un seul responsable. Bill avala en vain, sa bouche étant complètement sèche. Il approcha, hésita et rassembla enfin son courage pour prendre les feuilles dans ses mains. Il les fixa nerveusement et, enfin, les déplia.

Mon cher Bill,

Si tu lis cette lettre, c'est que nous nous sommes butés à cette porte reliant nos deux univers. À vrai dire, je m'en doutais. C'est pourquoi j'ai choisi de t'écrire ces quelques lignes que voici.

Tu es sûrement surpris de constater que je savais que tu étais là avec nous depuis quelques jours. Tu vois, je savais depuis longtemps que tu viendrais à la rencontre de la vie que j'ai choisie. Quand je t'ai aperçu dans le rétroviseur, j'ai tout de même été épaté devant ce phénomène qui se répétait. Je comprends tes interrogations et je sais que tu te demandes pourquoi, si j'ai vécu la même expérience que toi, j'ai pu choisir de vivre cette vie dont tu viens d'être témoin. Eh bien, je crois que tu mérites de connaître la réponse à cette interrogation. Je vais t'expliquer.

Il y a douze ans déjà, j'étais assis, comme toi, sur le lit, complètement déboussolé devant une lettre similaire à celle que tu tiens entre les mains. Bien que convaincu des choix que je prendrais, j'en voulais encore à la Providence d'avoir permis que je voie un bout de mon avenir. J'étais décidé à éviter ce destin qui pendait au-dessus de moi comme l'épée de Damoclès.

J'avais pris la méthode la plus sûre et peut-être la plus lâche, soit de rompre ma relation avec celle qui aurait dû devenir la mère de mon enfant. Sans mère, l'enfant disparaissait lui aussi. J'avoue que je n'étais plus convaincu que j'aimais cette femme, et, pour la première fois de ma vie, j'avais enfin eu le courage d'écouter mon cœur plutôt que de rester dans une relation qui de toute évidence n'allait nulle part. Les autres fois, j'étais resté là, figé, à attendre que la rupture vienne d'elle-même, comme par magie, me libérer.

Tout ça, tu le sais déjà, tu le vis en ce moment. Je ne t'apprends rien.

J'ai réfléchi longuement à savoir ce que je ferais si jamais l'histoire se répétait et que nous venions à nous rencontrer. J'avais rapidement déduit que j'aurais entre les mains un pouvoir immense. Il s'agirait d'un jeu d'enfant de faire de toi l'homme le plus riche et le plus puissant du monde entier. Je n'aurais qu'à te refiler une liste de numéros gagnants des loteries ou encore t'offrir une seule page de journal indiquant la valeur de tous les titres boursiers à un jour précis de ton avenir et le tour aurait été joué. Toutefois, le bonheur ne passe pas obligatoirement par l'argent.

Je suis maintenant persuadé que d'avoir été riche à ton âge, avant d'avoir réussi à donner un sens à ma vie, m'aurait été probablement fatal. À vrai dire, bien que je ne joue pratiquement jamais, j'évite de me procurer des billets de loterie lorsque les lots sont faramineux, de peur de gagner et de nuire à l'équilibre qui me comble chaque jour.

J'ai longuement hésité avant d'écrire cette lettre. Communiquer avec toi peut être risqué. Changer quoi que ce soit dans chacun de tes milliers de gestes quotidiens, même les plus banals, pourrait avoir des répercussions colossales sur l'avenir de milliers de personnes. Nous sommes tous interreliés, chaque action en provoque une série d'autres dans cette cascade d'événements qu'est la vie. Modifier ne serait-ce qu'un de tes comportements à cause de moi pourrait réécrire mon avenir et peut-être même celui de l'humanité tout entière.

Mais, en toute modestie, ce que je partage avec toi t'est offert avec amour et sincérité. Les résultats, j'ose croire, ne peuvent qu'être positifs.

Je n'écris pas cette lettre pour t'influencer d'aucune façon. D'ailleurs, plus je la rédige, plus je comprends que, celui qui a le plus besoin de la lire, c'est moi. Je comprends que la vie aura voulu que ces mots viennent comme un signe du ciel me confirmer que mes choix auront été les bons. Donc rassure-toi, tu n'auras aucun discours paternaliste de ma part, aucune directive, aucun plan de match. Je viens simplement et humblement te partager le résumé de mes douze dernières années.

D'abord, il m'aura fallu plusieurs mois à ruminer et à chercher un sens à toute cette aventure. A priori, après m'être buté à un portail clos, j'avais compris que c'était la fin de la leçon. Je m'étais attendu à ce que d'autres signes viennent s'ajouter afin que je puisse vraiment comprendre le message qui m'échappait, mais il n'en fut rien. J'ai eu beau prier, blasphémer, me rendre dans des lieux de culte, brûler des lampions, implorer tous les saints, je me butais constamment à un silence insupportable!

J'ai donc conclu qu'il n'y aurait jamais de réponses à mes questions et, amer, j'en ai voulu longtemps à la divinité impassible qui s'était moquée de moi ainsi.

Je me consolais avec la certitude qu'au moins j'avais en main les cordeaux de ma destinée. L'avenir, que j'avais entrevu, ne viendrait jamais. J'étais convaincu qu'aucun futur alternatif ne pouvait être pire.

Quelques mois avaient passé et, petit à petit, la vie avait repris son cours. Je réussissais enfin à passer de longs intervalles sans penser ni à cet enfant, ni à mon ex. Cette aventure se transformait enfin en un simple souvenir qui devenait graduellement lointain et qui éveillait, en moi, de moins en moins d'émotions.

C'est justement une fois que je fus arrivé à ne plus penser à ces événements que quelque chose d'étrange s'est produit. Subtilement, comme les premières brises chaudes du printemps viennent nous caresser le visage, des images de l'enfant me revenaient tout doucement. Je voyais d'abord ses traits, ensuite son sourire radieux et enfin ses yeux perçants. Parfois, spontanément, je l'entendais pouffer de rire. Étrangement, la douceur de ces mémoires m'empêchait de les rejeter. Comme un spectateur médusé, je me surprenais à les accueillir.

En premier, ces souvenirs ne venaient pas fréquemment. Mais, petit à petit, je m'étonnais à les générer moi-même. Je pensais à cet enfant de plus en plus souvent. Puis tout doucement, il est venu à me manquer. C'est absurde, j'avoue, mais, plus les mois avançaient, plus ce garçon me manquait. J'en suis même venu à le voir autrement. Un soir, avant de m'endormir, alors que je révisais mentalement mon examen du lendemain, son visage m'est apparu tout à coup. Et à travers ses traits déformés par l'inflammation, j'ai réellement vu ma ressemblance. Dès lors, malgré une certaine réticence, cet enfant est devenu le mien, mon fils.

À partir de ce jour-là, les choses se sont compliquées. Il ne se passait plus une seule journée sans que je pense à lui. Il me manquait de plus en plus. La douleur augmentait chaque jour. J'aurais voulu le revoir, lui parler, le prendre dans mes bras ne serait-ce qu'une dernière fois. Je me raisonnais que cette douleur viendrait à partir, que la seule façon de revoir cet enfant serait de le mettre au monde et de lui faire subir l'enfer rien que pour mes propres caprices!

Ensuite, comme si cela ne suffisait pas, je me suis mis à m'ennuyer de Jocelyne. Je m'en voulais d'abord de penser à elle, de peur qu'il s'agisse de tactiques opportunistes de la part de mon subconscient. Mais, comme dans le cas du garçon, graduellement j'en suis venu à ne plus être capable de contenir les émotions qui s'infiltraient de toute part, lorsque je pensais à elle.

Ayant réussi à me convaincre qu'il n'y avait pas de mal à tout au moins communiquer avec elle, j'ai pris mon courage et je lui ai téléphoné. Dès que j'ai entendu sa voix hésitante, mon cœur a tourné dans ma poitrine. Je venais d'être atteint de plein fouet par toutes les flèches du carquois de Cupidon.

Cette femme, qui m'avait vu sous mon pire jour, celle que j'avais rejetée du revers de la main sans la moindre compassion. Elle, que j'avais ignorée pendant des mois, semblait voir à travers mes pires défauts. Il n'avait fallu que de quelques mots échangés pour que, même si je ne m'en croyais pas digne, je constate que cette femme m'aimait toujours d'un amour véritable et inconditionnel.

Avec raison, il aura fallu que je la courtise à nouveau. Mais, à chaque rencontre, je devenais de plus en plus amoureux d'elle. Jusqu'à une chaude journée du mois d'août, alors que je savais que ce serait avec elle que je partagerais ma vie, je l'ai demandée en mariage.

Avec elle je me sentais enfin libre d'être moi-même, sans arti-fices, avec toutes mes qualités et tous mes défauts. Jamais je n'ai regretté le jour où devant Dieu, mes parents et mes amis, j'ai promis de l'aimer pour toujours.

Bien que je ne l'ai jamais trompée, je ne lui ai jamais parlé de cette aventure invraisemblable où j'ai rencontré le fils que nous ferions ensemble. J'avais deux craintes. La première était qu'elle pose des gestes qui viendraient dérégler les mécanismes précis de la vie. La deuxième, un peu plus égocentrique, est que j'avais une peur viscérale qu'elle ne veuille pas de cet enfant qui me manquait plus que jamais. J'étais si près de le revoir, mon cœur frétillait d'impatience.

Je sais ce que tu penses. Comment ai-je pu être à ce point égoïste de laisser souffrir un enfant innocent ? Cette question, je dois l'admettre, m'a rongé pendant plusieurs années et, à vrai dire, elle ne fut complètement réglée qu'hier.

J'avoue, j'ai été naïf. J'ai osé espérer qu'à faire attention à l'alimentation, qu'en éloignant les pesticides et les herbicides, qu'en cessant de fumer, qu'en évitant toutes les sources potentielles de cancer, il aurait été possible d'éviter le pire. J'avais conclu que c'était donc ça, la leçon que voulait me donner la divinité. Ce voyage dans le temps était un avertissement de ce qui se produirait si je ne prenais pas au sérieux les dangers liés à la négligence de notre santé.

Quelques calculs avaient suffi pour connaître la date approximative de sa conception. Dans les jours suivant notre mariage, je me suis abandonné à mon sort. Elle voulait notre enfant, moi, je voulais le garçon que j'avais rencontré cinq ans plus tôt.

— Si c'est un garçon, avais-je dit, en dessinant du bout du doigt des cercles autour de son nombril, nous l'appellerons Gabriel.

Elle m'avait embrassé, les yeux débordants d'amour. Je dus détourner mon regard, faute de pouvoir soutenir le sien.

Je ne peux adéquatement exprimer toute la joie que j'ai ressentie lorsque mon fils est né. Sa présence avait fait naître une famille. J'ignore pourquoi, mais, même si des millions de semences avaient pu féconder l'œuf de sa mère, j'étais persuadé que cet enfant était le même que celui que j'avais rencontré dans un hôpital de Montréal. Je t'épargnerai tous les détails des moments merveilleux que nous avons vécus à cause de lui, mais permets-moi de dire que notre famille était à ce point débordante d'amour qu'elle a donné naissance à notre merveilleuse fille Isabelle.

Pour ma part, j'avais finalement la famille que je n'avais jamais eue. J'étais comblé. Chaque mois qui passait, je rêvais que nos précautions avaient porté fruit et que la maladie nous épargnerait. Mais ce que je craignais le plus arriva. Avant même son deuxième anniversaire, Gabriel fut diagnostiqué avec une leucémie. J'ai croulé, croulé comme tout parent l'aurait fait, mais en pire. J'avais joué à être Dieu et maintenant une foule de gens — Jocelyne, Isabelle, les grands-parents, tous nos amis et notre parenté pour ne nommer que ceux-là — et surtout mon fils, souffraient à cause de moi.

J'étais confus. Je savais que je n'aurais pas su vivre sans ce garçon de l'hôpital Sainte-Justine. Sans m'en rendre compte, j'étais devenu lié à lui. Nos destins étaient devenus intimement tissés. J'ai cru bêtement que, s'il avait eu le choix, il aurait choisi de vivre cet enfer pour passer ne serait-ce que quelques années sur cette terre avec moi, sa mère et sa sœur. Mais lorsque j'ai été témoin du supplice qu'il a dû subir à trois reprises, je me suis senti coupable d'un égoïsme mesquin.

J'avais de plus en plus honte de ma décision. Jocelyne, qui n'en savait rien, demeurait forte dans l'épreuve.

Il y a deux jours, alors que j'étais seul avec Gabriel, je lui ai posé une question toute simple qui me hantait. Je souhaitais que, malgré son jeune âge, il en saisisse vraiment le sens.

— Si tu pouvais, choisirais-tu de ne jamais avoir été malade, mais d'être né dans une autre famille avec des parents qui t'aimeraient autant que nous et que tu aimerais autant que tu nous aimes, ou est-ce que tu choisirais de venir au monde avec nous, sachant que tu devrais un jour être malade?

J'avais aussitôt regretté d'avoir posé une question à ce point philosophique et aussi mal formulée à un enfant de six ans. Toutefois, je fus étonné de voir combien il avait semblé saisir toute l'ampleur de la question. Il était resté là, sérieux et pensif pendant de longues secondes avant de répondre avec énormément de conviction :

— J'aime mieux avoir le cancer et d'avoir cette famille que d'être en santé dans une autre.

L'absolution m'avait été donnée. Mon fils venait confirmer ce que j'avais osé croire. Non seulement aurait-il voulu naître dans sa famille actuelle, mais j'ose croire qu'il m'en aurait voulu de l'en avoir privé en refusant de le concevoir. Comme moi qui n'aurais pas pu vivre sans lui, lui non plus n'aurait pas pu vivre sans moi. Nos destins comme celui de ma fille et de mon épouse sont indissociables. La vie, telle que nous la connaissons, ne pourrait exister autrement.

Tu as remarqué que je te dis « tu » et que je ne parle jamais de « nous » ? La raison en est fort simple. Les décisions que j'ai prises, les gestes que j'ai posés sont les miens et uniquement les miens. Je t'écris simplement pour partager avec toi ce qu'il s'est passé dans ma vie depuis cette folle aventure afin de peut-être t'éclairer un peu sur la tienne.

Tu es complètement libre, Bill, d'assumer les décisions que tu crois être les bonnes. Ne t'inquiète surtout pas pour moi et pour cette famille qui est la mienne, mais pas la tienne. Il n'y a que deux choses qui peuvent arriver si tu choisis autrement que moi.

La première est que nous vivons tous les deux dans des univers parallèles et indépendants, ce qui ferait en sorte que ton action n'agirait pas sur ma vie.

La deuxième est que nos destinées sont intimement interreliées, ce qui aurait pour effet d'anéantir la vie que je connais et la famille que j'adore. Si tel était le cas, je disparaîtrais instantanément avec ceux que j'aime. Et franchement, je ne connais pas de meilleure façon de partir.

D'une manière comme de l'autre, j'en assume totalement les conséquences. Bien sûr, peu importe ce que tu choisiras, tu ne sauras jamais ce qu'il adviendra de moi. Ne t'inquiète pas. Sache que j'ai vécu comme je l'ai voulu et que je ne regrette rien.

Bill, je suis comblé par la générosité de la vie. J'ai été béni de faire partie d'une famille merveilleuse. La vie est un apprentissage et mes enfants sont pour moi de grands éducateurs. Je grandis par eux, avec eux. Ils me font apprécier les simplicités du bonheur et la majesté qu'est notre passage sur cette terre. Je remercie le ciel chaque jour pour la chance que j'ai. J'espère de tout mon être que mes enfants auront une vie longue et heureuse. Et, lorsque viendra le jour où nous devrons nous quitter, je souhaite avoir la sagesse de me réjouir du temps que nous aurons eu ensemble. Mieux vaut avoir eu quelques années ou, mieux, quelques décennies ensemble que de ne pas s'être connus du tout.

Donc voilà, mon ami Bill, je te quitte en espérant avoir un peu allégé ce fardeau qui t'écrase depuis cette folle et délicieuse aventure. Vis ta vie avec la conviction qu'elle est la tienne à part entière. Écoute ton cœur et ne t'inquiète surtout pas pour moi, je suis heureux et entouré de ceux que j'aime.

Sois conscient que chaque geste que tu poses a des répercussions pour des années à venir sur ta vie et par ricochet sur celle d'innombrables personnes, et ce, pour des générations à venir. Sans douter de chacun de tes gestes, fais tout de même des choix judicieux et, comme notre mère ne cesse de nous dire, soit prudent.

Je te quitte. Je retourne à ma famille. Sois heureux.

Qui sait ? Peut-être nous reverrons-nous un jour !

Adieu.

Richard

Bill demeura assis sur le lit pendant de longues minutes, tenant entre ses doigts ces feuilles de papier, relisant ces mots venus d'un futur pas si lointain. Il lui faudrait probablement plusieurs mois pour donner un sens à cette aventure et à ce message. Toutefois, avec sa carrière professionnelle pratiquement confirmée, ce nouveau célibataire de vingt-sept ans avait toute une vie devant lui. Restait à savoir ce qu'il choisirait d'en faire, mais ça, c'était, plus que jamais, *sa* prérogative.

Chapitre 18

L'atmosphère était à la fête en ce jour de Saint-Valentin, à l'unité de greffe de l'hôpital Sainte-Justine. Le personnel, habituellement de bonne humeur, l'était davantage. La nuit avait été heureusement banale. Tous les patients allaient miraculeusement bien. Même la petite Fannie, au bout du corridor, avait finalement rempli le pot d'un merveilleux pipi doré. Au grand soulagement de toute l'équipe et de son père, abattu par la fatigue des nuits blanches, les yeux pochés jusqu'aux joues, mais au sourire radieux, les reins de la fillette s'étaient finalement calmés et n'évacuaient plus de sang.

Au 3V02, la tension artérielle d'un petit ange, nommé Gabriel, était finalement contrôlée et les rougeurs sur sa peau avaient disparu. Depuis un peu plus d'une semaine, l'enfant avait repris de l'appétit. Il s'était mis à manger pratiquement continuellement – un effet secondaire de la cortisone – et avait regagné tout le poids perdu. Son nouveau système immunitaire finalement en marche avait permis aux mucosites de se dissiper complètement. Dans les circonstances, Gabriel et sa famille étaient en grande forme.

De l'autre côté, le corridor était joliment encombré de deux chariots bondés de bacs, de boîtes, de sacs et de valises. C'était la scène que tous attendaient et souhaitaient depuis l'arrivée de chaque jeune patient : l'heure du départ.

Dans la chambre, une jeune famille attendait la bénédiction du médecin. Dans tout autre contexte, ça n'aurait été qu'une formalité ; toutefois, à l'unité de greffe, tous savaient que rien n'était sûr pour autant.

Comme un oiseau en captivité qui reste en cage même si sa porte est grande ouverte, Gabriel, confortablement assis sur son lit, complètement libéré de tous ses tubes et moniteurs, profitait calmement de ses derniers instants dans l'enclos dans lequel il avait été confiné pendant plus de vingt-sept jours, en jouant à un jeu vidéo. Lapin veillait tranquille entre les bras de son maître.

Il y avait longtemps que Richard et Jocelyne n'avaient pas été aussi nerveux. Trop souvent, ils avaient vu des espoirs s'effondrer spontanément. Ils tentaient maintenant tant bien que mal de contenir leurs émotions. Ils n'y croiraient que lorsqu'ils s'engageraient sur le pont Champlain, leur fils confortablement assis sur la banquette arrière.

Il était onze heures. Le médecin avait promis de venir avant midi. La tension bondit à des niveaux insupportables lorsque Jérôme, l'infirmier, se glissa dans la chambre.

— Je suis venu prendre tes signes vitaux, mon Gab, lança Jérôme d'un ton convivial.

D'expérience, il s'abstint d'ajouter les mots « pour une dernière fois ». Il entoura le petit bras du brassard du tensiomètre et actionna le bouton. Tous fixaient le cadran avec anticipation. La bande de tissus se gonfla et se relâcha dès qu'un bip se fit entendre. Soulagement. La pression et le pouls étaient normaux.

— Et maintenant la température, ajouta Jérôme, thermomètre digital en main.

— Pas besoin, rétorqua du tac au tac le père d'un sourire nerveux. Je l'ai vérifiée ce matin. Elle était à 36,5, mentit-il, sachant parfaitement bien que l'infirmier la vérifierait quand même.

Au grand bonheur de Gabriel, l'infirmier profita des derniers moments avec son patient pour lui lancer quelques blagues et le taquiner un peu.

Dès que Jérôme glissa la sonde sous la langue du patient, Richard se retourna, incapable de supporter la scène. Il ne voulait surtout pas voir les chiffres croître sur le cadran digital, de peur qu'ils franchissent le seuil fatidique du 38,5. Cette valeur marquerait au mieux l'obligation de rester quelques jours encore et au pire le début d'une cascade cauchemardesque de rejets.

— 36,5! s'exclama Jérôme, lui-même soulagé.

Bien qu'il en avait été tenté, il avait opté pour ne pas faire de canular aux pauvres parents, suffisamment éprouvés comme ça.

Jérôme avait ensuite étalé les médicaments, plus dégoûtants les uns que les autres, que l'enfant devait prendre à cette heure précise. Sans pause et sans s'objecter une seule fois, Gabriel les avait tous avalés. Seuls des grimaces et des spasmes de dégoût incontrôlables ralentissaient ses ardeurs.

— *Give me five!* lança l'infirmier en présentant sa main au garçon.

Gabriel, le visage tordu par une dernière grimace, tapa sa paume dans celle de Jérôme.

— Continue comme ça, champion, et tu n'auras pas de trouble, conclut l'infirmier, qui avait auparavant longuement discuté avec son patient sur l'importance capitale de prendre tous ses médicaments sans exception aux heures convenues. Il avait bon espoir que parents et enfant suivraient les consignes à la lettre.

Tout le personnel savait que le départ était immanquablement chargé d'émotions et que les familles, bien qu'heureuses, n'étaient pas sans être en partie déchirées de quitter ces étrangers, devenus de nouveaux amis pour certains et des êtres chers pour d'autres. L'équipe médicale n'était pas sans vivre ce paradoxe chaque fois. Aucun patient ou parent ne le savait, mais, à chaque départ, il y avait toujours une infirmière, un préposé ou une secrétaire qui passait plus de temps qu'à l'habitude aux toilettes, alors que, devant le miroir, le sourire timide, il ou elle épongeait ses larmes.

C'est pourquoi, dans le but d'éviter une série d'adieux individuels et émotionnels à répétition, la plus grande partie du personnel s'attardait à des tâches routinières près du poste des infirmières. L'heure du départ venue, tous salueraient la famille d'une traite et l'esprit serait plus facilement à la fête qu'aux adieux.

11 h 28. Dans la chambre, Jocelyne se berçait pour calmer son angoisse et entamait le dix-huitième et dernier chapitre d'un roman de son auteur préféré. Richard, caméra à la main, trouvant à cette scène une foule d'émotions, la saisit en photo. Il se retourna et capta, ce qu'il espérait être pour la dernière fois, son fils bien assis sur son lit d'hôpital.

Le père, de plus en plus anxieux, s'assit auprès de son fils et, pour passer le temps, se mit à visionner sur l'écran de la caméra digitale les photos qu'il venait de prendre. Gabriel, qui était las des jeux vidéo, déposa la manette et s'approcha de son père.

— Je veux voir! s'exclama-t-il.

Richard pivota la caméra afin que son fils puisse lui aussi apprécier les photos. Il pesa sur le bouton et chaque fois, une nouvelle image apparaissait: Gabriel, qui, manette à la main, jouait au Nintendo. Jocelyne, qui lisait son roman en se berçant. Lapin, sagement assis sur son maître.

— Lapin a les yeux rouges sur celle-ci, fit Richard.

Jocelyne leva les yeux vers le plafond, feignant une exaspération face aux farces ennuyeuses de son mari. Gabriel n'avait pas compris l'ironie des propos de son père.

D'autres photos se succédèrent: Gabriel, qui s'injectait lui même son médicament dans sa cuisse. Gabriel, entouré de cartes et de cadeaux. Gabriel, qui dort sous les caresses de Nathalie, la préposée. Richard pesa sur le bouton une autre fois et figea.

— C'est quoi, cette photo, Gabriel? demanda finalement le père.

— Ben, c'est moi et Dave, s'exclama Gabriel, comme si son père avait dû savoir. Tu sais, le bénévole qui es venu l'autre jour. C'est Nathalie qui a pris la photo. C'est moi qui lui avais demandé. Dave ne voulait vraiment pas, mais j'ai insisté, conclut Gabriel, exhibant un large sourire exprimant toute sa fierté.

Les deux sujets étaient assis au pied du lit. Les yeux fermés, comme d'habitude à cause du pré flash, Gabriel, manette à la main, grimaçait un sourire exagéré pour faire la comédie. Le jeune homme à ses côtés encerclait le garçon de son bras, la main doucement posée sur son épaule. Les commissures de ses yeux marron trahissaient le sourire que le masque cachait. Une chimie indescriptible semblait unir les deux sujets, comme le lien sacré entre deux frères ou celui entre un père et un fils.

— Je lui ai donné une petite photo de moi. Tu sais, celles qui ont été prises à l'école au début des classes? C'est correct, hein? demanda l'enfant.

— Oui. Oui, bien sûr, bredouilla le père.

— Il dit qu'il te connaît, ajouta simplement Gabriel.

Il eut une longue hésitation.

— Oui. C'est vrai, se contenta de répondre Richard, qui semblait perdu dans une rêverie.

— Tu l'as connu à l'université? interrogea le fils qui, trop jeune pour comprendre pleinement la notion du temps, ne réalisait pas que cela aurait été impossible.

— Non. Il est trop jeune et moi trop vieux, expliqua le paternel.

D'après son expression, Gabriel ne comprenait évidemment pas. Richard décida d'éclaircir ses propos.

— C'est que lui est à l'université maintenant. Papa, ça fait plusieurs années qu'il a terminé.

Son expression avait changé, Gabriel avait compris.

— Alors, comment ça se fait que tu le connais? insista l'enfant.

Richard mit son bras autour de l'épaule de son fils et faillit le retirer brusquement lorsqu'il fut surpris par la similitude avec la photo qu'il venait de visionner. Il embrassa Gabriel sur le front.

— C'est une longue histoire, mon grand. Une très longue histoire.

— Et tu n'aurais pas le temps de toute me la raconter avant que le médecin arrive? interrogea le fils.

— Oui. C'est ça, ajouta le père, soulagé de ne pas devoir expliquer cette histoire loufoque à son fils de six ans.

Il y eut un long silence. De toute évidence, les méninges de Gabriel tournaient à des kilomètres à l'heure. Jocelyne, qui avait très discrètement suivi la conversation, replongea le regard dans son roman pour ne pas être sollicitée.

Gabriel leva les yeux vers son père.

— Elle serait longue comme le livre à maman, ton histoire?

— Oui. C'est ça. Très longue, comme le livre à maman, répéta-t-il. Il faudrait plusieurs heures pour tout te raconter.

Il y eut un autre silence. Richard sentit la chaleur lui monter aux oreilles. Il avait envie, pour clore cet interrogatoire, d'inventer un petit mensonge quelconque expliquant comment il avait connu ce Dave, mais cela était impossible. Cette histoire, bien qu'abracadabrante, était vraie. Et puisqu'un jour il la lui raconterait, il ne voulait surtout pas lui mentir, ni l'induire en erreur. Pour l'instant, il voulait seulement que son fils lâche prise sur cette série de questions.

En désespoir de cause, Richard choisit la phrase méprisante qu'il avait tant détesté entendre lorsqu'il était enfant :

— Tu es un peu jeune pour comprendre, lança-t-il enfin.

Gabriel ne broncha pas devant ce coup bas de l'adulte. Il réfléchit un peu et ajouta :

— Tu pourrais l'écrire, ton histoire. Dans quelques années, je saurai lire et je serai plus vieux pour comprendre, je pourrais alors la lire, ton histoire.

Il adorait lorsque son père lui racontait des légendes et des contes captivants qu'il inventait sur demande. Il était sûr que ce récit ne ferait pas exception.

Richard, entrevoyant finalement une issue, lui répondit sans être complètement convaincu :

— Oui. D'accord.

Fier de lui, mais ayant ressenti l'hésitation de son paternel, Gabriel fixa son regard dans celui de son père.

— Tu vas l'écrire ? Pour moi ?

Richard ne répondit pas immédiatement, il était perdu dans ces perles brunes. Lorsqu'il revint à lui, il réalisa que son honneur de père était en jeu. Il jongla sur quelques façons de se sortir de ce lourd engagement. Le sourire d'anticipation de Gabriel le désarma.

— Oui, je vais l'écrire. Pour toi... et pour ta sœur.

Maîtrisant son excitation, Gabriel plissa les yeux sceptiquement vers son père.

— Promis? demanda le fils.

Richard caressa le crâne chauve de son fils et lui planta un bisou plein de tendresse sur le front.

— Promis, assura-t-il.

Remerciements

Merci d'abord à mes deux magnifiques enfants, Isabelle et Gabriel. Une chance que j'vous ai, une chance qu'on s'a. Je vous adore! À ma mère, la première auteure que j'ai connue, celle qui m'a ouvert toute grande la porte sur le monde de l'écriture. À mon père, cet artiste du bois, celui que j'ai copié quand je suis devenu père à mon tour, merci d'avoir toujours su croire en moi. À René-Pier Plourde, pour avoir été mon tout premier fan, je souhaite qu'un jour ta caméra raconte notre histoire. À Marc-Émile Plourde, c'est grâce à toi si j'ai apprivoisé les enfants. À Renée Guimond-Plourde, mon mentor, pour, entre autres, m'avoir doucement ordonné d'écrire. À Lise Nadeau, mon âme sœur, merci d'avoir cru. À mon parrain, Cyrille Sippley, merci pour la dactylo. À Guy Soucy, pour ta contagieuse confiance en la vie. À Jocelyne, mon épouse, merci d'avoir cru en ma capacité de raconter notre histoire. Merci de m'avoir soutenu durant l'écriture, seule sur le divan pendant ces innombrables soirées. Merci d'avoir respecté mon interdiction de lire le roman durant sa création... à moins que tu aies un secret à me dévoiler... Je t'aime.

Un million de mercis à chacune des centaines de personnes qui nous ont supportés d'une façon ou d'une autre durant la maladie de Gabriel, sachez que vos gestes d'appuis et d'encouragements nous ont été indispensables. Merci à la Fondation Rêves d'Enfants pour le magnifique voyage à Disney. Merci à tout le personnel médical qui nous a prodigué des soins dans les quatre hôpitaux : Hôpital Régional d'Edmundston, Centre hospitalier de l'Université Laval, Hôpital général de Montréal et Hôpital Sainte-Justine. Merci à toute l'équipe de l'unité de greffe de moelle osseuse du Centre de cancérologie Charles-Bruneau, vous êtes des êtres remarquables, bravo ! Merci à Danielle Michaud, Normand Nadeau et toute l'équipe de l'unité d'oncologie à Edmundston. Un merci particulier au docteur Yvan Samson pour sa sensibilité, son respect, sa dévotion et surtout son amitié. Merci au docteur Philip Squires, docteur Donald Levasseur, docteur Karim Aref et docteur Martin Champagne. Merci à mon ami journaliste, feu Jean Pedneault, pour le frontispice ; j'aurais aimé que tu aies pu me lire. Merci à Yvette Lagacé et Linda Breau pour la correction et la révision linguistique du manuscrit. Ce fut un honneur de travailler avec vous. Merci à mes éditeurs, Denis Sonier et Faye Breau, pour votre respect sincère et votre soutien continu.

À Celui qui m'accompagne depuis mon premier jour... merci !

La production du titre *Si tu savais* sur du papier Rolland Enviro 100 Édition plutôt que du papier vierge réduit votre empreinte écologique de :

Arbre(s) : 5
Déchets solides : 146 kg
Eau : 13 813 L
Matières en suspension dans l'eau : 0,9 kg
Émissions atmosphériques : 321 kg
Gaz naturel : 21 m³

100%   PERMANENT

Imprimé sur Rolland Enviro 100, contenant 100% de fibres recyclées postconsommation, certifié Éco-Logo, Procédé sans chlore, FSC Recyclé et fabriqué à partir d'énergie biogaz.